적가사는 눈먼 돈을 쫓지 않는다

적가사는 눈먼 동을
쫓지 않는다 3

로시원 장편소설

초판 1쇄 찍은 날 | 2021년 7월 7일
초판 1쇄 펴낸 날 | 2021년 7월 14일

지은이 | 로시원
펴낸이 | 권태완 우천제

편집책임 | 박은정
편집 | 박가연 심성경 손혜진 장현아 이예린 정나래

펴낸곳 | (주)케이더블유북스
등록번호 | 제25100-2015-43호
등록일자 | 2015. 5. 4
WFN | 제3-075호

주소 | 서울특별시 구로구 디지털로31길 38-9 에이스테크노타워 1차 401호
전화 | 02-867-4626 팩스 | 02-866-4627
E-mail | cl_production@kwbooks.co.kr

ⓒ로시원 2021

ISBN 979-11-293-8207-8 04810
     979-11-293-8204-7 (set)

III

적기사는 눈먼 돈을 쫓지 않는다

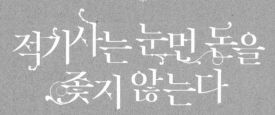

로시원 장편 소설

위치북

CONTENTS

Chapter 9
청기사와 백기사

차가운 겨울 공기가 황성을 휩쓸던 날, 루이와 레이먼이 적기사단을 떠났다.

"잘 지내, 루이."

"유디트 너도. 편지할게."

"난 답장 안 써."

"기대도 안 해."

루이는 네 명의 친구와 번갈아가며 포옹했다. 그러곤 걱정된다는 얼굴로 칼리파를 응시했다.

"혹시 무슨 일 있으면 연락하고. 언제든지 도울 테니까."

"응. 말이라도 고마워."

"말로만 그러는 거 아냐."

루이는 자못 진지한 얼굴로 유디트와 비올레를 향해서

도 말했다.

"너희도. 내 도움이 필요해지면 언제든 연락해. 내가 황실 기사를 그만둔다고 해도, 우리가 친구인 건 변함없으니까."

"그래. 돈 필요해지면 찾아갈게. 너도 저택에서 용이 나오면 연락해."

루이는 픽 웃었다.

마침내 그가 마리골드 가문에서 마중 나온 마차를 타고 떠났다.

적기사단은 조용해졌다. 루이처럼 기사를 그만두거나 레이먼처럼 배속이 바뀐 사람이 생긴 탓이다.

"레이먼이 4황자님의 친위대로 뽑히다니. 생각도 못 했어."

비올레가 쓰레기 자루를 들고 걸어가며 말했다.

"유디트 너는 상상이 돼? 레이먼이 막, 황자님 앞에서 척척척 행동하는 그런 모습이 상상이 가?"

"글쎄…… 잘 안 되긴 하는데."

하지만 4황자가 레이먼을 뽑은 이유는 알 것도 같았다.

4황자는 레이먼을 자신의 호위 기사로 뽑았다. 강하며, 자신을 단련시켜 줄 스승 겸 친구 같은 기사를 원한다는 말과 함께.

이해 못 할 선택은 아니다. 광룡이 폭주한 날, 레이먼이 보여줬던 행동은 좋은 의미로 의외였으니까.

'확실히 4황자의 안목이 좋기는 좋은 모양이야.'

신입이 들어올 시기가 되자, 유디트는 적기사단에서 몰라보는 사람이 없을 만큼 유명 인사가 되었다.

물론 유명세가 할 일을 빼주는 건 아니었다. 유디트와 비올레는 분기별 대청소에서 숙소 정리를 맡게 됐다.

"시간이 빠른 건지 느린 건지 모르겠어. 엊그제 입단한 거 같은데 벌써……."

비올레는 그렇게 말하더니 입을 다물었다.

"그래도 유디트. 넌 황실 기사 안 그만두는구나."

"내가? 황실 기사를 그만둔다고? 무슨 소리야?"

"난 너도 그만둘 줄 알았어. 그런 일도 겪었고 훈장도 수여받았잖아."

"아아…… 알겠다. 한탕 해먹었는데 왜 때려치우지 않는지 궁금해?"

"으윽. 맞아."

유디트는 웃어버렸다. 그녀가 쓰레기 자루를 꽉 묶은 다음 소각장에 던졌다.

"처음부터 그만둘 생각 없었어."

"왜?"

"일을 안 하면 불안하잖아."

"에엥?"

비올레는 유디트의 대답이 의아한 눈치였다. 유디트는 비올레의 쓰레기 자루도 꽉 묶은 다음 멀리 던졌다.

"일을 안 하면 고정 수입도 없잖아. 금액 상관없이 내 손에 꼬박꼬박 들어오는 돈이 있다는 게 얼마나 든든한데."

유디트가 황실 기사를 택한 건 빚 때문이었다. 당장 갚아야 하는 큰 빚을 최대한 잘게 쪼개서 갚기 위한 신용. 그 신용을 황실 기사라는 직함으로 샀다.

그런데 그렇게 6년을 지내며 깨닫게 된 게 있었다. 황실 기사를 그만두지 않는 한, 달마다 한 번씩 무조건 월급이 나왔다. 그건 정말 '무조건'이었다.

버티기만 하면 됐다. 눈이 오든 비가 오든 하루하루를 버티기만 하면, 어쨌든 돈 나오는 날이 반복해서 돌아왔다.

황실 기사를 때려치우지만 않으면 월급은 달마다 그녀에게 안도감을 주었다.

수중으로 따박따박 떨어지는 월급. 그게 유디트로 하여금 6년이라는 삶을 버티게 했다.

문제는 그녀의 불안함이 월급 이상의 돈을 원했던 점이다. 누군가를 해치는 데 거리낌이 없을 정도로. 눈먼 돈에 스스로를 가져다 팔았을 정도로. 더 많은 돈을 바라며 양심을 뒤로했다.

유디트는 돈을 벌기 위해 열심히 살았던 과거를 헐뜯고 싶진 않았다. 다만 눈먼 돈에 제 한 몸을 투신시킨 것은 후회스러웠다.

"그럼 은퇴할 때까지 황실 기사를 계속할 거야?"

"모르겠어."

"생각 안 해봤구나."

"지금까진 앞날을 생각할 여유가 없었어."

유디트의 말에 비올레가 소리 없이 웃었다.

"앞으로는 어떤데?"

"……."

"이젠 돈도 있고, 집도 있고, 나 같은 친구도 있고."

비올레가 에헴, 하고 가슴을 두드렸다.

"엄청난 공적을 세운 기사가 됐잖아. 앞으론 어떻게 하고 싶어?"

너는 어떻게 살고 싶냐.

그건 부모들이나 물어보는 질문이다. 그리고 유디트는 부모가 없었다.

유디트가 세워본 인생 계획은 언제나 휴지 조각이 되기 일쑤였다. 장래니 미래니 하는 것들은 생각해 봤자 시간 낭비였기에 생각하는 걸 관둔 지도 꽤 됐다.

물론 이제는 달랐다. 유디트는 농담이라도 앞일을 이야기할 수 있게 돼서 좋았다.

"나중에 제자라도 키우려고. 늙었을 때 고독사하기는 싫으니까."

"그런 의도로 제자 키우면 안 돼. 아니, 그보다 고독사라니……."

비올레가 기가 막히단 얼굴을 했다.

"좋은 사람 만나서 함께 사이좋게 늙어가는 것보다 고독사 방지책으로 제자를 들이겠단 말이 먼저 나와?"

"하지만 내 스승님도 그런 이유로 제자를 키운다고 그랬는걸."

"거짓말!"

"진짠데?"

쓰레기를 버린 두 사람은 한 바퀴 빙 돌아 수돗가에 도착했다.

두 사람이 번갈아가면서 손을 씻을 때였다.

"어, 단장님이다."

유디트의 몸이 움찔거렸다.

"신입 기사들인가?"

연병장에 모여 있는 건 신입 기사뿐만이 아니었다. 데샹과 기류도 함께 있었다.

기류.

이제는 옆모습보다도 앞모습이 익숙한 사람.

유디트의 시선이 저절로 그에게 향했다.

기류는 신입 기사 한 명 한 명을 신중하게 살피고 있었다. 실력 테스트가 진행될수록 고민이 깊어지는 눈치였다.

"좋아하지 그럼. 당연히 좋아해. 너를 언제나 자랑스럽게 생각해. 너는 적기사고…… 내가 정말 아끼는 부하니까."

눈을 감아도 선명하게 들려오는 목소리는 퍽 다정하지만 다시 곱씹어봐도 잔인했다.

인정하고 싶진 않지만 유디트는 자신의 가슴에 새순처럼 돋아난 사치스러운 감정을 발견했다. 그것은 감히 손을 댈 엄두조차 안 나는 감정이었다.

유디트는 그냥 그 감정을 강 건너 불 보듯 했다.

그리고 자선 연회 이후 의식적으로 기류를 피해 다녔다. 한번 의식하고 나니 태연하게 이야기를 나눌 자신이 없었기 때문이다.

'얼굴을 못 보겠어.'

황실 기사를 그만두기 전까지는 기류를 계속 만나야 하겠지.

그게 얼마나 다행이고, 한편으로는 걱정스러운지.

유디트는 저도 모르게 차고 있던 귀걸이를 만져보았다. 기류가 선물했던 아다만트 귀걸이였다.

백일몽은 끝났다. 그러나 꿈결 같은 시간은 아직도 가

습속에 남아 그녀를 종종 주무르고 갔다.

"……."

유디트는 고개를 마구 저었다.

'기류에 대해서는 생각하지 말자.'

여러 번 얽히기는 했으나, 기류는 단장이고 자신 또한 기사단원 중 한 명일 뿐이다. 그 사실은 앞으로도 변하지 않는다.

사람 대 사람으로 좋아한다는 말을 들었으면 됐지 뭘 더 바라고.

"유디트, 방금 단장님이 이쪽으로 손 흔든…… 어? 유디트? 같이 가!"

유디트는 기류의 손짓을 못 본 척 자리를 떴다.

숙소로 돌아온 그녀는 비올레와 함께 마저 청소했다.

창문과 바닥을 쓸고 나니, 새 사람을 맞이할 준비는 끝나 있었다.

텅 빈 방. 네 사람 중 두 명이나 적기사단을 떠나니 쓸쓸함이 느껴지는 건 어쩔 수 없다. 그래도 남은 사람이 있고, 유디트는 아직 혼자가 아니었다.

"청소 끝!"

비올레가 기운차게 외치며 걸레를 양동이 안으로 집어 던졌다. 양동이가 들썩였다.

"이제 이 방에 오는 신입한테 한껏 뻐겨줘야지. 네 이놈! 이

방을 누가 청소한 줄 아느냐! 지엄하신 에테르 마스터 유디트 경께서 손수 걸레질을 하신 방이다!"

"하지 마……. 너 진짜 그럴까 봐 겁나."

"진짜 할 건데?"

"하지 말랬다."

말려도 하겠군.

유디트는 비올레가 웃는 걸 보고 확신했다.

✳　✴　✳

황명의 효과는 엄청났다.

유디트의 집은, 맹세컨대 그녀가 아는 그 어떤 집보다도 빠르게 건축 공사가 진행되었다.

1황자가 엄선해서 파견한 인부는 옥수수 껍질 벗기기보다 벽돌쌓기를 더 빠르게 해내는 사람들이었다.

설상가상으로 로하스의 제자들도 어떻게든 잘 보이고 싶었는지 몰려왔다. 그들은 무려 정령과 마법으로 공사를 도왔다. 덕분에 정원 공사 때는 흙 파기가 반나절 만에 끝나는 사태가 벌어졌다.

"다 부려먹고 할 말은 아닌데요."

유디트가 안쓰러운 눈으로 로하스의 제자들을 훑어보았다.

"아무리 열심히 도와주셔도 용의 뼈는 안 팝니다."

"그걸 좀! 어떻게든! 사람 하나, 마법사 하나 살린다는 셈 치고!"

"유디트 님!"

"안 팔아요. 이거나 먹고 돌아가세요."

유디트는 로하스의 제자 겸 마법사인 사람들에게 샌드위치를 던져준 다음, 잡상인 쫓아내듯 내쳤다.

황실에서 그녀에게 하사한 돈이나 금, 비단은 일단 은행에 맡겼다. 직접 관리할까 생각도 해봤으나 그게 가장 깔끔했다.

유디트에게 고스란히 귀속된 용의 발톱이나 이빨, 뼈, 심장, 눈알 등의 부속물도 은행에 맡겼다.

막상 직접 하려니 귀찮아서 해체를 맡긴 로하스가 쏠쏠하게 빼먹었을 확률이 컸지만, 뭐 그 정도는 넘어가 주는 게 사람으로서의 인정이겠거니 싶었다.

은행장은 기꺼이 그녀를 위해 가장 엄중한 지하 금고를 내주었다.

지긋지긋했던 요양원 빚도 변제 증서가 날아옴으로써 완벽히 해방되었다.

유디트는 이제 자유의 몸이었다.

'집 공사가 끝나면 숙소에서 방 빼도 되겠네.'

넓고 편한 집에서 황성으로 출근하는 건 상상만 해도

행복한 일이다.

하지만 마음에 걸리는 일도 있었다.

'칼리파…… 비올레.'

숙소에서 나가면 두 사람과 좀 더 멀어질 것이다. 그건 아쉬웠다.

차라리 우리 집에서 같이 살자고 해볼까.

'……괜찮은데?'

유디트는 스스로 떠올린 묘안에 기분이 좋아졌다.

비올레는 저 말고도 친한 사람이 많은데다가 아침잠이 많아서 싫다고 할 수도 있다. 하지만 칼리파라면 설득할 수 있을 것 같았다.

'흑기사단에 계속 혼자 있게 하는 것보단 훨씬 낫지.'

유디트는 숙소 창문을 열고 창틀에 기댔다.

시린 겨울바람이 쉴 새 없이 불어왔다.

환기가 부담스러운 계절이었으나, 찬 바람을 맞으니 오히려 정신이 또렷해져서 좋았다.

유디트는 멍하니 상상했다.

칼리파와 함께 사는 집에 비올레가 놀러 오는 광경.

종종 태풍이나 강풍으로 판자가 날아가면 무조건 레이먼을 데려다가 부려먹는 거다.

루이는 종종 놀러 오겠지.

친구들이 각자 가정을 가졌을 때는 제자를 들이면 된다.

돈은 있으니 충분히 혼자 살 수 있을 것이다. 그렇게 살면 된다.

'……혼자서 살 수 있어. 마지막엔 아무도 안 남겠지만, 그것도 괜찮아. 난 충분히 강한걸.'

유디트는 창틀에 팔을 얹고 멍하니 되뇌었다.

마지막엔 아무도 안 남겠지만 괜찮다.

괜찮아야 했다.

✴　✴　✴

막간의 평화가 깨진 건 그로부터 열흘 후였다.

"마수 풀이요? 수도에서?"

식당에서 밥을 먹던 유디트는 귀를 의심했다.

"농담하신 거죠?"

"유감스럽게도 농담이 아니에요."

비스타와 헤일리 남매가 숟가락을 흔들며 부정했다.

"기슬란 성 방향에서 물자가 호송되던 중에 마수 풀이 나와서 사람을 덮쳤다더군요."

"사상자는요?"

"목숨은 건진 모양입니다. 그쪽은 왕래하는 사람이 많으니까."

"운이 좋았네요."

"네, 정말 운이 좋았죠."

마수 풀은 얼핏 보기에는 평범한 식물과 다를 게 없다. 그러나 실상은 사람만을 노리고 달려드는 악질적인 마수 중 하나로, 순식간에 쳐내거나 불로 쫓아내지 않으면 끈질기게 달라붙어서 기어코 목숨을 빼앗는 생물이었다.

"마수 풀뿐만이 아니에요. 요 며칠 사이 갑작스레 마수 발생률이 늘어나고 있어요."

"……원인은요?"

"그거야 아무도 모르죠."

헤일리가 머리를 땋으며 고개를 저었다.

유디트가 눈살을 찌푸렸다.

유디트는 고개를 돌려서 비스타를 응시했다. 그러나 아는 게 없는 건 비스타도 마찬가지인 듯했다.

'……마수 증식이라.'

다른 지방이라면 이해할 수 있다. 하지만 수도라면 이야기가 달랐다.

수도 베르디가 어떤 곳인가. 카르나크 중앙 신전과 백기사단의 본부가 있는 곳이다. 어중간한 마수는 얼씬조차 할 수 없다.

"백기사단이 분주하겠군요."

"예. 정화 작업으로 바빠 보였습니다."

"일시적인 현상 아닙니까?"

"다들 그렇게 생각하고 싶어 하죠. 나흘째 보고되고 있는, 일시적인 현상이라고."

비스타가 쓴웃음을 지었다.

"하여간 경도 조심하시기 바랍니다. 무슨 일이 있을지 모르니 화염석은 항상 가지고 다니세요."

남의 조언이라면 일단 튕기고 보는 그녀였으나, 유디트는 비스타의 부드러운 조언이 정말로 저를 걱정해서 하는 말이라는 걸 알았다. 그래서 그의 조언이 마냥 싫지 않았다.

"명심하겠습니다."

유디트는 식사를 마치고 비스타와 함께 4황자 궁을 방문했다.

이든은 반갑게 그녀를 맞았다.

"늦었지만, 용의 피에 대해 조사하느라 고생했네. 이런 식으로 일이 끝날 줄은 몰랐네만……."

이든은 조금 쓸쓸한 눈치였다.

"헤링시아 숲에서 용을 키운 건 거의 확실하네. 에피나에게 확인해야 할 게 많은데…… 아무래도 이른 시일 내에 확인하기는 힘들 것 같아."

"황녀 전하는 아직도 정신을 차리지 못하셨습니까?"

이든은 침통한 얼굴로 고개를 끄덕였다.

"그 애가 용의 피를 이용해서 나와 윌리엄 형님을 죽이려고 했다니……. 아직까지는 믿기 어렵지만 말이야."

"조사를 계속하실 생각입니까."

"아니, 그건 아니네. 경들의 손을 빌리는 건 여기까지야."

그가 고개를 저었다.

이든은 잠시 머뭇거리다가 유디트를 바라보며 마저 말했다.

"용의 피를 이용한 암살 시도는 이번이 처음이 아니었다고 하더군. 2년 전에도 비슷한 일이 있었다고 해."

"비슷한 일…… 암살이 말입니까?"

"그래. 1황자이신 알베르트 형님도 카드스마 후작령에서 목숨을 위협받았었네. 그때에도 용의 피를 마신 습격자들이 나타났었어."

"……습격자가 용의 피를 마셨다는 걸 확신하고 계시군요."

"확신하네. 엊그제 내가 직접 형님께 확인했으니까."

이든이 대답했다.

"경들이 조사해 준 내용이 퍽 도움이 됐어. 오늘은 그에 대한 감사 인사를 위해서 불렀네."

"도움이 되었다면 다행입니다."

무표정하게 대답한 유디트는 잠시 고민했다. 한 번도 해본 적 없는 말을 꺼내는 건 약간의 용기가 필요했다.

"……제가 도울 일이 있다면 무엇이든 말씀해 주십시오."

이든도 비스타도 유디트의 드문 겉치레식 인사에 당황

하다가 웃었다.

추운 겨울날에 마시기 딱 좋은 차 한 잔이 내어졌다. 유디트는 차를 바닥까지 비운 다음, 황자 궁을 뒤로했다.

✳   ✴   ✳

늦은 밤, 유디트는 숙소를 나섰다. 밖으로 나오니 하얀 입김이 끊임없이 새어 나왔다.

옛날에는 이런 계절이 싫었다.

'돈 나갈 일도 많고, 감기라도 걸리면 아파서 고생만 하고⋯⋯.'

특히 흑기사단의 숙소는 유독 싸늘한 감이 있었다. 사람의 온정이라고는 조금도 느껴지지 않는 장소였다.

그녀는 주변을 몇 번 훑었다. 아무도 없는 걸 확인한 다음 재빨리 숙소 담벼락을 넘었다. 걸리면 징계가 확실하지만 안 걸리면 그만 아닌가.

"유디트⋯⋯. 오늘도 왔구나."

"당연하지. 매일 오겠다고 했잖아, 내가 빈말할 사람으로 보여?"

유디트는 냉큼 대답한 다음 칼리파의 방으로 숨어들었다.

칼리파는 남들의 귀에는 거의 들리지 않을 정도로 작게

웃으며 문을 닫았다. 그녀의 방 구조가 기억하던 것과 똑같다는 건 씁쓸한 일이다.

제법 많은 미래를 바꾼 유디트와 달리, 그녀는 아직도 과거에 멈춰 있다는 소리였으니.

"안 와도 괜찮아."

"내가 오는 게 부담돼?"

"그게 아니라…… 잘못해서 걸리기라도 하면 큰일이잖아. 걱정돼서 하는 소리야."

유디트는 어깨를 으쓱이며 챙겨 온 비스킷을 테이블에 올려놓았다.

"안 걸릴 거니 걱정 마. 이래 봬도 자신 있어."

6년이나 지냈던 흑기사단 숙소다. 모르긴 몰라도 흑기사단의 구조에 대해서는 칼리파보다 빠삭할 것이다.

"오늘은 별일 없었어?"

"응. 괜찮았어."

"정말이야? 구체적으로는 가진 건 권력과 혈통밖에 없는 주제에 외간 여자의 손을 잡고 이래라저래라하는 파렴치한 무뢰배가 다시 찾아오거나 하지는 않았고?"

칼리파는 참지 못하고 작은 웃음을 터뜨렸다.

유디트의 호박색 눈동자는 만약 그런 일이 있었다면 밤새 경비를 서는 한이 있어도 그놈 모가지를 비틀어 버릴 기세였다.

"걱정 마, 없었어. 아무도 찾아오지 않았고 조용하고 안온한 하루를 보냈으니 그렇게 뾰족하게 가시 세울 것 없어."

"그럼 다행이고."

다가온 칼리파가 베일을 걷으며 잔잔하게 웃었다.

"내가 좋은 친구를 뒀구나. 우연이라도 그 무뢰배와 만나면 혼날 것 같아."

"내가 널 어떻게 혼내?"

유디트는 그럴 일 없다며 딱 잘라 말했다.

칼리파가 타 준 레몬티는 새콤하고 맛있었다.

살아 있을 적의 칼리파는 그녀에게 자주 레몬티를 타 줬고, 타는 방법도 손수 알려주었다.

하지만 유디트는 한 번도 레몬티를 끓여본 적이 없었다. 자신이 어떤 노력을 하더라도 이 맛을 낼 자신이 없었기 때문이다.

"한 잔 더 줘."

칼리파는 싫다는 말 한 번 없이 새 차를 타 주었다.

유디트가 흑기사단의 숙소를 드나들어야겠다고 마음먹은 건 전부 일련의 사건 때문이었다.

설마 에드워드 2황자가 그녀와 약혼 관계였을 줄은, 심지어 그녀에게 흑기사단에서 나오라는 말을 하고 있을 줄은 몰랐으니까.

'내가 알고 있던 칼리파는 정말 일부뿐이었구나.'

그런 생각이 들 때면 미안하기도 했고 안타깝기도 했으며 섭섭하기도 했다.

하지만 하나하나 따지고 보면 그건 유디트도 마찬가지였다. 칼리파가 보고 있을 유디트 또한 자신의 일부에 지나지 않으니까.

"칼리파. 지금 내 집이 엄청난 속도로 건축되고 있는 거 알아?"

"그러니?"

"온 세상 사람이 모여서 내게 집을 지어주는 것 같은, 그런 상황이 됐거든."

유디트가 살짝 웃으며 찻잔을 내려놓았다.

"내년쯤에는 나도 기사단 숙소를 나갈지도 몰라."

"……그렇구나."

"그래서 말인데, 너만 괜찮다면 내년에는 나랑 함께 사는 건 어때? 숙소 생활은 관두고."

"……"

칼리파가 입을 다물어 버렸다.

유디트는 조금 불안해져서 곧바로 뒷말을 덧붙였다.

"숙소 생활은 불편하잖아. 게다가 황성에 널 불편하게 하는 사람이 있는데 굳이 여길 고집할 필요는 없으니까."

"……그래. 생각해 볼게."

자그마한 대답이었지만 무반응보다는 나았기에 유디트

는 크게 안심했다.

하지만 안심은 얼마 가지 못하고 답답함으로 변했다.

칼리파를 거의 매일 밤 찾아갔음에도, 그녀는 대답을 미루기만 했다.

처음에는 시간이 필요한 결정이라 여겼던 유디트도 곧 인내심이 동나고 말았다.

'답답해!'

유디트는 벽을 쾅 쳤다.

생각해 보면 원래 그랬다. 칼리파와 유디트는 서로를 이해하는 친구였으나, 합이 딱딱 맞는 타입은 아니었다.

유디트는 매사에 걸리적거리는 게 있으면 무조건 치우고 보는 타입이다. 반면 칼리파는 무슨 일이든 돌같이 보는 사람이었다.

감당하기 힘든 일을 겪었기 때문일까. 칼리파는 무슨 일이든 인생무상의 태도로 깊이 생각하는 걸 피했다.

언제고 안개처럼 사라지기를 바라는 사람처럼……

'대답을 채근할 수도 없고…….'

그 후로 벌써 열흘 가까이 지났건만 칼리파는 한 번도 숙소나 집에 대해서 말한 적이 없었다.

호불호조차 표현하지 않으니 유디트로서는 답답했다.

"거기서 뭘 하고 계십니까?"

"……데샹 경."

"뭐 답답한 일 있어요?"

애꿎은 벽을 두드리고 있으니 뜬금없는 사람이 튀어나왔다.

"부수지는 않았네."

데샹은 유디트가 두드린 벽을 흘겨보더니 짤막하게 중얼거렸다.

"어지간하면 못 본 척 넘어가려고 했는데, 너무 진지하게 벽을 치니까 그냥 넘어갈 수가 없지 않습니까."

딱히 신경 써달라고 부탁하지도 않았는데.

유디트는 속으로 삐딱하게 딴죽을 건 다음 대답했다.

"넘어가셔도 됩니다. 혼자서 삭이고 있었으니까요."

"오전 순찰 임무는요?"

"끝냈습니다. 당연히."

"그래요? 고생했네요. 그럼……."

"점심이나 먹으러 갈까?"

불쑥 창가 너머에서 낯익은 얼굴 하나가 튀어나왔다. 유디트는 깜짝 놀라서 한 발자국 멀어졌다.

"기류…… 아니, 단장님."

"안녕, 유디트 경. 요즘 얼굴을 자주 못 보네?"

기류가 그녀를 향해 인사했다. 그는 쾌활하게 웃으며 말을 걸어왔다.

"점심 먹었어?"

"아직입니다."

"나도 그래. 신입 훈련 봐주다가 뱃가죽이 등에 달라붙을 지경이야."

……어떻게 이 사람은 이렇게 태연하게 말을 붙일 수 있는 걸까?

유디트는 대놓고 그의 눈을 피했다.

안 그래도 답답했던 가슴이 기류를 보고 있자니 더 울렁이는 것 같았다.

창밖에 있던 기류가 그녀를 향해 더 고개를 내밀며 물었다.

"유디트 경. 지금 경이랑 말이라도 한번 섞어보고 싶은 신입 기사가 한 무더기는 되는 거 알아?"

"……잘 모르겠네요."

유디트가 새침하게 대답했다.

"다들 경에게 관심이 많은데 말 붙여볼 엄두가 안 나나 봐. 다른 세계에 사는 기사 같다나?"

그가 애써 웃으며 말을 더 붙여왔다.

하지만 유디트는 웃을 수가 없었다. 기류를 앞에 두자 망가진 저울에 감정을 다는 기분이었다.

'예전이었다면 실없는 소리라며 함께 웃었을 텐데.'

아니면 단장쯤 되시는 분이 여기서 노닥거려도 되냐고

혼쭐내는 척했을 것이다.

고고한 기사라며 저를 재단하는 신입 기사의 시선도 웃어넘기고, 그런 녀석들이 어디 있냐며 노려보는 시늉 또한 했을 텐데.

예전에는 그럴 수 있었다. 하지만 지금은 힘들었다. 기류 때문에 감정이 실타래처럼 엉망으로 꼬여 버렸으니까.

'아냐. 사실은……'

기류 탓이 아니다.

이런 기분이 드는 이유는 너무 뻔했다.

그날 기류가 자신을 부하로만 보고 있다는 말이 실망스러웠으니까.

그리고 그 말에 실망했던 자신을 받아들이기가 힘들어서.

'내가, 기류라는 사람을 욕심내기 시작했다는 걸 인정하기 싫어서.'

유디트는 제 인생에 사랑이 개입할 틈이 없을 줄 알았다. 사랑에 죽고 사랑에 사는 사람들을 보며, 제 인생에 그런 틈을 만들어서는 안 된다고 생각해 왔다.

그래서 유디트는 기류의 제안을 무 자르듯 자를 수 있었다.

"우리 같이 식사라도 할까? 다른 신입 기사도 불러서 안면도 트고. 내가 마침 괜찮은 식당을……."

"단장님과 점심 생각 없습니다."

"어?"

"그럼 전 점심 먹으러 가보겠습니다."

"뭐?"

"실례하겠습니다."

그녀의 선택은 무시와 도망이었다.

도망친 이후에도 유디트의 기분은 나아지지 않았다. 나아지기는커녕 더욱 심란해질 뿐이었다.

운동이나 훈련으로 집중하는 것도 한계가 있었다. 정신이 다른 곳에 가 있으니 효율이 낮았던 것이다.

유디트는 끝내 먹구름이 낀 기분을 해소하지 못했다.

본래 유디트의 무표정은 잘 깨지지 않는 편이었다. 하지만 그날 저녁, 칼리파는 그녀의 이상을 금세 알아차렸다.

"오늘따라 산만하구나, 유디트."

"……내가?"

"응. 거울 좀 봐. 얼굴도 험악해."

냉큼 거울을 보니, 사람 하나는 잡아먹을 기세의 얼굴이 있었다.

유디트는 재빨리 얼굴을 수습했으나 이미 늦은 상태였다.

칼리파는 오늘도 레몬티를 타 주었다.

"무슨 일 있었니?"

"없었어. 별거 아냐."

유디트는 무심코 무뚝뚝하게 대답한 다음 후회했다.

'이래서야 회귀 전과 똑같잖아.'

각자의 사정을 조금도 털어놓지 않았던 시절처럼 딱딱한 대화다.

끙끙대던 유디트는 칼리파의 방 한쪽에 놓인 가방을 발견했다.

"……임무가 떨어진 거야?"

"응. 내일부터."

"며칠간?"

"그건 모르겠어. 그래도 몇 주쯤 자리를 비울 것 같아."

흑기사단의 임무는 장기 임무가 많았다. 길면 몇 달이나 되는 시간을 외지에서 보내야 했다.

과거에는 운이 좋으면 칼리파와 함께 임무를 다녀올 수 있었다.

하지만 지금은 어떤가.

유디트가 조급하게 말했다.

"……칼리파, 나는 네가 흑기사단에서 혼자 있는 게 걱정돼. 차라리 내가 도와줄 테니 이곳을 나왔으면 좋겠어."

"……."

"네가 왜 이곳을 택했는지는 대충 짐작이 가. 하지만 꼭 복수를 위해 흑기사단을 고집할 필요는 없잖아."

칼리파가 저를 묘한 눈으로 보는 것이 느껴졌다.

마침내, 시간이 지나고 칼리파의 입이 열렸다.

"유디트. 걱정해 주는 건 고맙지만 그럴 필요 없어."

칼리파는 부드럽게 거절했으나, 태도는 냉담하기 그지없었다.

"숙소를 나가는 것도 마찬가지야. 그때 권유해 준 건 정말 기뻤지만 난 흑기사단에 남는 게 좋겠어."

"왜?"

"제르멜 단장이 내 복수를 도와주겠다고 약속했으니까."

유디트는 저도 모르게 입술을 꽉 깨물었다.

제르멜.

끝내 곱씹는 것조차 불쾌한 이름이 튀어나오고 말았다.

유디트는 그녀를 반드시 설득하겠다는 듯 몸을 기울였다.

"칼리파. 그런 말뿐인 약속은 누구나 할 수 있어."

"알아. 하지만 그런 말뿐인 약속이라도 해준 사람은 그 사람 한 명이었어."

"……구체적으로 어떤 약속을 했는데 그래?"

유디트는 칼리파가 정확히 어떤 제안을 받아서 흑기사단에 입단했는지는 몰랐다.

알아선 안 된다고 생각했다. 도와줄 수 있는지도 모르는 판국에 애써 캐물었다가 서로 민망해지면 어떡하나 싶어서.

알아뒀더라면 조금은 달랐을까?

뒤늦은 후회를 해봤자 달라지는 건 없겠지만 아쉬움은 있었다.

칼리파는 조금 고민하는 눈치였다. 유디트는 참을성 있게 기다렸다.

"대단한 건 아냐. 내가 그 사건을 끝까지 추적해도 막지 않겠다는 약속. 그리고……."

칼리파의 벽안이 차가웠다.

"내가 범인을 죽이면 흑기사단의 힘으로 그 사건을 덮어주겠다는 약속이었어."

"……."

정말이지 제르멜이기에 약속할 수 있는 내용이로군. 유디트는 속으로 헛웃음을 터뜨렸다.

"그 말을 믿는 거야?"

"……그래. 사실 믿든 안 믿든 뭐가 중요할까."

칼리파의 웃음은 조소에 가까웠다.

"임페노르 공작가 살인 사건은 벌써 3년이나 지난 일인데. 나 말고 그 사건을 기억하는 사람이 있을까?"

"……."

"나는 매일매일, 정말 하루건너 하루마다 그 사건을 사람들이 잊어간다는 걸 실감해."

유디트는 숨이 턱 막혀오는 걸 느꼈다.

칼리파는 어쩐지 평소보다도 냉담한 얼굴로 그녀를 응

시했다.

"유디트. 날 도와주겠다는 말은 정말 고맙고 기뻐. 하지만……."

"……."

"……나는 괜찮아."

네가 어떻게 도와줄 수 있겠냐고. 아무 대책 없이 흑기사단에서 나오라는 말은, 결국 2황자의 말과 다를 게 하나도 없다고. 칼리파가 생략한 말에는 그런 의미가 숨어 있는 것 같았다.

유디트는 아무 말도 할 수 없었다.

"나는 내일 베스페리로 떠나."

칼리파가 깔끔하게 비운 찻잔을 접시 위에 올렸다.

"다녀오면 네 집에 초대해 줘."

그녀는 마지막까지 고이다 못해 썩어버린 감정을 한 방울도 흘리지 않았다.

정말 귀족다운 모습이었다.

＊　＊　＊

유디트는 소등 시간이 다가와 칼리파의 방을 나섰다.

안 하느니만 못한 대화를 나눴다. 소득은 요만큼도 없었고, 칼리파와 쓸데없는 골을 만든 것 같아서 찝찝하기까지 했다.

　어둠 속에서 숙소를 빠져나오는 길에 한숨만 푹푹 터뜨렸다.

　'흑기사단의 이름으로 살인을 덮어주겠다는 약속이라니.'

　임페노르 공작가 참살 사건은 공작 가문의 명예가 실추된 사건이다.

　상식적으로 처리한다면, 칼리파가 진범을 잡아낸 시점에서 사건을 명명백백하게 밝히고 처형대에 올리는 게 이치다.

　하지만 칼리파의 선택은 정반대였다.

　칼리파가 스티그마를 각성하던 그때, 그녀에게 죽은 괴한들은 '명령과 다르다'며 당황했다. 그리고 그녀는 이 일이 단순한 강도짓이 아니라는 파악했다.

　진범이 있다는 사실에 분노한 칼리파는 복수를 결의했다. 결백을 의심받고 오욕을 뒤집어쓰더라도 반드시…….

　'반드시 진범을 죽여 버리겠다. 그걸 고른 거구나.'

　임페노르 공작가 참살 사건.

　3년 전, 오페라를 보러 갔던 칼리파를 제외하고, 괴한에게 당시 공작가에 있던 사병까지 모조리 죽었던 엄청난 사건이다.

　오페라가 취소되어 돌아온 칼리파는 눈앞에서 괴한에게 살해당하는 가족을 보았다.

그녀는 스티그마를 각성하며 괴한을 죽였지만 혼자가 됐다.

눈 깜짝할 사이에 사람을 산 채로 매장할 만한 뜬소문이 매일같이 생겨났다.

사실은 혼자 살아남은 게 아니라, 공작가를 독차지하기 위해 괴한과 작당하여 가족 모두를 죽인 게 아니냐는 소문. 사실은 괴한 따위는 없었단 소문. 저보다 일찍 결혼한 여동생을 질시하여 벌인 짓이라는 소문.

살아남았다는 이유 하나만으로 칼리파의 평판은 땅에 떨어졌다.

결정타는 그녀의 등에 나타난 살육의 스티그마였다.

임페노르 공작가의 방계는 그녀의 상속권에 이의를 제기했고, 공작가는 갈가리 찢어졌다.

칼리파는 매일같이 법정에 불려 갔고, 찾아오는 친척에게 시달린 끝에 쫓겨나다시피 가문을 나왔다.

진실이 밝혀져도 명예가 되돌아오는 건 아니다.

공녀로서의 칼리파는 이미 회복 불가능할 정도로 명예를 실추당했다.

유디트는 새삼 제르멜이 지독하다고 생각했다.

그는 칼리파의 틈을 교묘하게 파고든 것이다. 벼랑 끝에 매달려 있는 사람은 제게 내려진 게 썩은 동아줄인지 아닌지를 구별할 수 없는 법이다.

'무슨 속셈이지?'

솔직히 말하면 유디트는 제르멜이 친절한 마음으로 복수를 돕겠답시고 입단을 권했을 거란 생각은 하지 않았다.

그딴 걸 믿을 바에야 제르멜이 매주 고아원으로 자원봉사를 나갔다는 걸 믿을 것이다.

그럼 대체 왜?

그 사람이 직접 칼리파를 기사단에 들일 만한 이유가 뭐지?

생각에 생각을 거듭할수록 아리송했다.

유디트는 혀를 차며 담벼락을 넘었다.

'일단 지르고 보는 게 맞았을까?'

우선 칼리파에게 어떤 식으로든 널 도와주겠다고 말하면 설득할 수 있었을까?

하지만 그녀는 그런 사탕발림에 쉽사리 넘어갈 사람이 아니다.

그럼 어쨌어야 했단 말인가?

지금의 유디트로서는 칼리파를 제르멜에게서 떨어뜨려 놓을 만한 방법이 떠오르지 않았다.

'……내가 회귀했다는 걸 밝히면 조금은 믿어줄까?'

그건 벼랑 끝 수단이다.

칼리파가 믿어줄지도 확실하지 않을뿐더러, 그녀가 훗

날 자살했다는 사실까지 밝혀야 한다.

모든 게 찝찝하기 짝이 없었다.

유디트는 욕지거리를 내뱉으며 담벼락의 모퉁이를 돌았다.

그리고 그 순간, 정면에서 소름 돋는 살기가 쏟아졌다. 유디트의 몸이 절로 움츠러들었다.

"이게 누구신가."

목소리는 마치 울타리에 감아둔 철조망처럼 날카로웠다. 모골이 송연해지는 섬뜩한 살기는 익숙하기까지 했다.

새까만 사신 같은 외모.

제르멜이 저를 보고 있었다.

유디트는 공포 소설 속에서 등장하던 괴물이 현실 세계로 튀어나온 것만 같은 충격을 받았다.

'제르멜이 왜, 여기에……'

세상만사를 무심한 듯 가소롭게 보는 눈동자. 갈색빛이 도는 붉은 눈동자가 불길한 예감의 전조처럼 느껴졌다.

특유의 고압적이고 표정 변화가 없는 얼굴이 오늘은 드물게도 기분이 좋아 보였다.

"회색 시궁쥐라……."

"……."

유디트는 본능적으로 주변을 파악했다.

사방은 칠흑같이 어두웠다.

달이 환하고 별이 밝다고는 하나, 이 시간에 흑기사단 숙소 근처를 어슬렁거릴 멍청이는 없다.

주변은 한없이 적막했고, 제르멜의 나른한 눈동자는 그녀를 훑고 있었다.

"……."

"……."

기묘한 침묵이 맴돌았다.

제르멜 아이젠.

흑기사단의 단장이자, 도무지 속내를 알기 힘든 냉혈한 사내. 손속에는 망설임이 없고, 판단에는 온정이 없는 남자.

유디트는 입을 꾹 다문 채 그를 노려보았다.

제르멜은 한때 유디트의 완벽한 상관이었다. 해낼 수 없는 임무는 내리지 않고, 보상이 없는 임무 또한 내리지 않는 상관.

쓸모가 없으면 이용하지 않는다.

흥미가 없으면 건드리지 않는다.

이것이 유디트가 느낀, 제르멜이란 사람의 특징이었다.

그래서 제르멜을 대하는 건 어렵지 않았다.

흑기사단의 임무는 대부분 누군가는 해야 하는 더러운 일이었다.

필요하다면 손톱을 뽑고 손가락을 잘라서라도 자백을

받아내야 했고, 반란을 일으켰던 1황자의 수뇌부를 모조리 죽이는 일도 도맡았다.

다수를 위해 소수를 버리는 전투의 흐름을 만들고, 마수 토벌을 위해 일부의 희생을 못 본 척하는 일이 비일비재했다.

흑기사로 산다는 것은 딜레마의 연속이다.

음지에서 일하되, 양지를 지향하라. 그것이 흑기사의 모토다.

이런 사정이 있다 보니 딜레마를 품은 자들일수록 제르멜의 명령에 복종했다.

모두가 명령에는 그럴 만한 이유가 있을 거라고 믿으면서 따랐다.

복종은 쉬웠다. 제르멜은 온정이 없을지언정 당근만은 확실히 던져주는 마부였으니까.

유디트 또한 그 당근을 받아먹던 사람 중 한 명이었다.

제르멜이 그녀의 등에 칼을 꽂기 전까지는.

"……할 말이 없으면 실례."

담벼락 넘는 장면을 목격당하지 않은 것만 해도 운이 좋았다. 저치가 시비라도 걸어왔다면 목을 비틀어 버리고 싶었을 테니까.

당장 칼을 뽑고 싶어지는 마음을 억누르며 유디트가 뒤를 돌았다. 그에게 살해당했던 날이 자꾸만 떠올랐다. 심장이 터질 것 같았다.

"잠시 기다려라."

그러나 불행히도, 제르멜은 흥미롭다는 눈빛을 던지며 그녀를 불러 세웠다.

"유디트였지, 이름이."

"……내 이름을 부르지 마!"

유디트가 앙칼지게 대답했다. 그녀는 무의식적으로 칼자루에 손을 얹을 뻔했다.

뒤에서 저를 부르는 목소리 때문에 손끝이 살짝 떨렸다. 죽음의 공포와 덮어둔 분노가 본능적으로 움츠러든 몸을 자극했다.

진심으로 상대를 죽여 버리고 싶다는 살기가 새어 나간 탓일까? 제르멜의 붉은 눈동자가 장난감을 발견한 듯 즐거워 보였다.

"노스카나 공작령의 습격 사건과 은빛 용의 폭주."

"……"

"한 번을 겪을까 말까 한 일을, 두 번 다 네가 수습했지."

유디트의 눈동자가 그믐달처럼 옅은 빛을 머금고 날카롭게 빛났다.

그녀의 걸음이 멈췄다. 그리고 마침내.

"대답해라. 너는 시간의 스티그마를 가지고 있나?"

"……뭐?"

제르멜이 그녀를 향해 걸어왔다.

한 걸음, 한 걸음.

제르멜과의 거리가 점점 줄어들었다.

그의 입가에는 6년간 한 번도 본 적 없던 미소가 만연해 있었다.

"스티그마 중에서도 카르나크 신이 직접 선택하여 내려준다는 시간의 스티그마."

"……."

"혹시 짚이는 바가 없나?"

웃고 있는 제르멜의 모습에 소름이 끼쳤다.

유디트는 얼음처럼 굳어버린 채 저도 모르게 뒷걸음질 쳤다.

"모른다면 모른다고 대답해 봐."

끝내 제르멜이 유디트의 코앞에 섰다.

그의 손이 천천히 다가왔다. 마치 당장에라도 유디트의 목을 조를 듯이…….

"안녕하세요?"

그 순간 펄럭하는 소리와 함께 새하얀 로브를 걸친 팔이 등 뒤에서 불쑥 튀어나왔다.

그러곤 유디트를 보호하듯 제르멜의 손을 쳐냈다.

유디트는 소스라치게 놀랐다. 순식간에 등 뒤로 정신을 빼앗겼다.

동시에 두 번째 인사가 들려왔다.

"별이 아름다운 밤이죠?"

처음 보는 남자가 새하얀 로브를 입고 서 있었다. 그는 유디트보다 두 뼘 정도 키가 컸다.

사내는 유디트를 똑바로 내려다보며 웃고 있었는데, 한겨울에도 봄을 불러올 것처럼 밝은 표정이었다. 싱그러운 풋사과색 머리카락과 눈동자는 숲의 정령 같은 인상을 주었다.

하지만 그보다도 돋보이는 건 따로 있었다. 특유의 여유롭고 유들유들한 분위기와 하얀색 로브.

백기사단의 제복이었다.

"안녕하세요, 유디트 경. 별이 참 아름다운 밤이죠?"

마침내 세 번째 인사였다.

남자는 받아주기 전까지는 계속 말을 걸겠다는 듯 입을 열었다.

"네…… 안녕, 하십니까."

유디트는 떨떠름하게 고개를 끄덕였다. 뭐 하는 사람이지.

사내는 그녀의 화답에 퍽 기쁜 얼굴로 말했다.

"그렇죠? 역시 오늘 같은 날에는 밤 산책을 거르면 안 됩니다. 그런데 그거 아십니까?"

"……."

"별보다 제가 더 아름답습니다."

첫인상은 확정 났다. 어마어마하게 이상한 놈이다.

하늘에 맹세컨대, 유디트는 첫 만남부터 이렇게 이상한 사람을 만나본 적이 없었다. 실성한 사람인가? 아니면 제르멜을 못 알아보고 끼어든 건가?

"셴 안토."

"어라, 제르멜, 거기 있었습니까?"

"……."

"공사다망하신 흑기사단장께서 이런 누추한 곳에 어쩐 일로……. 앗, 여기 흑기사단 숙소 근처였죠. 실례했습니다."

유디트는 귀를 의심했다. 제르멜을 상대로 이렇게 속 긁는 사람을 본 적이 있었나? 듣고 있던 그녀의 심장이 다 벌렁거릴 지경이었다.

"비렁뱅이를 돌보는 백기사단장께선 여기 무슨 일로 온 거지?"

"비렁뱅이라뇨. 카르나크 신 아래에선 모두가 공평하게 몸과 마음이 가난한 자들이건만. 뭐, 백기사단은 만인을 우러르기는 합니다만."

사내가 어깨를 으쓱였다.

"별건 아닙니다. 유디트 경에게 용건이 있어서요. 당신을 방해할 생각은 아니었습니다만 한밤중에 보니 제르멜, 맙소사!"

그가 호들갑을 떨며 손가락으로 허공을 툭툭 쳤다.

"당신의 인상이 워낙 무서워서요. 어린양의 구원자처럼 굴어보고 싶어졌지 뭡니까. 그래서 끼어들어 봤습니다."

"꺼져라."

"싫은데요."

유디트는 거의 졸도할 것만 같은 기분이 됐다. 그녀는 당장에라도 제르멜이 에테르 실린 검을 날리지 않을까 걱정되기 시작했다.

그때 남자의 파릇한 눈동자가 유디트에게 꽂혔다.

"하지만 당신께서 싫다고 하시면 기꺼이 비켜 드리죠, 유디트 경."

"……제게 용건이 있으시다고요."

"그렇습니다."

"어떤 용건이십니까?"

"그건 아무도 없는 곳에서 들으시는 게 좋을 것 같네요."

대꾸하던 남자가 눈웃음을 치더니 갑자기 휙, 고개를 돌렸다.

"제르멜? 어딜 가십니까?"

"너와 한 자리에 있으면 빈대가 달라붙는다."

제르멜의 목소리엔 불쾌함을 넘어서 짜증이 섞여 있었다. 보기 드문 감정적인 반응이었다.

'지금 제르멜을 쫓아낸 거야……?'

정확하겐 제르멜이 그를 파리 취급한 것이나 마찬가지였지만 말이다.

하지만 제르멜도 그냥 자리를 뜨지는 않았다. 그가 당장에라도 유디트를 박제하고 싶다는 눈빛으로 보았다.

"아까 전의 대답. 나중에 듣지."

"……대답할 생각 없어."

"글쎄, 과연?"

제르멜은 그녀의 대답은 들은 척 마는 척했다.

그는 유디트를 유심히 바라보고 난 뒤, 미련 없이 자리를 떴다.

제르멜이 모퉁이 너머로 사라지고 나서야 유디트는 칼자루에서 손을 뗐다.

얼어붙었던 마음이 녹아내리자 당혹이 그 자리를 메웠다.

'시간의 스티그마를 가지고 있냐고?'

제르멜은 무슨 생각으로 그런 걸 물어본 거지?

"언제 봐도 성깔이 대단한 사람입니다. 마른 멸치라도 보내줘야 할까요."

"……."

그리고 이 사람은 대체 뭐 하는 사람일까.

유디트의 시선이 천천히 사내에게로 옮겨갔다.

대관절 뭐 하는 사람인지는 모르겠으나, 이 사람이 저

를 보호하듯 제르멜의 손을 쳐냈던 건 기억한다.

그래서 유디트는 한결 누그러진 목소리로 말했다.

"마른 멸치는 비쌉니다."

"그건 몰랐네요. 그럼 시금치로 해야겠습니다."

"이상하신 분이네요."

"그런 말을 대놓고 하시면 상처받습니다."

하지만 그는 환하게 웃으며 언행 불일치를 몸소 보여주었다.

제르멜에게도 지지 않는 여유로움. 백기사단의 로브. 독특한 언행.

'설마…… 정말 이 사람이 백기사단 단장이란 말이야?'

유디트가 반신반의할 무렵, 사내가 다시 한번 자기소개를 했다.

"제대로 된 소개가 늦었습니다. 제 이름은 셴 안토. 현재 백기사단장을 맡고 있습니다."

사내가 차분히 말했다.

"용건부터 말씀드리죠. 유디트 경, 올가 황녀께서 당신에게 빌려드린 사파이어 소드를 찾고자 하십니다."

＊　＊　＊

남자, 셴 안토는 세 가지 이유를 핑계로 적기사단의 숙소까지 동행했다.

첫째는 유디트가 사파이어 소드를 숙소에 보관 중이라서.

둘째는 유디트를 올가 황녀에게 데려가야 해서.

셋째는…….

"혼자서 걷기에는 밤길이 너무 무섭습니다."

"……흑기사단 숙소까지는 어떻게 오셨습니까?"

"간단합니다. 카르나크 주신께서 가라사대, 나를 믿고 저 어둠 속을 헤쳐 나가면 네가 찾던 사람을 만나리라. 믿음 끝에 구원이 있단 거죠."

"아, 예."

"안 믿으시는군요."

"그럴 리가요. 전부 믿습니다."

"정말 요만큼도 믿지 않으시는군요. 앞으로 참고하지요."

대체 뭘 참고하겠다는 거지? 도무지 진지함이라고는 찾아볼 수가 없는 사람인 건 확실했다.

유디트는 오래전 기류가 했던 말을 떠올렸다.

"그나마 대화라도 해볼 사람은 백기사단장인데, 그놈은 참, 뭐랄까……. 내가 아는 사람 중 가장 신실한 또라이라서 추천하긴 그렇고."

신실한 또라이.

기류의 표현은, 정말이지 기가 막힐 정도로 들어맞는 표현이었다.

'멀리서 봤을 때는 이런 인상이 아니었는데⋯⋯.'

엄밀히 따지자면 유디트는 셴 안토가 초면이 아니었다. 로제타 왕국과의 전면전쟁이 발발했던 당시, 셴 안토는 백기사단을 이끌고 참전했으니까.

그를 비롯한 백기사단은 신성 마법으로 부상병을 돌보며 후방 부대를 이끌던 주역이었다.

'그때는 좀 더 냉정하고 어른스러운 인상이었던 거 같은데⋯⋯?'

물론 스쳐 지나가면서 본 것에 불과했다. 멀리서 눈으로만 보았으니 제대로 된 이목구비는 금방 기억에서 잊혔다.

그래도 이렇게 입만 열면 깨는 사람일 줄은 몰랐다.

저편에서 적기사단 숙소의 불빛이 보였다.

"⋯⋯올가 황녀님이 저를 부르신 건 확실합니까?"

"음?"

"1황녀 전하께서는 오랜 시간 동안 칩거 중이신 걸로 알고 있습니다."

1황녀 올가.

지금으로부터 13년 전, 당시 17살이던 그녀는 사파이어 소드를 뽑아 황제의 사랑을 독차지한 황족 중의 황족이었다.

칩거에 들어가지 않았다면 진작에 황제의 자리에 올랐을 거라고 평가받는 사람.

'회귀 전에도 올가 황녀는 궁 밖을 거의 나서지 않았는데.'

유디트의 얼굴이 험악해지자, 셴 안토가 웃음을 터뜨렸다.

"그걸 확인하기 위해서라도 저와 함께 가보시면 되지 않겠습니까. 오늘 밤 선약이라도 있으십니까?"

"아뇨."

"그럼 직접 확인하시지요. 오팔궁에서 올가 황녀님이 기다리고 계십니다."

그가 햇살 같은 미소를 지으며 물었다.

"야간 근무 좋아해요?"

좋아할 리가 있겠냐.

유디트는 네가 백기사단장만 아니었다면 윽박질렀다는 눈으로 그를 쏘아보았다.

셴 안토는 아무렇지도 않게 그녀의 시선을 튕겨내더니, 유디트를 따라서 적기사단의 숙소 부지까지 들어왔다.

"백기사?"

"백기사가 왜 여기에……?"

"네네, 사랑과 정의와 박애를 실천하는 백기사입니다. 실례합니다."

셴 안토는 손가락 하트를 날리며 화답했다. 정말이지 기가 막힐 힘도 없었다.

"그나저나 황녀님께서 맡긴 사파…… 물건은 어디에 있습니까?"

"침대 매트리스 안에요."

"……그거 국보입니다만?"

유디트는 셴의 목소리가 희미하게 떨리는 걸 못 들은 척했다.

"국보니까 매트리스 속에 넣어둔 겁니다. 흠집도 안 나고 먼지도 안 쌓이게…… ."

"셴? 유디트?"

익숙한 목소리에 유디트의 걸음이 딱 멈췄다.

고개를 돌려보니, 기류가 숙소 건물 앞에서 해괴한 걸 봤다는 얼굴을 하고 있었다.

"기류! 좋은 밤입니다. 오늘도 별이 참 아름답지 않습니까?"

"어 그래…… 너 잘생긴 건 알겠어. 그런데 잠깐만……."

기류는 혼란에 젖은 시선으로 두 사람을 번갈아가며 보았다.

"이게 무슨 조합이야? 왜 둘이 같이 있어?"

제 생각에도 백기사단장과 적기사라는 조합은 참 특이했지만, 유디트는 퉁명스러운 대답을 던졌다.

"단장님과는 상관없는 일입니다."

"……."

"단장님이야말로 무슨 용건이십니까?"

기류의 얼굴이 딱딱하게 굳었다.

반면 셴 안토는 그런 건 신경도 안 쓴다는 얼굴이었다.

"저는 유디트 경에게 용건이 있어서 찾아온 겁니다. 전혀, 요만큼도 신경 쓰실 것 없어요!"

"……."

기류는 네가 같은 기사단장만 아니라면 한 대 쳤다는 눈빛으로 셴을 쏘아보았다.

그사이, 유디트는 기류를 냉랭하게 무시하며 말했다.

"잠시. 저는 짐을 가져오겠습니다."

"알겠습니다. 기다리지요."

"……."

유디트는 그대로 기류와 눈도 마주치지 않고 숙소로 들어가 버렸다.

기류는 더 말을 걸 타이밍조차 놓치고 말았다.

'……이게, 무슨…….'

그가 마른침을 삼켰다. 낮까지만 해도 과민 반응일지도 모른다고 생각했는데, 이젠 확실했다. 유디트가 그를 피하고 있었다.

'날 무시한다고? 왜?'

기류는 입술 안쪽 연한 살을 자근자근 씹었다.

"기류, 당신도 유디트 경에게 용건이 있으신 겁니까?"

"……있으면 어쩌려고."

"급한 게 아니라면 나중에 해주세요. 오늘은 제가 선약을 잡았으니까."

기류의 미간이 삽시간에 일그러졌다.

"선약이라고? 네가? 유디트와?"

"안 됩니까?"

안 될 것은 없다. 다만 그의 신경 줄이 당장에라도 뜯겨 나갈 것 같다는 점이 문제였다.

기류가 날카롭게 물었다.

"무슨 선약?"

"그거야 제가 말씀드릴 이유가 없죠. ……뭡니까, 그 표정은? 저 구워 먹을 생각이에요?"

셴이 스스로를 소중히 보호하듯 양팔을 꼬옥 모아서 몸을 틀었다.

기류는 더욱 아니꼬운 기분이 들었다.

"구워 먹을 수만 있으면 진작 그렇게 하고도 남았어."

기류는 짜증을 누르며 물었다.

"네 선약이라는 것도 깨질 수 있는 거 아닌가?"

"그 확률은 상당히 낮습니다만……. 그럼 이렇게 하죠."

셴이 묘한 웃음을 띠었다.

"당신도 함께 오세요, 기류."

"오라니, 어디를?"

"올가 황녀께서 기다리시는 오팔궁으로요."

"⋯⋯뭐?"

난데없는 말에 기류가 눈을 끔뻑였다.

그러나 셴 안토는 그에게 생각할 틈을 주지 않았다.

"내용을 들은 이상 선택권은 없답니다."

✵　✱　✵

사파이어 소드는 매트리스 속에 그대로 있었다.

도둑이 들었을 리도 없고, 검에 발이 달린 것도 아니니 당연했지만, 유디트는 내심 안심했다.

'그래. 내 것도 아닌데 오래 가지고 있을 바에야 얼른 돌려주는 게 낫지.'

그렇게 생각하니 마음이 한결 가벼웠다.

올가는 왜 저를 부른 걸까.

이유는 여전히 감이 잡히질 않았다.

사파이어 소드가 필요하다면 검만 받아 가면 될 일이다. 그런데 굳이 백기사단장쯤 되는 사람을 전령으로 쓰면서까지 그녀를 부르는 이유는 무엇인가.

'그냥 얼굴 한번 보고 싶어서?'

정말 그런 이유라면, 올가 황녀가 좀 얄미울 것 같다.

유디트는 검을 챙겼다. 그러나 방을 나서기까지는 조금 용기가 필요했다.

"……."

잔뜩 굳은 얼굴로 저를 바라보던 기류가 어른거렸다.

'의식하지 마.'

누군가를 좋아하나, 사랑하거나. 그런 건 제게 있어서 사치일 뿐이다.

하물며 제게는 관심도 없는 사람을 상대로 혼자서 감정을 낭비해 봤자 제 손해다.

'그런 멍청한 짓은 하지 말자.'

그냥 혼자서 잘 먹고 잘살면 되잖아. 그럴듯한 미래 계획도 세웠고, 혼자 힘으로 살 수 있는걸.

마음을 억누를 이유는 충분했다.

유디트는 다시 표정을 굳히고 문밖을 나섰다.

"준비가 끝나셨으면 두 분 다 가실까요?"

"……두 분이요? 기류 단장님도 함께 가시는 겁니까?"

"예. 제가 초대했습니다."

셴이 뻔뻔한 얼굴로 대답했다.

"함께 가는 게 좋을 것 같아서요."

"……그렇습니까. 알겠습니다."

의식하지 말자. 기류가 함께 가든 안 가든 저와는 아무런 상관이 없는 일이다.

유디트는 일부러 무미건조한 대답을 입에 담았다.

기류는 복잡한 얼굴로 그녀와 셴을 바라본 다음, 커다란 한숨과 함께 뒤를 따랐다.

숙소 부지를 나온 뒤에도 딱히 달라지는 건 없었다. 두 사람은 오팔궁으로 가는 내내 눈길 한 번 마주치지 않았다.

정확하게는 유디트가 기류에게 표정을 보이고 싶지 않아서 그보다도 앞서 걸었다.

기류는 그녀를 부르려다 입을 꾹 닫았다.

곧게 세운 등이 멀었다. 연회에서 저를 향해 활짝 웃어 준 게 엊그제 같은데, 이토록 냉담한 반응이라니.

낯설다 못해 가슴이 아렸다.

오팔궁은 이름값을 하는 장소였다.

보석 가루를 섞은 새하얀 외벽이 신묘한 분위기를 자랑했다. 오팔궁 주변의 식물은 하나같이 사람 허리까지밖에 오지 않는 높이였다.

궁전의 정문은 외부인을 거절하듯 굳게 닫혀 있었다.

하지만 셴 안토는 퍽 익숙하게 드나든 사람처럼 오팔궁의 문을 두드렸다.

그가 독특한 박자로 다섯 번을 노크하자 안쪽으로 문이 열리더니 시종이 그들을 맞이했다.

"두 분은 잠시 여기에서 기다려 주시겠습니까? 전 올가 황녀님을 뵙고 오겠습니다.”

셴이 시종에게 검을 맡기며 말했다.

유디트와 기류도 검을 맡기며 고개를 끄덕였다.

“사파이어 소드는 맡기지 말고 가지고 계십시오. 그건 올가 황녀님께 직접 돌려 드려야 하니까요.”

“그러죠.”

셴은 금방 돌아오겠다는 인사를 남기고 자리를 떴다.

유디트와 기류는 그 길로 곧장 응접실로 안내받았다.

‘화려하구나.’

황녀의 거처라더니. 실상은 황후의 거처라고 해도 믿을 만큼 외관도 내부도 화려했다. 그래도 응접실은 오랫동안 사용하지 않은 티가 났다. 손님을 받지 않았던 시간이 길었던 모양이다.

“……”

“……”

그렇게 침묵이 찾아왔다.

유디트는 난처한 상황에 빠졌음을 깨달았다.

태연하게 응접실을 구경하는 척했으나, 사실 그녀의 정신은 모조리 등 뒤에 쏠려 있었다.

누가 봐도 그녀는 기류를 무시하고 있었고, 기류도 그걸 느끼고 있는 게 확실했다.

하지만 태연하게 기류와 얼굴을 맞대자니…….

"기억났어."

침묵 속에서 기류가 애써 입을 열었다.

"그 검, 광룡을 잡을 때 썼던 거지?"

"……예."

유디트가 살며시 고개를 틀었다.

역시 이대로 입 다물고 넘어가 주지는 않을 모양이다.

"청기사의 사파이어 소드."

"네, 그것도 맞습니다."

"……왜 경이 가지고 있는 건지 물어도 될까?"

"……."

답답하면서도 안타까운 기분이 들었다. 기류가 너무나도 조심스럽게 말을 거는 게 느껴졌기 때문이다.

차라리 기류가 저에게 화를 냈더라면 이런 기분이 들지는 않았으리라. 내가 뭘 잘못했느냐며 네게 무시당할 이유가 있냐고 따지기라도 한다면 차라리 나을 텐데.

그러나 그는 다정한 사람이었다. 제 마음과 상처부터 들이밀기보다는 습관적으로 한발 물러서서 상대를 살폈다.

이번에도 마찬가지였다.

내내 영문도 알 수 없는 무시를 당했건만, 그는 조심스레 유디트를 살폈다.

평소라면 그런 기류의 다정함을 순수하게 좋아했으리라.

하지만 지금은 아니었다.

유디트의 마음 한구석에서 울컥, 감정이 치밀어 올랐다.

그렇게 다정하게 말하지 마.

'아끼는 부하니 뭐니 해도, 어차피 남이잖아.'

유디트는 응접실에 걸린 그림을 구경하는 척, 또다시 등을 돌렸다.

"우연히 받았을 뿐입니다."

"……잠시만."

"미리 말씀드리지 않았던 건 이해해 주셨으면 합니다. 저도 이게 그 검인지는 확신이 서지 않았었거든요."

"유디트 경."

"제 손에 들어온 지는 얼마 되지 않았습니다. 단장님의 검을 가져다 드릴 때 전달받은……."

"젠장. 경, 알았으니까 이쪽 좀 보고 이야기하면 안 되는 거야?"

결국 기류의 인내심이 바닥났다.

유디트는 정말 철저하게 그를 무시하거나 침묵으로 일관했다.

드디어 입을 열었구나 싶었는데 이번에도 제 얼굴을 외면해 버리니 정말 견딜 수가 없는 기분이었다.

"등 돌리지 마. 갑자기 왜 그러는 거야?"

기류는 좋아하는 사람에게 무시당한다는 게 이렇게 끔

찍하게 비참할 줄은 몰랐다.

"내가 뭔갈 잘못한 거야? 그래서 계속 무시하는 거야?"

"저 무시하는 거 아닙니다. 지금도 대화하고 있지 않습니까."

"유디트. 지금 그런 의미가 아니잖아. 이런 건 대화가 아니야."

기류가 답답함을 못 이기고 그녀의 이름을 불렀다.

황금보다도 쨍하니 빛났던 호박색 눈동자가 저토록 탁하고 멀게만 느껴지는 때가 오다니.

기류는 입술을 지그시 깨문 끝에 다시금 차분히 말했다.

"……그래. 내가 멍청한 짓을 한 거겠지."

모든 일에는 원인과 결과가 있다. 유디트의 저 모습이 결과라면, 원인은 제게서 비롯되었을 것이다.

"경이 이렇게까지 할 정도면 내가 뭔가를 잘못한 거지? 그러고 눈치채지 못한 거지? 대체 어떤 게……."

"아뇨. 단장님이 잘못하신 게 아닙니다. 이 이야기는 하고 싶지 않습니다."

"……경이 왜 기분이 상했는지, 내게 들려주는 것도 할 수 없는 거야?"

"제 개인적인 문제입니다."

"그러니까 그 개인적인 문제가 나와 관련된 일이잖아? 그래서 이러는 거잖아?"

"상관없는 문제예요."

기류는 정말이지 미치고 팔짝 뛰다 못해 돌아버릴 것 같았다. 마치 벽과 대화하는 기분이었다. 무슨 말을 꺼내든 대답은 따박따박 돌아오는데 이렇게 대화가 성립되지 않을 수가 있나?

맥이 풀렸다.

'텄다.'

대화라는 건 원래 서로가 상대의 말을 들을 준비가 되어야 성립되는 것이다.

그런 의미에서 유디트는 그와 대화할 생각이 없는 게 확실했다.

이래서야 그녀가 막 기사단에 들어왔을 때와 다를 바가 없지 않은가.

어차피 남.

실로 오랜만에 느끼는 간극 앞에서, 기류의 한숨이 터져 나왔다.

그녀의 마음과 제 마음 사이에 메울 수 없는 골짜기가 생긴 기분이었다. 메울 방법이 보이지 않으니 더 미칠 것 같았다.

똑똑. 노크 소리가 들리더니 때마침 시녀 한 명이 차를 가지고 들어왔다.

짧은 침묵으로 둘의 언쟁은 소강상태에 접어들었다.

"유디트 경, 차라도 마셔."

"……됐습니다."

"……."

기류는 결국 소파에 주저앉아 홀로 찻잔을 들었다.

하지만 차 한잔을 다 비우기도 전에 셴이 돌아왔다.

"오래 기다리셨습니다. ……으음? 무슨 일 있습니까?"

"아무 일도 없었습니다."

"……."

기류는 저와 나눈 대화를 아무것도 아닌 것으로 취급하는 유디트를 물끄러미 바라보았다. 형용할 수 없는 무력감이 그를 덮쳤다.

"흠, 무슨 일인지는 모르겠지만 어서 아이처럼 손잡고 화해하시기 바랍니다."

"시끄러워."

"올가 황녀님이 기다리십니다. 올라가시죠."

셴의 말이 끝나기 무섭게, 유디트는 기류를 제치고 응접실 밖으로 나서 버렸다.

유디트는 뒤쪽에서 들려오는 실낱같은 한숨을 못 들은 척했다.

왜 무시하냐며 화를 내기는커녕, 무슨 말이든 듣겠다는 듯한 기류의 얼굴을 보면 그대로 제 감정을 줄줄 뱉어버릴 것 같았다.

"……하……."

남겨진 기류는 세상 모든 시름을 끌어안은 사람처럼 탄식했다.

그가 무거운 몸을 일으켜 세워서 걸었다.

❋　❋　❋

유디트가 안내받은 곳은 오팔궁의 2층, 그중에서도 가장 안쪽의 내실이었다.

"올가. 들어가겠습니다."

셴 안토는 이곳을 자주 드나든 것 같았다.

그는 올가와 각별한 사이라는 것도 숨길 생각이 없어 보였다.

셴은 안쪽에서 작은 대답이 들려오기 무섭게 벌컥, 문을 열었다.

'내 숙소가 6개는 들어가겠네.'

내실은 유디트가 상상했던 것보다 훨씬 넓었다. 그리고 어수선했다.

소파 근처에서 나뒹구는 쿠션. 창가 근처의 텅 빈 새장. 미처 치우지 못해 남아 있는 깃털. 서가처럼 꾸며둔 벽면 한쪽, 바닥에 대충 쌓여 있는 꽂다 만 책들.

그 모든 게 황족의 방이라고는 믿기지 않을 정도로 너

저분했다.

"늦은 시간에 미안하구나."

그러나 올가 황녀를 마주한 순간, 유디트는 잡다한 사실을 모두 잊고 말았다.

1황녀. 올가 오스카 베리타스.

황녀는 어른스러운 매력이 느껴지는 미인이었다.

푸른 눈동자는 파란 불꽃처럼 계속 바라보고 싶어지는 오묘함이 있었고, 퍼 숄로도 전부 감추지 못한 얇은 손목이 인상적이었다.

윤기가 흐르는 흑발은 한쪽으로 묶어서 자연스럽게 넘겼는데, 풍성한 머리숱을 보아하니 어떤 머리 모양을 해도 잘 어울릴 게 분명했다.

"왔는가, 유디트 경, 기류 경."

살짝 늙은이 같은 말투는 분명 황제와 다를 것이 없건만.

"오팔궁에 잘 왔어. 초대에 응해주어서 고맙구나."

어릴 적부터 사람 다스리는 법을 배우며 자라났기 때문일까? 그녀의 목소리는 저절로 경의를 표하게 만드는 나긋함과 존재감이 있었다.

올가는 새초롬한 눈꼬리를 누그러뜨리며 웃었다.

"그리 굳어 있지 말고 이리 오라. 가까이에서 만나고 싶다."

"실례하겠습니다."

4황자 이든의 궁전과는 사뭇 다른 분위기.

마치 그녀의 서재이자 휴게실이자 침실에 초대받은 기분이었다.

'……맙소사로군.'

비슷한 감상을 받은 건 황제의 개인 보물고에 들어가 본 적 있는 기류 또한 마찬가지였다.

황제의 보물고가 종류별로 금은보화를 전시해 과시하고 있다면 이쪽은 금붙이를 금붙이답게 보관하지 않음으로써 과시한다는 인상을 받았다.

책 사이에 끼워둔 책갈피의 끄트머리에는 다이아몬드가 엮여 있고, 손바닥만 한 루비가 마석과 인챈트 아이템 사이에 섞여 있었다.

두 사람 만큼이나 황녀도 그들을 흥미롭게 보았다.

오직 셴 안토만이 넉살 좋게 소파에 다리를 꼬고 앉다가, 궁둥이 골짜기 사이로 금화가 들어갔으니 이건 내 거라며 선언하고 자빠져 있었다.

황녀는 그런 셴 안토를 크게 신경 쓰지 않았다. 보아하니 하루 이틀 겪어본 게 아닌 눈치였다.

"부른 사람은 한 명인데, 두 사람이 도착했구나. 셴, 이게 어찌 된 일인가?"

"그건 말이죠, 오늘 황녀 전하께서 꺼내실 이야기는 결국 기류도 알게 될 이야기거든요."

셴이 소파와 궁둥이 사이로 굴러들어 간 금화를 몇 개

더 꺼냈다.

"그의 도움도 필요할 겁니다. 뭐든 빠르게 진행하는 게 좋지 않겠습니까? 시간은 금이라지 않습니까."

그가 금화를 흔들며 말했다.

"금처럼 소중한 시간이 지금 이 순간에도 백기사단 일 년 치 예산처럼 펑펑 터져 나가고 있습니다. 돈 아껴야죠, 우리."

"……정말이지 조잘거리는 입만큼은 카르나크 신께서도 구원 못 할 종자로구나. 알겠다."

올가는 선생님처럼 차분하고 다정한 목소리로 셴을 나무란 다음, 유디트를 보았다.

"먼 길 오느라 고생이 많았다. 유디트 경. 기류 경."

"……초대해 주셔서 감사합니다."

"갑작스럽게 방문하게 된 점 사과드립니다."

유디트와 기류는 우선 고개를 숙였다.

낯선 장소에 온 탓인지 절로 경계하게 되는 건 둘 다 마찬가지였다.

"무얼. 그리 신경을 곤두세울 것 없거늘."

올가가 부드럽게 웃었다.

유디트는 부담되는 물건부터 내밀었다.

"귀한 물건을 돌려드리겠습니다, 황녀 전하."

"음."

올가는 머뭇거림 없이 사파이어 소드를 받아 들었다.

"이것이 무엇인지 짐작하느냐."

"청기사의 상징. 사파이어 소드로 알고 있습니다."

"바로 보았다."

올가는 빙긋 웃더니 앞뒤로 검을 살폈다.

유디트는 내심 황녀가 검이 상했으니 물어내라는 소리라도 할까 봐 가슴을 졸였다.

"빌려달라고 한 적도 없는 검을 받아서 당황했으리라 생각한다."

"솔직히 말하자면 그렇습니다."

황녀가 작은 웃음을 터뜨렸다.

"무사히 쓰고 돌려주어서 고맙구나."

황녀가 검을 내려놓자 유디트가 조심스레 말했다.

"궁금한 점이 많습니다. 그 사파이어 소드에 관해서는 특히……."

어떻게 알고 그 검을 제게 건네주었는지, 특히 그것이 궁금했다.

올가는 다 이해한다는 듯 고개를 끄덕였다.

"천천히 설명하겠다. 자리에 앉아주겠느냐."

"……."

"크게 긴장하지 말고."

올가는 굳어 있는 유디트를 귀엽게 바라보며 손짓했다.

유디트가 쭈뼛거리며 소파에 앉았다.

구름 같은 소파의 감촉이 낯설었다. 몸을 조금만 젖혀도 폭 잠겨들 것만 같았다.

"상투적인 말도 좀 꺼내주셔야 긴장을 풀지요, 올가."

"상투적인 말? 예를 들면?"

"용을 잡느라 고생했다?"

"그건 빈말로도 하기 어려운 말이야. 용을 수호하는 것이 청기사의 임무이거늘."

"저런. 꼬장꼬장한 건 이마의 주름만으로 충분하시지 않습니까?"

"너는 벽난로 불을 맨몸으로 끄고 싶은 게로구나."

"거 죽고 싶냐는 말을 참 고상하게도 하십니다그래."

두 사람의 대화를 신기하게 엿듣는 건 유디트뿐만이 아니었다. 셴과는 제법 안면이 있었던 기류조차도, 그가 칩거 중인 올가 황녀와 이렇게 막역한 대화를 나눌 거라고는 상상하지 못했다.

신기하게 쳐다보는 시선을 의식했는지 셴이 어깨를 으쓱였다. 아무래도 저 제스처는 습관인 모양이다.

"유디트. 아, 이리 불러도……."

"물론 괜찮습니다. 편히 말씀하십시오."

"그러마."

올가가 싱그럽게 웃었다.

"유디트. 오랫동안 오팔궁에서만 머무른 나조차도 경의 활약은 들었어. 에테르 마스터라곤 하나 맨몸과 검 한 자루로 용의 코앞까지 도달하는 데 얼마나 많은 고뇌가 있었을지 쉬이 짐작 가지 않는다. 고생이 많았어. 그대는 실로 제국에서 칭송받기에 모자람이 없는 샛별이다."

올가의 말은 유별난 구석이 있었다.

그녀는 듣고 있는 사람의 몸을 비비 꼬게 만드는, 그런 민망한 표현을 차분히 꺼냈다.

'황제와 닮긴 닮았군.'

유디트가 간단히 평가했다.

"필시 결심만큼이나 해내기 어려운 일이었겠지. 두 사람에게 다시 한번 감사의 인사를 전하마."

"영광입니다."

"감사합니다."

유디트와 기류는 거의 동시에 고개를 끄덕였다.

"제국에 드리워진 위험을 몰아내 주었으니 이대로 평화롭다면 얼마나 좋을까. 하나 일이 이상하게 돌아가고 있다."

올가의 얼굴이 시름에 젖었다.

"……이상하다고 하시면?"

"뿌뿌! 여기서부터는 기밀 사항입니다. 최소 발설 금지를 약속하며 명예라도 걸어주시기 바랍니다."

셴이 손나팔을 불자, 기류와 올가는 동시에 짜증 섞인

얼굴로 그를 노려보았다.

유디트는 새삼스럽다는 듯 말했다.

"비밀은 지키겠습니다."

"고맙구나. 음, 그래. 그럼 어디서부터 말을 꺼내볼까……."

올가는 잠시 고민했다.

"유디트. 혹시 '오브'라는 것을 알고 있는가?"

"……생전 처음 들어봅니다. 식견이 부족함을 용서하십 시오."

"그대가 부족한 게 아니다. 알려져서는 안 되는 물건이 니 모르는 게 당연해."

올가가 고개를 저었다. 그녀의 검은 머리카락이 파도처 럼 흔들렸다.

유디트는 자신과 떨어져서 앉은 기류의 얼굴이 미묘하 게 굳은 걸 눈치챘다.

……뭐지?

"베리타스 제국이 용을 신성시하는 이유는 카르나크 신 의 영향도 있으나 그 기본은 '억제력'이라는 힘 때문이다."

"억제력……?"

"그래. 그것은 강한 마수가 저보다 약한 마수를 억누르 는 힘이다."

올가가 차분히 설명했다.

"홉고블린에게 덤비는 고블린을 본 적이 있느냐? 드래

곤에게 덤비는 와이번은? 마수는 본능적으로 저보다 강한 존재를 알아본다. 그건 결코 우연이 아니라, 마수가 억제력의 크기를 가늠할 줄 알기 때문이다."

"……그럼 드래곤이 그만큼 강력한 마수인 이유는……."

"그 어떤 마수보다도 드래곤이 가지고 있는 억제력이 강하기 때문이지."

"이해했습니다."

유디트가 머리를 끄덕였다.

올가는 자상한 눈빛으로 뒤이어 설명했다.

"오브란 바로 그 억제력을 담고 있는 물건이다. 용의 심장을 이용해서 만든 무지갯빛 구체. 청기사는 현재에 이르러서는 쇠퇴한 명예직에 가깝다만, 본래는 오브와 오브를 수호하는 드래곤을 지키는 기사다."

올가가 사파이어 소드를 매만졌다.

"건국 당시, 카르나크 신은 오브를 제국의 동서남북에 하나씩 설치했다. 억제력을 대륙 전체에 퍼뜨리기 위해서였지."

그녀가 벽면의 지도를 턱 끝으로 가리켰다.

"동쪽의 호베스티얀, 서쪽의 베르크스, 남쪽의 라드파스칼, 북쪽의 기슬란……."

"황녀님. 잠시만."

기류가 무례하게도 그녀의 말을 끊었다.

그도 그럴 게 올가의 입에서 줄줄이 새어 나오고 있는 저 이야기는 단장들과 황족, 그중에서도 직계 황족만이 알고 있어야 하는 기밀 중의 기밀이었다.

"더는 말씀하시면 안 됩니다. 그 이야기는⋯⋯."

"비밀에 부쳐야 했죠. 누군가가 오브를 깨뜨리기라도 했다간 마수가 급증할 테니까요."

"⋯⋯."

뒷덜미를 잡아끄는, 싸한 느낌이 강렬했다. 유디트는 곧바로 셴을 응시했다.

셴은 유디트의 기대 아닌 기대를 배신하지 않았다.

"맞습니다. 얼마 전 그 오브 중 하나가 깨졌습니다."

셴의 말속에는 난처한 감정이 고스란히 묻어나 있었다.

순간, 유디트의 머릿속에 번개처럼 한마디가 스쳐 갔다.

"마수 풀뿐만이 아니에요. 요 며칠 사이 갑작스레 마수 발생률이 늘어나고 있어요."

⋯⋯설마?

유디트가 마른침을 삼켰다.

믿기 힘든 사람은 그녀뿐만이 아니었다.

"오브가 깨졌다고? 그게 사실이야?"

"사실입니다. 그래서 문제고요."

셴은 담백하게 말했으나 기류는 큰 충격을 받은 눈치였다.

"어느 오브가 깨진 거지? 언제?"

"동쪽 호베스티얀입니다. 제가 방금 전 직접 확인하고 온 길입니다."

"잔해물은? 확인해 봤어? 정말 오브가 깨진 게 확실해?"

"잔해물이야 진즉 마탑의 마스터들이 수거해서 확인해 보았으니 틀림없어요. 솔직히 말하면 저도 믿을 수가 없어서 몇 번이나 다시 확인해 봤단 말입니다! 제에길!"

셴은 머리를 벅벅 긁더니 소파에 콩벌레처럼 몸을 말며 누워버렸다.

유디트는 황녀 앞에서 저토록 방만한 태도를 고수하는 셴 안토라는 사내의 머리 뚜껑을 열어보고 싶었다.

그러나 그녀를 제외하면 그 누구도 셴을 신경 쓰지 않는 눈치였다.

심지어 기류까지 오브가 깨졌다는 소식에 정신이 팔려 셴을 무시하고 있었다.

"다행인 점은 아직 오브가 깨진 게 호베스티얀 지방 하나뿐이라는 점이야. 라드파스칼은 시급히 군영의 태세를 재정비하도록 믿을 만한 사람을 통해 언질해 두었어."

"칩거 중인 황녀님은 바쁘기도 하셔라. 주름이 또 늘겠네요."

"셴. 그대 벽난로 속으로 굴러들어 가겠는가?"

셴이 도리도리 고갯짓했다.

유디트는 올가가 사파이어 소드 검집으로 백기사단장을 때리는 광경을 머릿속에서 애써 지웠다.

올가가 한숨을 내쉬며 말했다.

"남은 것은 서부의 베르크스와 북부의 기슬란인데…… 이쪽은 알다시피."

"……베르크스 지방에서 제대로 된 연락이 오기까지는 상당한 시일이 걸릴 것입니다."

"그렇겠지. 변경백의 정신이 온전치 못하니."

서부의 베르크스 변경백이 자식을 잃은 뒤부터 조금씩 실성하고 있다는 건 유명한 이야기다.

'내가 알고 있을 정도니까.'

유디트가 조용히 한숨 쉬었다.

여러모로 의외였다. 오랜 기간 칩거한 올가까지 자세한 정황을 알고 있을 줄이야.

"최근 마수가 사람을 습격하는 일이 늘었다."

"……."

"모두 우연이라 여기겠지만 이건 분명히 오브가 깨진 영향이다. 확신할 수 있다."

황녀는 정말이지 '황녀'다운 표정을 하고 있었다.

"누가 황족만이 알고 있는 용의 성지로 숨어들어 오브

를 깼는지는 모른다. 하지만 이대로 넋 놓고 있을 수는 없지. 나는 오브를 회수할 작정이다."

"회수가 가능한 겁니까?"

"사파이어 소드를 이용하면 가능하다."

그래서 급히 검을 찾았던 건가.

유디트는 납득했다.

"그래서 말이다만."

올가가 유심히 유디트를 보았다.

"북부 기슬란 성에 직접 가보려 한다."

"직접…… 말씀이십니까?"

올가가 고개를 끄덕였다.

"내 한 몸은 직접 지킬 수 있는 실력이니까. 한데……."

"그건 올가, 당신의 근거 없는 믿음의 끝이라고 몇 번을 말씀드려야 하는 겁니까."

"들었지? 아무래도 이 사내가 시끄러워서 말이다."

그녀가 작은 한숨을 터뜨렸다.

"그래서 말인데 유디트 경, 괜찮다면 며칠 동안 나와 동행하지 않겠는가?"

"……예?"

황녀는 드디어 이 긴 이야기에 마침표를 찍었다.

"북부의 기슬란까지는 텔레포트 마커가 있으니 그리 오랜 시간이 걸리지는 않을 것이다. 짧으면 사흘에서 길면 이레다. 그 시간 동안 경이 나를 호위해 주었으면 해."

올가는 어른스러운 미소를 띤 채 차근차근 말했다.

"아무래도 일당백의 실력을 지닌 그대가 나를 호위해 주는 게 가장 안전할 것 같아서 말이다."

"안 됩니다."

거절하는 대답이 즉시 나왔다. 유디트가 아닌, 기류에게서.

"황녀 전하, 죄송하지만 그건 안 될 이야기입니다."

"……어째서지?"

올가가 가볍게 미간을 찌푸렸으나, 기류는 단호했다.

"전하께서는 제국의 1황녀십니다. 신변에 무슨 일이 생긴다는 건 가정으로라도 해선 안 될 말입니다."

"기슬란까지는 잠행할 것이다. 나도 청기사의 이름에 부끄럽지 않은 실력을 가지고 있어."

"그걸 모르는 바가 아닙니다. 하지만, 만분의 일의 확률로 황녀 전하께 무슨 일이 생긴다면."

기류는 유디트를 보지 않고 말했다.

"모든 책임은 홀몸으로 황녀 전하를 모신 유디트 경의 책임이 될 겁니다."

"……."

"저는 황녀 전하께서 편히, 조용히 움직이고 싶다는 이유만으로 적기사에게 무거운 책임과 부담을 안기시는 걸

두고 볼 수 없습니다."

기류의 보라색 눈동자가 올가 황녀의 푸른 눈동자와 부딪쳤다.

넘칠 것 같은 유리잔 속의 물처럼, 유디트의 감정 또한 일렁였다.

"아이고오, 잠시만 기다려 보세요."

그때 소파를 구르던 콩벌레가 일어났다.

"황녀 전하께 유디트 경 한 사람만 붙이겠다는 게 아닙니다."

"그러면?"

"당연히 저도 동행합니다."

셴이 말했다.

"물론 제 행선지는 비밀에 부칠 거지만요."

"네가 가겠다고? 진심이야?"

셴이 고개를 끄덕였다. 그러자 올가가 신기한 말을 들었다는 듯 말했다.

"호오…… 신기하구나, 셴. 아까까지만 해도 호베스티얀 성에 다녀오느라 머리카락이 하얗게 셀 것 같다고 하지 않았느냐."

"그건 그겁니다. 아무리 그래도 당신을 혼자서 보낼 수는 없단 말입니다, 올가."

그가 자못 진지한 얼굴을 했다. 하지만 얼마 지나지 않아 도로 장난기 가득한 미소를 짓곤 덧붙였다.

"제가 아니면 누가 당신의 수발을 들겠습니까? 나침반 써보신 적 있습니까? 산속에서 길을 잃으면 어떻게 해야 하는지는 아시고요?"

"아이 취급을 하는구나."

올가는 다소 억울한 얼굴을 하고 반박하려 했다. 하지만 기류가 한발 더 빨랐다.

"누가 가더라도 마찬가지다. 용의 성지에서 오브를 깨려는 자들과 마주치면 어쩔 셈이지? 황녀 전하께서 다치거나 중상을 입는다면? 최악의 경우, 목숨을 잃었을 때는?"

기류는 다소 심하다 싶을 정도로 최악의 가정만을 늘어놓았다.

"일이 틀어지면 말단인 유디트 경이 전부 책임지게 된다. 네가 간다고 해서 달라지는 게 있어?"

"으음…… 그건 뭐……."

"네 행선지를 남들에게 비밀에 부친다고? 그럼 결국 똑같잖아. 남들은 유디트 경 혼자서 황녀 전하를 호위 한 거로 알겠지."

"쳇. 의외로 날카롭네요. 기류 경."

"사람 바보 취급하지 마."

기류가 평소의 그답지 않게 신경질적이었다.

"무슨 일이 터졌을 때 가장 크게 책임을 져야 하는 건 유디트 경이야. 내 말이 틀리나?"

틀리지 않았다. 그래서 셴은 반박할 수 없었다.

올가는 생각보다도 날 선 반응을 보이는 기류에게 넌지시 말했다.

"아무 일도 없을 것이다, 기류 경. 문제가 생기지 않으리라고 확신해."

"그걸 어떻게 확신하십니까?"

"이유는 말할 수 없다."

기류의 눈썹이 일그러졌다.

"나는 절대적인 확신이 있어. 아무 일도 없을 게다."

"황녀 전하. 전하께서는 지금 근거 없는 고집을 부리고 계십니다."

"하겠습니다."

유디트가 앞뒤 보지 않고 끼어든 건 그때였다.

기류는 제가 뭘 잘못 들었나 싶었다. 그러나 고개를 돌려보니 호박색 눈동자가 도망치지도, 피하지도 않겠다는 듯 여명처럼 빛났다.

"할 수 있으니 하겠습니다."

"유디트."

"유디트 경, 이겠죠. 단장님."

"……."

유디트는 또다시 기류를 가볍게 밀어냈다.

그녀의 목소리는 감정 없는 사람처럼 담백했다.

"말리시는 이유는 알겠습니다만 괜찮습니다. 저를 단장님의 자랑스러운 부하라고 생각하신다면 더더욱 말리실 필요 없고요."

"……경. 일이 잘못됐을 때를 생각해 봐."

기류는 목뒤가 굳어가는 걸 느꼈다.

"잘못됐다간 경이 필요 이상으로 큰 책임을 지고 퇴임하게 될지도 모르는 문제다."

"책임질 준비는 되어 있습니다."

"……."

"그게 아니면 절 못 믿으십니까?"

그 말이 거의 결정타였다.

기류는 아플 만큼 주먹을 꽉 말아 쥐었다.

화가 났다.

대체 왜 그런 고집을 부리는 걸까?

'걱정하는 내가 바보인 건가?'

할 말이 있으면 하라는 식의 유디트를 보고 있자니 허탈함이 밀려왔다.

그가 이를 악물고 말했다.

"좋아. 그렇게까지 말한다면 나도 간다."

"예?"

"허? 진심이에요?"

"유디트 경 혼자 호위 책임자가 되는 것보다는 낫겠지. 어차피 황녀 전하의 신변에 무슨 일이 생기면, 기사 한 명에게 모든 책임을 미뤘다며 나도 욕먹을 텐데."

셴이 입꼬리를 씰룩거렸다.

"아하? 그러니까 본인께서 굳이 직접 등판하셔서 두들겨 맞으시겠다?"

"시끄러워, 이 능구렁이 같은 자식. 애초에 이럴 작정으로 날 데려온 거였지?"

"그건 아닙니다만…… 믿어줄 것 같지도 않네요. 좋아요. 그런 거로 칩시다! 잘됐네요!"

셴은 살얼음 같은 기류의 속도 모르고 이걸로 모든 문제가 다 해결되었다며 기뻐하고 난리였다.

"……단장님께서 그러실 필요는 없다고 봅니다만."

"경의 논리대로, 나도 할 수 있는 일을 하는 것뿐이야. 문제 있나?"

기류가 날카롭게 반문했다.

"……딱히 없습니다."

유디트는 뾰족한 말을 찾지 못하고 고개를 돌려 버렸다.

올가는 일련의 대화를 약간 흥미롭다는 눈으로 보다가 고개를 갸우뚱 기울였다.

"함께 용을 잡은 것치고는…… 의외로 냉담한 사이로

구나."

"……."

"……."

두 사람은 약속이라도 한 듯 입을 꾹 다물었다.

올가는 곧 화제를 되돌렸다.

"떠나는 건 이틀 후 새벽이다. 두 사람 다 준비를 마치고 오거라."

"알겠습니다."

"모르는 게 있으면 제게 물으시고요. 그럼 이야기는 여기까지 할까요? 올가, 슬슬 주무셔야 할 시간입니다."

"아직은 괜찮아."

올가는 잠들기 싫어서 투정 부리는 아이처럼 셴을 바라보았으나, 그는 단호하게 고갤 저었다. 말 없는 투정이 오갔다.

그 틈을 유디트가 파고들었다.

"황녀 전하. 한 가지 궁금한 게 있습니다."

"음."

"오브를 깨뜨린 자가 누구인지 짐작되는 바가 있으신 겁니까? 그들이 전하를 해치지 않을 거라는 확신이 있으니 그리 말씀하셨습니까?"

"그렇지 않다."

"하면 그 확신은 어디서 온 것입니까. 그리고……."

유디트는 올가의 앞에 놓인 사파이어 소드를 가만 바라보았다. 아직 풀리지 않은 의문이 있었던 것이다.

화톳불 타는 소리가 침묵을 장식했다.

머잖아 올가는 입을 뗐다.

"셴."

"네헥?"

올가는 기지개를 켜는 셴을 향해 말했다.

"기류 경을 데리고 자리를 비켜주었으면 해."

"흐음, 말씀하시려고요?"

"처음부터 그럴 생각이었다."

"알겠습니다. 기류. 따뜻하고 포근한 오팔궁을 뒤로하고 저희는 쓸쓸한 밤길이나 걸으러 갑시다."

"……너나 걸어. 그런 길."

기류가 투덜댔다.

기류는 유디트가 신경 쓰였기 때문에 자리에 남고 싶었다. 그러나 콕 집어 자리를 비워달라는 황녀의 말을 무시할 수는 없는 노릇이었다.

"전 이 친구 좀 데려다주고 다시 오겠습니다."

"올 필요 없다. 여긴 네 집이 아니야, 셴."

"마음의 고향이거든요."

"이만 실례하겠습니다, 황녀 전하."

기류는 억지로 셴의 뒷덜미를 잡아끌었다.

두 사람이 나가자, 비로소 유디트는 올가와 단둘이 남게 되었다.

"……셴 단장이 저런 사람인지는 몰랐습니다."

"그럴 만도 하지. 하지만 모질거나 나쁜 마음을 먹는 자는 아니다."

"그런 것 같기는 합니다."

올가는 사르르 녹을 것 같은 눈웃음을 지었다.

걸음 소리가 완전히 멀어지자, 올가는 내내 어깨와 팔목을 따뜻하게 감싸던 퍼 숄을 벗었다.

"그래…… 궁금했겠지. 경이 대장간에 오는 걸 어떻게 알았을까. 왜 사파이어 소드를 보냈을까."

올가는 테이블 위에 놓여 있던 머리 끈 하나를 입에 물더니, 고운 머리카락을 직접 묶어 올렸다.

숄을 벗고, 머리카락을 틀어 올리자 얇은 드레스는 황녀의 등을 훤히 드러냈다.

"답은 간단하다. 나는 꿈속에서 그대의 미래를 보았어."

올가의 등에는 손바닥만 한 문신이 있었다.

"내게는 예언의 스티그마가 있다."

별자리 모양을 한 문신이었다.

천체와 우주, 별을 통해 미래를 엿보는 예언가.

베리타스 황가에 그런 예언가가 있었던가?

없다. 그런 말은 들은 적이 없다.

'그렇다면 역시 저건……'

칼리파의 등에 나타난 해골 모양의 문신처럼, 올가 황녀의 등에 나타난 저것은 분명……

"나는 거의 매일 밤 꿈을 꾼다. 어떤 것들은 아침 이슬과 함께 사라지지만, 어떤 것들은 분명한 현실이 되지."

올가의 스티그마가 말하고 있었다.

나는 네가 기류의 검을 가지러 대장간까지 달려가는 모습을 보았다고.

"문제는 내가 본 꿈이 언제 현실이 되는지 모른다는 거지. 내일 벌어질지, 내년에 벌어질지."

언젠가는 일어날 일.

하지만 언제 일어날지는 모른다.

올가는 자신의 스티그마가 지닌 맹점마저 낱낱이 밝혔다. 마치 마음의 민낯을 보여주는 것 같았다.

'……예언의 스티그마.'

아리송했던 게 하나둘 풀려갔다.

"꿈에서 경을 보았어. 그대가 사파이어 소드를 든 채, 대장간에서 말에 오르던 것을 기억해. 경은 곧바로 용을 향해 달려 나갔지."

올가가 부드러운 시선으로 유디트를 보았다.

그녀는 다시 퍼 숄을 두르며 코를 훌쩍였다.

"경의 얼굴만 보았다면, 그게 무슨 꿈인지는 몰랐을 거야. 처음 보는 사람이 꿈에 나왔겠거니, 했겠지."

"그런데 하필 제가 사파이어 소드를 들고 있었던 거군요."

"맞아. 그리고 무슨 꿈이었을까 고민할 새도 없이 잠에서 깼단다. 용이 나타나서 황궁이 위험하다고 소란이었거든."

올가는 그때를 떠올리며 웃음 지었다.

"그 순간 깨달은 거야. 내가 꾼 꿈이 어떤 의미였는지."

"……그래서 대장간으로 곧장 사파이어 소드를 보내셨던 거고요."

"그래. 도움이 되었는지는 모르겠지만."

"도움이 되었습니다. 분명히요."

도움이 되었다, 라는 표현으로는 이루 말할 수 없다.

사파이어 소드는 수백 년의 시간을 거쳤음에도 새것과 다름없을 만큼 튼튼하고 뛰어난 검이었다. 에테르를 감아서 휘둘렀음에도 날이 상하거나 닳지도 않았다.

이 시기에 오리온이 만들 수 있었던 용살검은 기류의 검 하나뿐이다.

만약 올가가 사파이어 소드를 전해주지 않았다면 유디트는 습관처럼 보급용 검을 쥔 채 전장을 누볐으리라.

유디트는 참혹했던 동쪽 시가지를 떠올렸다.

비석에 이름 한 줄 적히는 것으로 만족하고 유명을 달리한 사람들도 떠올렸다.

그리고 거슬러 간 생각의 끝, 거대한 용의 아가리 앞

에서 최후를 기다리고 있던 기류의 뒷모습이었다.

다 타버린 재처럼 허망하고 힘없이 죽음을 기다리던 모습. 그녀가 달려가지 않았더라면 유언조차 남기지 못하고 떠났을…….

"……미래를 바꿔볼 생각은 없으셨습니까?"

유디트는 저도 모르게 차갑게 물었다.

"미래를 보셨다면, 미래를 바꾸실 수도 있었을 것 같은데요."

"……."

"막내 황녀님께서 정신을 잃은 지 보름이 넘었습니다. 충분히 미래를……."

"예언의 스티그마가 생긴 날, 가장 처음 꾼 꿈은 내가 살해당하는 꿈이었다."

올가 황녀가 차갑게 말했다.

그녀의 목소리는 좀 전과는 확연히 달랐다. 너무 강한 햇빛처럼 새하얗고 따갑기까지 한 목소리였다.

"나는 칩거를 선택하며 목숨을 걸었다. 그 대신 많은 지지 세력을 잃었지. 폐하의 실망은 덤이었어."

"……."

올가의 말투엔 따끔한 가시가 돋아나 있었다.

"카드스마로 떠나는 알베르트에게도 거의 애원하다시피 했어. 떠나지 말아라. 암살이 있을지도 모른다……. 하지만 그 애는 떠났고, 약혼자를 잃고 홀로 살아서 돌아왔어."

유디트는 꼼짝없이 굳어버렸다.

"가슴을 졸이며 기다렸던 내게 돌아온 건 남동생의 끔찍한 원망과 의심이었다."

"……."

"스티그마로 인해 미래를 알게 되었다만, 그것은 결국 내 꿈에 나온 이야기일 뿐이야."

올가의 시선이 오래된 과거를 떠돌다 유디트에게 꽂혔다.

"누구도 내 말을 믿지 않아. 내 꿈은 누구에게도 그럴듯한 근거가 될 수 없으니까. 내가 꾼 게 단순한 꿈인지, 예언인지도 구별할 수 없지. 나조차도 말이야."

올가의 시선은 건조했다.

마치 포기한 사람처럼.

"언제 올지 모르는 미래를 대비해서 웅크려 있을 때마다, 내가 설 자리는 차근차근 줄어들었다. 이제 남은 곳은 이곳, 오팔궁뿐이지."

올가가 차가운 목소리로 물었다.

"예언의 스티그마쯤 되는 것을 지녔으면서 칩거를 선택한 게 한심해 보이느냐?"

유디트는 함부로 입을 열지 못했다.

만약, 제게 예언의 스티그마가 생겼다면. 꿈에서 보는 미래가 뒤죽박죽이었다면.

'내가 아무리 미래를 바꾸려고 해도, 노력할수록 수렁에 빠지기만 했다면……'

만약 그렇다면, 유디트는 차라리 아무것도 하지 않는 쪽을 선택했으리라.

유디트는 그제야 비로소 올가를 바로 보았다.

장황녀 올가. 황좌에 올랐을 사람. 황제의 총애를 받던 사람. 청기사. 오팔궁의 주인.

그러나 그녀도 결국 사람에 지나지 않는다. 남들보다 조금 더 비범한 것처럼 보일 뿐.

"……경솔한 질문을 드려서 죄송합니다."

"사과를 받으려 한 건 아니다. 다만 조금 이해해 주었으면 했다."

올가는 저와 똑같이 짊어진 것의 무게를 이겨내기 위해 끙끙대는 사람일 뿐이다.

유디트는 자신도 모르게 세웠던 벽이 스르륵 녹는 걸 느꼈다.

"나야말로 미안하구나. 나 또한 흥분했어."

짧은 침묵이 있었다.

"……처음에는 스티그마가 나타났다는 걸 모두에게 밝힐 생각이었다."

올가는 부쩍 지친 안색으로 말했다.

"하지만 금방 그만두게 되었어. 스티그마가 나타났다는

건 그리 좋은 징조가 아니니까."

"좋은 징조가 아니라고요?"

유디트의 눈이 재빠르게 움직였다.

"그래. 역사의 기록을 거슬러 올라가면, 스티그마는 제법 여러 번 나타났단다."

올가가 천천히 덧붙였다.

"다만 나타났던 시기를 살펴보면, 모두 제국의 역사 중에서도 어둡거나 위험했던 시기란 걸 알 수 있지. 전쟁이 일어났거나, 국난이 닥쳤을 때였어."

전쟁.

유디트는 제가 알고 있고, 유일하게 겪어보았던 로제타 왕국과의 전쟁을 떠올려 보았다.

"그래서 더더욱, 나는 스티그마에 대해서 떠벌릴 수 없었다. 황제가 될 자의 몸에 새겨진 국난과 혼돈의 표식이라니. 신전에 물어뜯기기 좋은 먹잇감이니까."

올가가 씁쓸하게 웃었다.

유디트는 올가가 소란스러운 것을 별로 좋아하지 않는다는 인상을 받았다.

"제국이 위험에 빠질수록 스티그마를 지닌 자가 늘어난다. 그리고 사람의 힘으로는 도저히 걷잡을 수 없을 만큼 베리타스 제국이 기울어지기 시작할 때……."

"……."

"카르나크 신은 손수 스티그마를 내린다고 하지."

그녀가 보드라운 숄 끝을 매만지며 긴 밤의 마침표를 찍었다.

✳   ✳   ✳

셴 안토가 돌아왔을 때, 올가는 창밖을 바라보고 있었다.

사방이 어두운 오팔궁이다. 토끼 한 마리도 지나가지 않는 곳이건만, 주변에서 뭘 찾겠다고 저토록 그윽한 눈빛을 흩뿌리는지.

아름다운 사람의 아름다운 모습은 지켜보는 것만으로도 시간을 쓸 가치가 있다.

그래서 셴은 문가에서 올가를 조용히 바라보았다. 한참이나.

결국 올가가 먼저 말을 걸었다.

"무얼 하고 있어. 들어오지 않고."

"아무것도 아닙니다. 유디트 경은 돌아갔습니까?"

"음……."

올가가 입을 꾹 다문 채 웃었다.

"이런저런 이야기를 해주니 머리가 터질 것 같다는 얼굴을 하고 돌아가더구나."

"하하하."

어렵지 않게 상상이 가는 광경이다. 올가와 함께 셴도 웃어버렸다.

"귀엽더구나. 귀여웠어. 정말."

올가는 눈을 감았다.

"……좋은 기사야. 꿈에서 또 걱정하게 될 사람이 늘었구나."

"……"

셴의 얼굴에서 미소가 사라졌다.

셴은 올가의 눈 밑이 평소보다도 어둡다는 걸 깨달았다. 그녀는 부쩍 지친 기색이었다.

"올가. 오늘은 얼마나 잤습니까?"

"……"

"세 시간은 잔 겁니까?"

황녀는 말이 없었다.

그러자 내내 다정했던 셴의 연두색 눈동자 속에 언짢음이 솟아올랐다.

"항상 말씀드리지 않았습니까. 아무리 꿈을 꾸는 게 싫어도 사람은 잠을 자야 해요."

"안다."

"알면 이리 오십시오."

침대로 간 셴이 그녀를 쳐다보며 침구를 두들겼다. 올가의 양쪽 눈썹이 시무룩하게 내려갔다.

"그렇게 보셔도 소용없습니다. 자, 어서요."

셴은 구겨진 침대 시트와 베개를 깔끔하게 정리했다.

결국, 올가는 석연치 않은 얼굴을 하고 침대까지 타박타박 걸어왔다. 맨발로 침대에 오르는 모습은 이름 높은 1황녀라고는 믿기지 않을 정도로 수수했다.

올가가 조심스럽게 몸을 뉘자, 그가 솜씨 좋게 이불을 펼쳐서 그녀의 어깨 부근까지 끌어 올려주었다.

침대에 눕자 기다렸다는 듯이 졸음이 몰려왔다. 올가는 몽롱한 얼굴로 허공을 바라보았다. 긴 속눈썹이 가물가물 닫혔다가 열리기를 반복했다.

"그대로 주무십시오, 올가."

"……."

그녀가 고개를 저었다. 꿈을 꾸는 것이 두렵다는 듯.

"셴."

"네, 올가."

"나는 미래를 보는 걸까, 아니면 미래에 조작당하고 있는 걸까."

"……."

"언제나 궁금해. 내가 미처 깨닫지 못하고 놓쳐 버린 미래가 있는 건 아닌지……."

셴은 한숨처럼 쏟아진 그녀의 고민거리를 묵묵히 마주

했다.

"내가 뭔갈 더 바꿀 수 있는 게 아닐까? 미래를 바꾸는 것이 옳은 걸까……."

"매번 자기 전에 그런 심란한 생각을 하니 꿈자리가 나쁘죠."

셴은 올가를 향해 나무라는 척, 담요를 이불 위에 한 겹 더 덮어주었다.

"세 살 버릇 여든까지 간다는데 올가는 벌써 서른입니다. 저는 스물아홉이고요. 남은 오십 년 어떡할 생각입니까?"

올가는 따박따박 떨어지는 잔소리에 슬그머니 웃었다.

"그냥 눈 감으십쇼. 아무 생각도 하지 말고."

"그게 안 돼. 나는 꿈을 잊어선 안 돼. 어떤 사소한 것이든 기억해야 해……."

"그러니까 불면증에 걸리는 거라니까요? 이거야 원, 제가 내년에는 꼭 슬리프 마법 배워 올 겁니다. 두고 봐요."

"……셴."

"뉘예?"

"언제나 고맙다."

셴이 기가 막힌다는 듯 그녀를 보았다.

"이번엔 또 뭐가 말입니까. 저 같은 미남이 눈알 튀어나올 정도로 예쁜 황녀를 돌보는 게요?"

올가는 그의 말투에 또다시 웃음을 터뜨렸다.

그녀가 천천히 고개를 젓자, 검은 머리카락이 침구 위로 살랑살랑 흩어졌다.

"항상 그렇게 생각했다. 아직도 황녀인 내 곁에 남아 있어주어서 고맙다고……."

그녀가 드문드문 고백하듯 말했다.

"황좌에서 멀어지고 있는 황녀를 상대해 줘서…… 함께 해 줘서 고맙다고……."

"올가."

침대 머리맡에 걸터앉은 셴이 올가를 내려다보았다.

"저는 황녀 편에 선 게 아닙니다. 당신 편에 선 겁니다. 평생."

셴이 실크보다도 부드러운 눈빛으로 올가를 바라보았다.

"괜찮을 겁니다. 전부 다 괜찮을 거예요."

올가는 몽롱한 눈으로 그를 올려다보았다.

셴 안토는 실없는 말을 끊임없이 해대는 사람이었고, 그래서 얄미울 때도 있었다.

하지만 그런 모습도 나쁘지 않았다.

"아무 걱정 말아요, 올가. 괜찮습니다."

잠들지 못하는 밤에는 셴의 목소리가 자장가처럼 쏟아졌다. 언제나 주변 사람의 불길한 꿈을 꾸던 그녀를 위로하듯이.

"오늘도 제 이야기보따리 중 하나를 풀어드리지요. 분명 좋은 꿈을 꿀 겁니다, 올가."

"······해보렴. 나의 세헤라자데야."

셴이 빙긋 웃더니 그녀의 이불을 토닥이며 말했다.

"아득한 옛날, 왕 중의 왕에게 두 딸이 있었습니다. 첫째의 이름은 사리아르데요, 둘째의 이름은 아리아드네였죠. 왕이 세상을 떠나자 두 자매만이 왕국에 남았는데······."

속삭이는 목소리는 한없이 다정했다. 올가는 눈을 감았다.

나른한 몸이 깃털처럼 붕 떠올랐다. 그녀의 의식은 밤보다도 어두운 꿈속으로 빠져들었다.

✳　✳　✳

유디트는 숙소로 돌아왔다.

마음이 복잡했고 머리는 그보다 더 복잡했다.

그녀는 목의 초커를 풀었다.

하얀 목덜미에는 여전히 모래시계 모양의 문신이 자리 잡고 있었다.

스티그마.

카르나크 신이 버리고 간 감정이 힘으로 변했다는 신력.

혼돈과 국난의 상징.

혹시나 하는 마음에 유디트는 거울을 노려본 다음 목덜미와 손끝에 힘을 주었다.

하지만 머쓱하리만치 스티그마에는 아무런 변화가 없었다.

"……."

회귀 후 벌써 몇 달이라는 시간이 흘렀다.

그러나 유디트는 한 번도 이 스티그마를 사용해 본 적이 없었다.

'사용하는 법도 모르겠어.'

그녀가 아는 것이라곤 이 스티그마가 모래시계 모양인 점, 아마도 자신이 스티그마를 통해서 회귀했다는 것뿐이다. 이마저도 후자는 추측이었다.

칼리파와 올가는 자신의 스티그마를 다룰 줄 안다. 무슨 힘이 있는지도, 어떤 능력을 발휘하는지도 안다.

반면 자신은 어떤가?

그녀라고 넋 놓고 있기만 했던 건 아니었다.

바쁜 시간을 쪼개서 루이에게 신학을 배웠고, 병동에서도 시간이 날 때마다 신학책을 읽었다.

하지만 어떤 책에서도 자신의 스티그마가 무엇인지, 그 비슷한 흔적조차 찾지 못했다.

오죽 답답했으면 내가 죽어야 스티그마가 발동하는 걸

까, 그런 생각까지도 해봤다. 물론 테스트 삼아 죽어볼 생
각은 요만큼도 없지만 말이다.

"내가 아는 한, 평민에게 스티그마가 나타난 예는 없어."

평민에게는 한 번도 나타나지 않았다는 스티그마가 제
목에 있다.
전쟁을 겪었던 회귀 전의 베리타스 제국을 기억한다.
표식처럼 남겨진 스티그마. 또 한 번의 기회.
그리고 제국의 위기 때 손수 스티그마를 내린다는 카르
나크 신까지.

만약 스스로 바로잡지 못한다면 내가 직접 개입하리라.

유디트는 루이와 공부하며 베껴 썼던 카르나크의 유언
을 다시 읽었다.
"……카르나크."
카르나크는 무엇을 바라는 걸까?
내가 무엇을 바로잡길 원해서 스티그마를 내린 거지?
그리고…….

"대답해라. 너는 시간의 스티그마를 가지고 있나?"

어둠 속에서 붉은 눈을 빛내던 제르멜이 떠올랐다.

왜?

대체 왜 제르멜이 시간의 스티그마를 운운한단 말인가.

한 번도 본 적 없는 미소를 지으며 다가오던 제르멜은 떠올리기도 싫을 정도였다.

유디트는 제르멜을 떠올릴 때마다 그가 자신을 죽이기 위해 치켜든 커다랗던 검날이 떠올라서 몹시 괴로운 마음이 들었다.

유디트는 힘없이 침대에 엎어졌다.

어쩌다 이런 일들에 휘말리고 있는 건지.

스티그마니 오브니 하는 것들을 떠올릴수록 머리만 아플 뿐이다.

그녀는 어두운 창밖으로 시선을 던졌다.

제복을 벗을 힘도 없었다. 열심히 살고 있으니 그냥 만사가 알아서 잘 풀려주면 안 될까. 문득 그런 투정 같은 생각이 들었다.

따뜻하고 안온한 품에 안겨, 모든 게 잘될 거라는 말을 듣고 싶었다.

무책임한 말이라도 좋으니까. 낙관적인 말이라도 상관없으니까.

다 별거 아닐 거라고, 너무 신경 쓰지 말라고. 아무 걱정하지 말라고.

사실은 항상 그런 말을 듣고 싶었는데.

"……."

외로움은 파도처럼 몰려와 그녀의 마음을 덮쳤다. 헤집힌 진흙처럼 유디트의 기분도 엉망이 됐다.

유디트는 제 곁에 아무도 없다는 걸 인정하고 싶지 않았다.

눈을 감았지만, 이미 끔찍해진 기분은 쉽사리 나아지지 않았다.

'이성적으로 생각해.'

난 혼자가 아니잖아. 칼리파도 있고, 비올레도 있는걸.

이런 외로움은 그냥 잠깐 느끼는 감정일 뿐이야. 답답하고 막막해서 느끼는 일시적인 감정인 거야. 그러니까…….

"너를 언제나 자랑스럽게 생각해. 너는 적기사고…… 내가 정말 아끼는 부하니까."

욕심내지 마. 사랑이라는 감정에 틈을 주지 마. 그건 분명 내 인생에 균열을 부를 거야.

'봐. 지금도 이렇게 나를 어지럽게 하잖아.'

유디트는 아무것도 생각하고 싶지 않아 그대로 잠을 청

했다.

그리고 그날, 꿈에서 기류가 나왔다.

그가 여느 때와 다름없이 저를 향해 활짝 웃으며 다 잘
될 거라는 말을 했다.

가장 듣고 싶은 말이었다.

Chapter 10
말로 하지 아니하고

유디트의 짐은 매우 단출했다. 갈아입을 옷과 검 한 자루. 홀가분하기 짝이 없는 짐이었다.

먼 길을 떠날수록 짐은 가벼운 게 최고다. 그녀는 경험으로 그 사실을 알고 있었다.

유디트는 숙소 한구석에 놓아둔 여행용 트렁크를 바라보았다.

응시는 짧았다. 그녀는 금방 평소와 다름없는 무표정으로 돌아왔다.

유디트는 짐을 챙긴 뒤 숙소를 나왔다. 뒤늦게 화염석을 놓고 왔다는 사실을 떠올렸으나, 그땐 이미 오팔궁 앞이었다. 돌아가자니 너무 늦은 시각.

'괜찮겠지. 마수 풀 같은 건 쓸어버리고도 남을 구성원

인데.'

생각은 쉽게 잊혔다.

"유디트 경, 오셨습니까."

"제가 제일 늦었군요. 죄송합니다."

"괜찮아요. 제 시각에 왔잖아요."

셴이 맑은 웃음으로 그녀를 반겼다.

유디트는 잠시 기류와 눈이 마주쳤지만 모른 척했다.

"올가, 짐은 그게 답니까?"

"그래. 생각보다 짐이 무겁구나."

"경량화 마법을 거시죠."

새삼, 유디트는 이 구성원이 특별하다는 걸 실감했다.

백기사의 하얀 로브를 입고 있는 셴 안토. 마법을 이용해 금발로 머리를 물들인 올가 황녀. 제복을 벗고 여행자 로브를 입은 기류까지…….

셴 또한 비슷한 생각을 떠올린 듯했다.

"이렇게 보니, 제 인생을 통틀어봐도 역대 최고의 여행길 구성원이네요."

그가 손가락으로 차례차례 한 명씩 가리켰다.

"적기사단장에 백기사단장. 브릴란테 훈장의 최연소 에테르 마스터. 여기에 당대 청기사까지. 흑기사만 있었으면 제국 네 기사가 전부 모이는 거 아닙니까?"

"그러네요."

회귀 전의 자신이 흑기사단이었던 것도 이력에 포함하면, 말마따나 네 기사가 모두 집결하는 셈이다. 심지어 구성원 중 세 명이 에테르 마스터니 무력적인 측면에서도 막강했다.

"어디 한 곳 잠입해서 털어먹고 나오기 딱 좋은 구성인데……."

"……."

"……."

"……."

"농담입니다."

유디트는 이 일행 앞에서는 농담하지 않기로 결심했다. 그녀가 화제를 돌렸다.

"기슬란 성까지는 어떻게 갑니까?"

"텔레포트로 갑니다."

셴이 올가의 짐을 들며 말했다.

"북부에는 마탑이 있으니까요. 그쪽으로 향하는 텔레포트 마커 중 몇 개를 이용할 겁니다."

"단거리 텔레포트로 하루 만에 갈 거라고?"

"설마요. 그럼 몸이 못 버티죠."

기류는 그 대답을 듣자 안심했다는 듯 고개를 끄덕였다.

네 사람은 오팔궁을 나섰다.

올가가 마법으로 물들인 금발을 백기사의 로브 속으로

숨겼다.

유디트는 신기하다는 얼굴로 물었다.

"황녀 전하, 마법을 쓸 줄 아십니까?"

"궁정 마법사만큼 뛰어난 실력은 아니지만, 교양으로 익혔단다."

마법은 본격적으로 배우려면 기백만 골드가 들어가는 학문이다. 그걸 교양으로 배웠다라…….

최소한 한 가지는 확실했다. 만일 올가에게 무슨 일이 생긴다면 제 목이 남아나지 않을 것이다.

"저는 황녀 전하께서 편히, 조용히 움직이고 싶다는 이유만으로 적기사에게 무거운 책임과 부담을 안기시는 걸 두고 볼 수 없습니다."

유디트는 복잡한 눈빛으로 기류의 뒷모습을 훔쳐보았다.

네 명은 황궁 마법사가 사용하는 공방의 지하로 향했다.

지하실에는 푸른빛을 띤 마법진이 수십 개 넘게 그려져 있었다. 바닥은 물론, 사방의 벽과 천장까지 마법진이 빼곡했다.

마법진에서는 푸른 마나가 눈에 보일 정도로 일렁이고 있었다. 덕분에 촛불 없이도 지하실이 밝을 지경이었다.

"너무 많네요. 올가? 기슬란 방면의 마커를 찾아주시겠습니까?"

"그러마."

올가가 머리를 작게 끄덕였다.

유디트는 기류의 옆에서 얌전히 있어야 하는 상황이 불편해져 셴의 곁으로 더 다가가며 물었다.

"신기하군요. 텔레포트를 쓰려면 마법진이 꼭 있어야 하나요?"

"있는 게 훨씬 좋죠. 이동 마법은 마나를 고정하는 마법진이 있으면 안전하게 움직일 수 있거든요."

"마커는 뭔가요?"

"마법사들의 은어입니다. 마법진이란 뜻이죠."

유디트는 신기한 눈으로 지하실을 둘러보았다. 흑기사 시절에도 텔레포트를 이용한 이동은 드물었기에 퍽 신선한 상황인 건 틀림없었다.

셴은 그런 유디트에게 가르쳐 주는 재미를 느낀 듯했다.

"마탑에서도 텔레포트를 사용할 때는 마법진을 쓰도록 권유합니다. 안전하고, 추적도 가능하거든요."

"……추적이요?"

"예. 마법진을 이용하면 반드시 흔적이 남죠. 그래서 추적당하고 싶지 않으면 텔레포트용 마석 같은 걸 쓰기도 하는데, 그게 또 워낙 비싸거든요? 게다가 장거리 이동 때는 크게 도움도 안 돼서 연구가 진행 중인데……."

"종알종알 말이 많네, 넌."

가만히 있던 기류가 한마디를 툭 뱉었다.

그가 퉁명스러운 얼굴로 두 사람 사이에 끼어들자, 셴은 기가 막혔다.

"왜 시비예요? 그리고 왜 옆으로 붙는데? 왜 끼어드는데?"

"추워서 그런다."

"화염석이라도 쓰세요."

"안 챙겨 왔어."

황당해진 셴이 그럼 제 것이라도 던져 주겠다는 말을 하기도 전, 올가가 뒤를 돌았다.

"찾았어. 기슬란 성 방면의 마커야."

"아. 고생했습니다, 올가. 바로 가지요."

"……."

"유디트 경?"

셴이 그녀를 부르자, 가만히 생각에 잠겨 있던 유디트가 소스라치게 놀랐다.

"왜 그러십니까?"

"아뇨, 아무것도 아닙니다."

그녀는 황급히 걸음을 떼느라 기류가 제 옆모습을 훔쳐 보는 걸 눈치채지 못했다.

'마법진 사용한 이동 마법은 추적할 수 있다고?'

……그렇다면 헤링시아 숲에서 레이먼이 발견했다는 마

법진도 추적할 수 있는 걸까?

아쉽지만 유디트에게는 더 고민할 시간이 주어지지 않았다.

올가가 주문을 외우기 무섭게 네 사람의 형체는 흔적도 없이 사라졌다.

※　＊　※

황녀는 세 번의 단거리 텔레포트를 끝내자 쉬어야 할 것 같다며 휴식을 선언했다.

기류가 거기에 가세했다.

"무리해서 좋을 건 없지."

"흐음…… 그러면 오늘은 여기서 묵도록 하죠. 아무리 짧은 거리의 텔레포트라고 해도 여러 번 반복하면 신체에 무리가 가니까요."

어느새 자연스럽게 그룹을 이끌게 된 셴이 휴식 선언을 받아들였다.

중간 지점인 나르하 지방에 도착하자마자 셴은 안전을 구실 삼아 여관 하나를 통째로 빌렸다.

주인장은 그들의 지불 능력을 의심했으나 셴이 묵직한 금화 주머니를 내밀자 쾌재를 부르며 영업 간판을 내렸다.

유디트는 올가와 함께 방을 쓰게 되었다.

황녀는 연이은 마법 때문에 지쳐 버렸는지 식사조차 하지 않고 그대로 침대에서 곯아떨어졌다.

유디트는 고민하다가 객실을 나섰다.

"셴 단장님. 황녀 전하께서 잠들어 버리셨습니다만……."

"아. 그럼 깨우지 마십시오. 차라리 푹 자게 놔두세요."

셴은 여관 1층에서 테이블 하나를 차지한 채 기도하던 도중이었다. 유디트는 주인장에게 들리지 않을 만큼 작은 목소리로 물었다.

"황녀 전하의 식사는 어떻게 할까요?"

"그러네요. 일단 우리도 식사해야 할 것 같은데……."

"내가 올라가 있지."

기류가 자리에서 일어나 덤덤하게 말했다.

"괜찮겠어요?"

"전하를 혼자 둘 수는 없잖아. 식사가 끝나면 셴, 네가 교대해."

"알겠습니다. 방에 들어가면 안 됩니다?"

"당연한 소리 좀 하지 마라."

기류가 그에게 핀잔을 놓았다.

기류는 주인장에게 몇 가지 식사는 언제든 먹을 수 있게 준비해 달라는 부탁을 마치고 돌아왔다.

"……경은 여기서 식사하고 천천히 올라오도록."

기류가 머뭇거리며 남긴 말은 유디트에게만 들릴 정도

로 작았다.

그는 2층으로 올라가 버렸다.

유디트는 계단을 올라간 기류의 등을 심란하게 바라보
았다.

"······."

"식사하시죠."

음식이 나왔다.

유디트는 치킨 스톡과 함께 뭉근하게 졸인 오리구이와
토마토 설탕 절임을 말없이 먹었다.

그렇게 얼마나 시간이 흘렀을까. 토마토 절임을 절반쯤
비웠을 때, 셴이 그녀에게 물었다.

"미리 묻겠습니다만, 혹시 기류와 사이가 좋지 않습
니까?"

"······."

유디트는 대답 대신 숟락을 내려놓고 눈을 가늘게 떴
다. 왜 그런 걸 묻느냐는 눈빛이었다.

셴은 어깨를 으쓱이며 또박또박 말했다.

"구성원 간의 불화는 임무에 영향을 미쳐서요. 특이 사
항이 있다면 지금 말씀해 주시지요."

"······."

"기류와 무슨 일 있습니까?"

저렇게 물어본다는 건, 무슨 일이 있는 것처럼 비쳤다는

거겠지.

남의 눈에 드러날 정도였다니. 한심한 일이다.

"지금 앗! 남에게 들키다니 한심하다, 그런 생각 하고 있죠?"

셴이 곧장 싱글벙글 웃으며 말했다.

유디트는 그의 미소를 보고 있자니 묘하게 골이 났다. 그래서 부루퉁한 얼굴로 그의 앞에 놓인 토마토 위에 설탕을 팍팍 쳐버렸다.

"으아악! 뭐 하시는 겁니까!"

"이렇게 먹는 게 더 맛있습니다. 어서 드시죠."

"이건 거의 타락한 마귀 수준의 토마토 설탕 절임 아닙니까! 토마토는 생으로 먹는 게 더 몸에 좋은데!"

"타락하세요."

"저 백기사단장입니다만!"

셴은 얼굴을 구기며 얇게 썬 토마토 절임을 씹었다.

"기류를 싫어합니까?"

"……그렇지 않아요."

"그럼 왜 그렇게 사람을 대놓고 무시합니까?"

"……."

유디트는 대답하기 곤란해졌다.

"제가 두 사람 사이에 끼어들고 싶은 건 아닙니다. 다만 한쪽이 일방적으로 무시할 만큼 기분 나쁜 일이 있었다면 고려해야 할 것 같거든요. 이번 일에선."

"임무에는 지장이 없을 겁니다."

"그건 제가 판단할 일이죠."

셴이 딱 잘라 대꾸했다.

사실 그의 말에는 틀린 구석이 하나도 없었다. 유디트는 딱히 반박하지 못했다.

그가 다시 물었다.

"기류가 싫어요?"

"……싫지 않습니다."

"그럼 좋아요?"

"……."

유디트가 고개를 획 돌려서 셴을 노려보았다. 그가 웃음을 터뜨렸다.

"이봐요, 유디트 경. 지금 너무 태도가 뻔한 거 압니까?"

"싫어하지 않습니다. 임무에 지장 가지 않도록 하겠다고도 말씀드렸고요. 다른 말을 더 해야 합니까?"

"아, 그래요. 좋아요. 말하기 싫은 사람 입을 억지로 열수는 없죠. 토마토에 설탕까지 쳐주신 분인데."

셴이 능글맞게 덧붙였다.

"하지만 제가 보기에는 너무 딱해서 말입니다. 두 사람다 서로를 엄청나게 의식하고 있지 않습니까?"

"……잘 모르겠습니다만."

"원래 이런 건 본인들은 잘 못 느끼는 법이죠."

"……."

유디트는 커다란 한숨과 함께 경계하던 것을 관뒀다.

"기류 단장님께서 절 의식하신다면 그건 저 때문이겠죠."

"왜 일부러 무시합니까?"

"거리를 두는 것뿐입니다."

"말 한마디 붙여보려는 사람을 모른 척하는 걸 보통 무시라고 해요."

"거리를 두는 것뿐이라니까요."

"거참 고집 세신 분이네……. 좋아요, 그런 걸로 칩시다. 왜 거리를 두는데요?"

셴이 설탕 친 토마토를 하나 더 씹으며 물었다.

유디트가 굳은 얼굴로 답했다.

"단장과 부하 사이에 거리를 두는 건 당연한 일입니다."

"아, 거 진짜 답답하게……. 보세요, 경. 당연하다는 말은 그럴 때 쓰는 거 아닙니다. 그리고 제가 바봅니까? 병실에서 기류와 사이좋게 이야기하던 건 언제고 이제 와서?"

"……그걸 어떻게 아셨습니까?"

셴은 내가 별소리를 다 해본다는 얼굴로 대답했다.

"당연히 봤으니까 알지요! 경이 다쳤을 때 신성 치료하러 간 사람 중 한 명이 접니다만?"

"예?"

유디트는 삐딱하게 그의 말을 듣던 것도 잊고 깜짝 놀랐다.

"몰랐습니까?"

"……."

유디트가 말없이 고개를 끄덕이자 셴은 묘한 표정으로 턱을 괴었다.

"공로가 공로니만큼 저도 얼굴을 보고 싶어서 갔었는데……. 아니, 이런 건 아무래도 좋습니다! 하여간 그때까지만 해도 사이는 좋았잖아요. 요즘 왜 그러는데요?"

유디트는 이 남자가 생각보다 끈질기다고 느꼈다. 비슷한 맥락의 질문이 벌써 세 번째 반복되고 있었다.

피곤함을 느낀 그녀가 설탕 통을 쥔 채 말했다.

"말씀드리고 싶지 않습니다."

"좋아요. 그럼 다른 걸 물어볼게요. 계속 이대로 지낼 생각이에요? 만약 그럴 생각이라면 조금만 양보해 주면 안 되겠습니까?"

셴이 손가락 끄트머리로 테이블을 톡톡 쳤다.

"솔직히 말하면 지켜보는 제가 다 불안합니다. 기류는 어떻게든 당신에게 말 한마디 걸어보려고 기웃거리는데, 당신은 무슨 앞만 보는 경주마처럼 피해 버리잖아요. 아니지, 경주마보단 황소에 가깝던데?"

유디트는 그의 토마토에 설탕을 통째로 퍼부어 버렸다.

"끄아악! 야만인!"

"타락하세요. 당장."

"너무하시네!!"

셴이 보기만 해도 달다는 얼굴로 토마토에서 설탕을 긁어냈다.

유디트는 그 광경을 뚱한 표정으로 지켜보았다.

'역시 너무 지나쳤던 걸까.'

유디트도 알고 있었다. 기류의 눈빛이 저를 따라다니고 있다는 건.

자선 연회 때까지만 해도 함께 춤을 췄던 사이다. 심지어 그녀는 제 기분이 상한 것을 드러내지 않고 연회에서 나오지 않았던가.

기류로서는 어느 날 갑자기 차가워진 태도에 당황하고 말았으리라.

입장 바꿔서 생각해 보면, 유디트도 갑자기 그가 저를 무시하거나 거리를 두기 시작하면 견딜 수 없을 것 같았다.

'……조금 심했나.'

역지사지의 진리로 돌이켜 보니 미안해지는 감은 있다. 그건 인정한다.

하지만 다시 생각해 봐도 역시 무리라는 생각부터 들었다. 감정을 자각해 버린 이상 예전처럼 돌아갈 수는 없다.

"……무슨 양보를 어떻게 하길 바라시는 겁니까?"

"많이 바라진 않겠습니다. 그래도 최소한 일상적인 대화는 해야 눈치를 안 보지 않겠습니까."

셴이 설탕을 긁어내던 숟가락을 내려놓았다.

"무뚝뚝한 태도를 유지하는 건 상관없습니다. 하지만 식사 시간의 침묵은 곤란해요."

셴이 2층을 턱짓했다.

"기류가 불편하다면 기류와 풀어요. 최소한 황녀님께서 두 사람의 눈치를 보는 상황은 안 왔으면 합니다만……. 과한 부탁입니까?"

"아뇨."

그건 과한 게 아니라 당연한 말이었다.

유디트는 고개를 끄덕인 후 텅 빈 설탕 통을 내려놓고 사과했다.

"그 점은 제 불찰입니다. 죄송합니다. 더 이상 신경 쓰이지 않도록 하겠습니다."

"고개 드세요, 경. 저 사과받을 생각 없습니다."

셴이 고개를 저었다.

"그리고 뭐랄까…… 으음."

그는 잠시 이 선을 넘어야 할지 말아야 할지 고민하는 눈치였다.

"약하고 가난한 사람들은 무시당하기 좋은 세상 아닙니까. 직업 특성상, 저는 혐오와 무시를 제법 잘 느끼는 사람이거든요. 무슨 말인지 이해하시죠?"

만민을 우러른다는 백기사는 그 이념에 걸맞게 입단하자마자 6년이라는 긴 시간 동안 구휼 활동을 벌인다. 거지와 빈민을 돌보고, 병자와 재해민의 수발을 드는 사람들이 바로 백기사였다.

신성력의 근본은 자애심과 이타심이다. 때문에 백기사의 대부분이 마음속 깊은 곳부터 선한 자일 때가 많았다. 숫자도 황실의 세 기사단 중에서 제일 적었다.

"제가 느낀…… 경이 기류에게 향했던 무시는…… 냉소나 증오, 혐오가 섞인 것과는 좀 달랐단 말이죠."

"……."

"보통 사람을 무시하는 단계에 이르면 그 세 가지 중 하나라도 비슷한 감정을 느끼는 게 정상이라고요."

"결론이 뭡니까?"

"기류 좋아합니까?"

셴이 물었다.

"그래서 무시하는 거예요?"

유디트는 말없이 그를 응시했다.

호박색 눈동자는 차분하다 못해 냉정한 빛으로 침묵을 지켰다.

어떤 침묵은 백 마디의 말보다 무겁다. 셴은 제 어깨를 짓누르는 고요함이 보통 무게가 아니라고 생각했다.

결국, 그가 한발 물러났다.

"……미안합니다. 제가 선을 넘었습니다."

"괜찮습니다."

유디트는 어떠한 감정의 동요도 보이지 않았다.

"이만 올라가 보겠습니다."

"내일 뵙지요."

그녀가 먼저 자리에서 일어났다.

계단을 오르는 발소리는 내려올 때와 다를 것 하나 없었다.

유디트는 일정한 속도로 계단을 밟았고, 층계는 삐걱대는 소리도 들리지 않았다.

잘 훈련된 기사의 발소리가 멀어져 갔다.

발가락 끝까지 예사롭지 않게 힘을 주고 움직인다니. 그렇게까지 태연함을 가장할 이유는 무엇인가.

"……생각보다 더 마음의 벽이 견고하신 분이었네요."

셴이 마지막 남은 토마토 절임을 먹으며 중얼거렸다. 끔찍하게 달아서 몸이 절로 떨렸다.

＊　✳　＊

2층으로 올라온 유디트가 만난 사람은 당연히 기류였다. 그는 누가 봐도 생각 많은 남자의 표본 같은 얼굴을 하고 있었다.

기류가 유디트를 발견하고 다가왔다.

"식사는 잘했어?"

"예. 덕분에 마쳤습니다."

"그래."

"……."

"……."

또다시 어색한 침묵이다.

기류는 곤혹스러운 얼굴로 그녀를 바라보았다. 유디트가 어쩐 일로 그 시선을 피하지 않았다.

마음이 복잡했다. 좋아하는 사람에게 무시당하는 기분은 빈말로도 좋지 않았다. 그는 다정한 성품을 지녔으나, 그렇다고 감정적인 호구를 자처할 만큼 미련한 사람도 아니었다.

기류 또한 사람인지라 이유도 알려주지 않고 벽을 치는 유디트가 답답했다. 어떤 점에선 저라는 사람을 무시해도 되는 사람으로 여겨 이러는 건가 싶어, 분하기도 했다.

그러나 분한 건 분한 거고 절망은 절망이다.

똑같이 무시해 주겠다며 씨근덕거리긴커녕 매번 그녀의 기분을 살피는 자신이 있다. 텔레포트 마법으로 현기증이 날 때면 그녀도 그렇지는 않은지 걱정됐다. 부쩍 추워진 날씨에 잘 적응하고 있는 건지, 혹시 힘들거나 마음에 걸리는 건 없는지 궁금했다.

하고 싶은 말은 쌓여갔다.

사랑의 반대말이 무관심이라는 옛 격언은, 떠올릴수록 그의 가슴을 날카롭게 찌르는 말이 됐다.

유디트는 여전히 묵묵했다.

그래서 구멍투성이가 된 가슴으로도 느낄 수 있었다.

너는 나를 무시할 수 있구나.

나는 네가 뭘 해도 너를 무시할 수 없는데.

동시에 실감했다. 네가 나를 사랑할 가능성은 조금도 없는 거구나, 하고.

먼저 좋아하는 사람이 지는 거라는 말에 빗대어보면, 유디트는 분명 이 사랑의 승리자요, 갑이었다.

기류는 좀 울고 싶어졌다.

그리고 맨 처음 문제로 돌아갈 수밖에 없었다.

대체 어떤 부분이 문제였나? 그녀는 무엇 때문에 이러는 걸까?

원숭이 이 잡듯 저 스스로를 파헤쳐 보았지만, 소득이라고는 조금도 없었다.

답이 보이지 않는 상태에서 끊임없이 스스로를 검열하는 시간은 고통스럽기까지 했다.

그는 피곤함을 느꼈고, 스트레스는 상상을 초월했다.

이런 쪽으로는 한없이 무뎠던 그가 쉬이 버틸 수 있을

만큼 만만한 수준이 아니었다.

"단장님, 식사하고 오세요. 이제 괜찮습니다."

때문에 기류는 유디트가 별것 아닌 것으로 말을 걸었음에 기뻐했고.

"황녀 전하는 제가 방에서 돌보겠습니다."

그 내용이 대단히 상투적이고 사무적이라는 데서 절망했다.

기류는 거무죽죽한 안색으로 고개를 끄덕였다.

"무슨 일 있으면 소리치도록 해."

"알겠습니다. 그리고……."

"……?"

"……아뇨. 아무것도 아닙니다."

유디트는 복잡한 얼굴을 했다.

그녀는 한마디 더 덧붙여 보려다가, 차마 그럴 용기가 나지 않는다는 얼굴로 방에 들어가 버렸다.

기류는 닫혀 버린 문 앞에서 땅이 꺼지라 한숨을 쉬었다.

"……미치겠다, 진짜."

물론 유디트가 문 안쪽에서 듣고 있을 거라고는 꿈에도 생각하지 못하고 한 소리였다.

다음 날도 마커를 이용한 텔레포트가 계속됐다.

단거리라고는 하나, 하루에 두세 번씩 텔레포트를 겪으니 이동 마법 특유의 어지러움과 신체적 피로감이 컸다.

단련된 기사 셋은 충분히 버틸 만했으나, 문제는 올가 황녀였다.

셴이 아니었다면 유디트는 황녀가 지쳤다는 것조차 몰랐을 것이다. 그녀는 전혀 티를 내지 않았으니까.

하필이면 일행 중 가장 체력이 부족한 그녀가 마법까지 사용 중이었다.

"앞으로 몇 번 더 마커를 넘어야 합니까?"

"두 번이란다. 키르세까지 가서 그곳의 마커를 타면 요르하, 그다음이 기슬란 성이지."

"그럼 오늘은 이쯤 하지요."

셴은 올가를 향해 부드럽게 타일렀다.

"말도 지쳤을 때 쉬어줘야 잘 달리는데 사람은 오죽하겠습니까. 올가, 당신에게는 휴식이 필요합니다. 쉬어요."

"……알겠다."

"거리에 나가보고 싶으셔도 좀 참으시고요. 이따 제가 안내해 드릴 테니까요."

황녀는 저잣거리를 아쉬운 눈으로 보았다.

셴은 그 시선을 못 본 척하며 두 사람을 향해 고개를 돌렸다.

"두 분은 어떻게 하시겠습니까? 저와 황녀님은 이대로

여관으로 갈 생각입니다만."

"자리를 비워도 된다면 저는 좀 둘러보다 가겠습니다."

유디트가 담담히 대답했다.

"화염석을 사 와야 할 것 같습니다."

화염석은 불꽃을 만들어내거나 체온을 따뜻하게 만들어주는 마석의 한 종류였다.

"기슬란 성 방향에서 마수 풀이 자주 나온다는 이야기를 들은 적이 있습니다. 괜찮을 거라고는 생각합니다만, 두어 개 준비해 둬서 나쁠 건 없겠죠."

"알겠습니다, 다녀오시죠."

셴이 천천히 고개를 주억거렸다.

유디트가 기류를 부른 건 그때였다.

"……괜찮으시면 기류 단장님도 같이 가시겠습니까."

"어? 어? 나 말이야?"

"피곤하시다면 저 혼자 다녀오고요."

"아냐!"

실로 오랜만에 유디트가 먼저 말을 걸었다. 기류는 놀라서 어영부영 대답했다.

"나도 갈게."

유디트의 눈이 조금 부드러워졌다.

워낙 무표정이었기에 그녀가 안도하고 있다는 걸 아는 사람은 없었다.

＊　＊　＊

두 사람은 처음 보는 거리로 나왔다.

예나하 지방은 북부의 기슬란 성과는 조금 떨어져 있는 한적한 시골이었다.

시장에는 사람이 많았고 판매하는 물건 대부분이 식료품이었다.

모래색 천막이 가판대를 가렸고, 두꺼운 옷을 입은 상인들이 쉴 새 없이 호객하고 있었다. 북쪽에 있다고 제법 바람이 찼다.

유디트는 기류를 향해 춥지 않냐며 물으려다 그만뒀다.

'전에는 어떻게…… 그렇게 아무렇지 않게 말을 걸었지.'

과거의 무신경했던 스스로가 부러울 지경이다.

셴과 대화를 나눈 후, 유디트는 마음을 비우려 애썼다.

'최대한 평소처럼 대하자. 예전처럼.'

처음엔 기류를 어떻게 대해야 할지 몰라 무시했다.

그녀를 자랑스러운 부하라고 말하는 상대 아닌가. 어설프게 연정을 밝히면 피차 곤란해질 뿐이다.

하지만 때때로 감정이 모래성처럼 무너졌다.

기류를 보고 있을 때면 그녀는 제 마음이 가는 대로 행동하고 싶다는 충동을 느꼈다. 아무것도 안 하고 그를 빤

히 바라보거나, 연회 때처럼 손을 잡아보고 싶다는 마음
이 들었다.

애틋한 감정은 각별했지만, 그만큼 낯설었다. 어떻게 마
음의 고삐를 조여야 하는지 알 수가 없었다.

'평생 이럴 순 없잖아. 뭐라도 말해야 해. 뭐라도……'

유디트가 입술을 잘근잘근 씹었다.

한편, 기류는 유디트가 그에게 무언가를 제안했다는
사실만으로도 천당과 지옥을 오가는 기분을 맛보고 있
었다.

그가 물었다.

"이제 화 풀린 거야?"

"딱히 화났던 거 아닙니다."

"그러면?"

"조금…… 신경 쓰이는 일이 있어서 그렇습니다."

기류가 반문했다.

"신경 쓰이는 일?"

유디트는 몇 번 입을 달싹였다.

"……잘, 말씀드리기가 어렵습니다. 저는 단장님처럼 말
을 잘하는 사람이 아니라서요."

"나를 달변가로 평가하는 사람은 경뿐일 거야."

기류는 애써 웃더니 유디트의 곁으로 한 발자국 더 다
가갔다.

그러나 유디트는 금방 그 간격만큼 다시 거리를 벌렸다.

'⋯⋯.'

기류는 저도 모르게 이를 악물었다.

유디트의 반응은 분명 예전과 달랐다. 예전의 그녀는 기류가 곁에 있어도 별말이 없었고, 심지어 먼저 다가오기도 했었으니까.

달라진 반응을 보며 기류는 순간 행복하고 낙관적인 상상을 해봤다.

혹시 그녀가 저를 의식하는 건 아닐까?

'그럴 리가 없지.'

참 얼토당토않은 생각이었다. 그렇게 나 좋을 대로 세상이 흘러갈 리 있나.

'좋아한다면 상대를 그렇게 무시할 리 없잖아.'

기류는 막막한 문제를 앞에 두면 대화로 해결하는 사람이었다. 그의 머릿속에는 좋아하는 사람을 피한다는 선택지가 없었다.

그럼 뭘까. 왜 그랬을까.

지겨운 고민을 오늘도 끄집어냈다.

그나마 쾌거라면, 그녀가 저에게 화가 나서 그랬던 건 아니라는 걸 알게 된 점이다.

'혹시 셴이나 다른 친위대에서 더 좋은 조건으로 스카우트라도 받은 건가?'

그래서 적기사단과 더 거리를 두고 싶단 걸 완곡하게 표현한 걸까?

상상의 나래는 참 멀리까지 펼쳐졌다.

만약 그런 이유라면 기사단과는 멀어져도 나랑은 멀어지지 말아주세요, 라는 한심한 애원부터 떠오르니 중증도 이런 중증이 없었다.

"그러고 보니 이거 경비 처리는 되는 겁니까?"

"……응. 해줄게. 경비 처리."

기류는 조용히 사재를 털기로 결심했다.

두 사람은 금방 화염석을 파는 마법 용품 가게를 발견할 수 있었다.

"유디트 경. 저기 가게가……."

"예. 봤습니다."

"안 들어가?"

"가게보다는 저쪽 가판대에서 사는 게 나을 것 같습니다. 그쪽이 더 저렴해 보여서요."

유디트는 가게 유리창 너머로 진열된 가격표를 보더니 고개를 돌렸다.

화염석을 사기로 한 건 그녀였으므로, 기류는 그 뒤를 따랐다.

그는 유디트가 가판대 앞에서 화염석을 고르는 걸 지켜보았다.

"어서 오세요! 어떤 물건을 찾으세요?"

"화염석이 필요한데 어떤 겁니까?"

"화염석이요? 여기서부터 여기까지인데 어떤 걸 찾으세요? 지금 살짝 물건이 부족한 상황인데……."

유디트의 눈웃음이 부드럽게 상인을 압박했다. 수량 적다고 가격 올릴 생각 하면 재미없을 줄 알아요. 상인은 식은땀을 흘리며 천천히 보고 가라며 물러섰다.

유디트는 화염석을 세심히 골랐다.

기류는 가판대의 마석 품질을 대충 확인한 다음 물러났다.

사실은 뭐라도 말을 걸고 싶었다.

하지만 그녀가 왜 저를 무시했는지도 모르는 판국에, 잘못된 확신으로 나불거렸다가 또 긁어 부스럼을 만들면 어떡하는가.

'그땐 정말 나랑 눈도 안 마주치는 거 아니야?'

기류는 일단 침묵하기로 했다.

그렇게 유디트의 쇼핑을 한 걸음 물러나서 지켜보는 동안, 기류는 몇 가지 사실을 알게 됐다.

유디트는 필요한 물건 외에는 눈길조차 주지 않았다. 그리고 물건을 고르는 데 쓰는 시간이 지나치게 길었다.

그녀는 화염석을 고르며 풀리지 않는 문제를 앞둔 학자처럼 고민했다. 상인이 이런 것도 필요할 거라며 은근히

부추겼지만 구경할 생각이 없다며 말을 잘랐다.

"이쪽 물건도 함께 보시죠. 특히 이 발광석은 요긴하게 쓰입니다. 먼 길을 떠나시는 여행자들이 자주 쓰죠."

"아뇨, 볼 생각 없다고요."

유디트가 눈살을 찌푸리며 재차 거절했다.

지켜보던 기류는 상인이 아쉬운 얼굴로 물러나자 그녀에게만 들리게 작은 목소리로 물었다.

"보는 것 정돈 괜찮지 않아?"

"예산 낭비하면 안 되니까요."

기류는 무어라 더 말하려다, 피곤해 보이는 유디트의 안색을 파악했다.

한정된 예산에 맞춰서 물건을 산다면 선택의 폭은 그만큼 좁아진다. 그럼 시간이라도 아끼는 게 낫다.

"그럼 화염석 여덟 개에 발광석 두 개까지 포함해서 총 열 개. 그렇게 사지."

"……너무 많습니다."

"괜찮아. 얼른 사고 돌아가서 경도 쉬어야지. 아직 텔레포트 영향으로 피곤하잖아?"

"그건……."

유디트는 그럴 필요 없다며 기류를 말리려 했으나, 이미 엎질러진 물이었다.

상인은 냉큼 물건부터 건넸다.

유디트는 찌푸린 얼굴로 화염석을 받아 챙겼다.

그녀는 값을 치른 기류의 뒤를 따라 천막 밖으로 나왔다. 그리고 가판대와 거리가 어느 정도 멀어진 뒤에 말했다.

"그렇게 많이 살 필요는 없었습니다. 지금이라도 발광석은 환불하러 가죠."

"발광석은 상등품치고는 가격이 저렴한 편이었어. 한두 개쯤 있어도 괜찮을 것 같아."

발광석은 화염석과 비슷한 원리로 움직이는 마석이다.

한밤중에도 커다란 빛을 내뿜는 만큼 활용도가 높았는데, 주로 등 대신 사용하거나 수신호가 통하지 않는 거리에서 신호를 주고받을 때 썼다.

조난 대비용으로 여행자가 가지고 다니는 마석 세트 중 하나기도 했다.

"황녀 전하께서 하나 가지고 계시는 것도 나쁘지 않고."

"……물론 가격이 저렴한 편이긴 했지만, 엄연히 과소비입니다."

"하지만 이럴 땐 목적에 맞게 사서 대비하는 것도 좋다고 생각해."

그가 차분히 말했다.

"지금 우리에게 중요한 건 황녀 전하께서 안전하게 잠행을 마치고 돌아가시는 거야. 그다음 중요한 건 얼른 돌아가서 쉬고 체력을 비축하는 일이고."

"……알겠습니다."

틀린 말은 아니었다. 유디트는 영양가 없는 반박을 관두기로 했다.

상인의 사탕발림에 그대로 넘어간 기분이라 별로 내키지 않았으나, 어쩔 수 없었다. 이미 손을 떠난 문제다.

'어차피 내 돈도 아니고.'

"다른 거 필요한 건 없지?"

"괜찮습니다. 단장님께서 필요한 게 있으시다면 동행하겠습니다. 말씀하십시오."

"……."

기류는 새삼 딱딱해진 그녀의 대답에 씁쓸함을 느꼈다.

무시당하는 것보단 낫지만, 정말 그뿐이었다.

내리깐 그의 시선이 유디트의 허리춤에 닿았다.

"여분의 검은 가지고 왔어?"

"아뇨. 한 자루뿐입니다."

"내 생각에는 한 자루 더 있는 게 좋을 것 같은데."

유디트가 딱 잘라 말했다.

"괜찮습니다. 이걸로 충분합니다."

"……."

기류가 걸음을 멈추고 그녀를 보았다.

말할까. 아니면 관둘까.

그녀는 이미 자신을 영문 모를 이유로 밀어내고 있다. 괜한 말을 해서 분란의 불씨를 지피는 짓은 하고 싶지 않았다.

하지만…….

"에테르를 견디지 못하는 보급용 검은 몇 번 못 쓰고 금방 망가져. 전에도 말했잖아?"

기류는 말하기로 했다. 그가 예전에 했던 말을 기억하냐는 듯 물었다.

"특히 우리 같은 에테르 마스터들은 여분의 검을 들고 다니거나, 더 좋은 검을 마련하는 게 목숨과 직결되는 일이야."

"알고 있습니다."

"그러면 왜 한 자루를 고집하지?"

유디트는 대답하기 거북해졌다.

왜냐고?

그건 습관이라고밖에 할 말이 없었다.

나아가, 유디트의 방어 심리기도 했다.

"전에도 말씀드렸습니다만 장비 욕심은 한번 가지기 시작하면 끝이 없습니다. 뭐든 분수에 안 맞는 걸 욕심내면 신세를 망치게 마련이고요."

아무리 비싸고 좋은 검이라 해도 결국 소모품.

갈아치워야 하는 순간은 반드시 온다.

하늘에서 돈 떨어지는 경험을 맛봤으나, 자라나며 오래

도록 되새겨진 사고는 쉽게 변하지 않았다.

유디트는 여전히 돈 때문에 목숨을 잃은 적이 있는 기사였다.

"저는 욕심으로 제 신세를 망치고 싶지 않습니다."

"……."

"그러니까 검은 필요 없습니다. 그냥 이대로 충분합니다."

"하나도 안 충분해."

기류가 드물게도 그녀의 말을 반박하고 나섰다.

"충분하다는 말은 그럴 때 쓰는 게 아니야. 왜 욕심내는 게 당연하게 신세를 망치는 길이라고 생각해."

기류는 그녀의 말이 궤변이나 다름없다고 생각했다.

답답하면서도 안타까웠다.

"유디트 경. 어떤 것들은 자격 있는 사람이 응당 갖춰도 될 여유야."

기류는 유디트를 사랑한다.

갑작스레 찾아온 사랑은 그의 심장을 동네북으로 만들었고, 칼바람에 휘날리는 깃발처럼 속절없게 했다.

그러한 사랑과 함께 깨닫게 된 것이 있다. 그가 아무리 유디트를 사랑한다고 해도 그녀를 바꾸지 못한다는 점이다.

기류는 유디트가 자기 자신에게 일말의 여유도 허용하지 않고 가혹하게 구는 것을 보고만 있어야 했다.

고작 검 한 자루. 스스로를 지킬 수 있도록, 목숨 위험해지는 일이 없게 욕심내 주었으면 했다.

'아니, 사실은……'

검뿐만이 아니었다.

세상에서 제일 좋은 것들이 모조리 발이 달려서 그녀에게 찾아갔으면 했다.

가장 달콤한 음식은 알아서 그녀의 접시 앞으로 찾아가기를. 가장 아름다운 음악은 다정하게 그녀의 마음을 달래주기를. 가장 아름다운 풍경은 눈부시게 그녀의 추억에 수놓이기를.

기류는 유디트의 손에 닿는 모든 것이 귀하디귀한 것이기를 바랐다.

안타까웠다. 허락된다면 항상 말해주고 싶었다. 아끼고 사랑하는 이에게 말하고 싶었다.

너 스스로를 더 아껴주라고.

절대 박하게 굴지 말고, 누릴 수 있는 것은 전부 누리라고.

너 자신을 더 사랑해 줘. 그리고 허락해 준다면 나 또한 너를 함께 사랑할게.

사랑하는 사람이 스스로에게 야박하게 구는 것은 그의 가슴 또한 아프게 했다.

그가 눈앞의 인물을 똑바로 응시했다.

"경은 황자와 황비를 구했고, 황자 피습 사건에 쓰인 약물을 조사했고, 광룡을 잡았고, 황녀를 호위하고 있지."

유디트의 눈동자가 떨렸다.

"지금 이 순간에도, 매사에 최선을 다하며 노력하는 사람. 그게 내가 느낀 유디트라는 사람이야."

기류는 그녀에게 가장 하고 싶었던 말을 간신히 꺼냈다.

"자기 자신에게 조금만 더 여유를 허락해 줘. 경은 그 정도는 누려도 되는 사람이란 말이야."

"……."

쉽사리 입이 떨어지지 않았다. 그래서 유디트는 그냥 입을 다물고 있는 편을 선택했다.

여유를 더 허락하라고? 더 좋은 걸 누려도 된다고?

누구도 그런 말은 해주지 않았다.

그런데 왜 당신이 그런 말을 하는 걸까.

유디트가 흔들리는 눈으로 그를 응시했다.

기분이 이상했다.

그와 예전처럼 이야기를 나눠보려고 함께 나온 건데, 같이 시간을 보낼수록 예전으로 돌아갈 수 없다는 걸 확실하게 느끼고 만다.

과거 수도에서 함께 식사하고 거리를 거닐던 때는 가슴이 울렁이지 않았다.

항상 텅 비어 있던 마음에 애정을 올리니, 이렇게 무거왔다.

"저는…… 그렇게 생각하지 않습니다."

유디트는 이 감정을 어떻게 다뤄야 할지 몰랐다.

그래서 결국, 이 외출을 끝내는 쪽을 택했다.

다음 날 새벽. 유디트와 일행은 기슬란 지방에 도착했다.

"기슬란 성은 저 위입니다."

유디트의 시선이 셴의 손가락을 따라 산꼭대기까지 올라갔다. 보기만 해도 아찔한 높이였다.

"……굉장하네요."

"좀 높긴 하죠?"

"그것도 그건데 야간 근무에 이어서 등산까지 하라니……."

유디트가 너스레를 떨자 올가는 세상에 그렇게 재미있는 말을 들어본 적이 없다는 듯 웃었다.

"미안하구나. 돌아가면 꼭 그에 맞는 보상을 해주마."

"절대 사양하지 않겠습니다."

유디트는 부드럽게 웃으며 고개를 숙였다. 얼핏 보기에 그녀는 평소와 다를 게 없었다.

"북부에서도 고도 높은 산으로 유명합니다만 다행히 길이 잘 정비되어 있어요. 중간까지는 짐마차로 올라가죠."

기류가 마차와 마부를 구해 오는 데는 오래 걸리지 않

았다.

그사이 유디트는 기류와 반대 방향의 시장으로 가서 아침 식사를 사 왔다.

기류가 급히 구해 온 짐마차는 두 대로, 그렇게 크지 않아서 두 사람씩 앉을 수 있었다.

유디트는 올가와 함께 마차에 타기로 했다.

이른 새벽 시간의 산길은 아찔할 정도로 추웠다. 입가에서 흘러나온 하얀 김이 가는 눈발처럼 허공에 흩어졌다.

셴이 올가의 외투 단추를 잠가주며 물었다.

"춥진 않습니까, 올가?"

"괜찮아. 유디트 경이 사다 준 화염석이 제법 따뜻해서."

올가가 화염석을 흔들어 보였다.

셴은 부드럽게 웃으며 질문의 상대를 바꿨다.

"유디트 경은요?"

"저도 괜찮습니다. 견딜 만합니다."

"조금만 더 버텨봅시다. 추우면 경도 아끼지 말고 화염석 쓰시고요. ……그럼 황녀님을 부탁드리겠습니다."

유디트가 가볍게 고개를 끄덕이며 짐마차에 올랐다.

올가 황녀는 이 모든 일이 신선한 눈치였다. 하긴, 어떤 황녀가 짐칸에 타는 경험을 해볼까.

올가는 고도가 높아질수록 변하는 능선 너머의 광경을 보고 감탄을 터뜨렸다. 그녀는 이어서 포슬포슬하게 구워진 빵 표면을 신기하다는 듯 찔러보다가 조심스레 갉아 먹었다. 유디트는 그런 황녀가 약간 귀엽다고 생각했다.

동녘에서 뜨는 해가 어두웠던 밤을 몰아내고 있었다. 발 끝 너머로 보이는 성하 마을은 이미 강렬한 주황빛에 둘러싸였다. 반면 머리보다도 위에 있는 하늘은 여전히 쪽빛이었다.

유디트는 짙었던 밤하늘이 연한 푸른색으로 변하는 걸 느긋하게 지켜보았다.

그리고 푸른색 저편.

빛과 빛, 색과 색이 섞이는 하늘 경계의 저편에 기류가 눈을 감고 앉아 있었다.

무엇으로도 적절하게 표현할 수 없는 사람이, 하나로 집을 수 없는 색을 등에 업은 것 같았다.

유디트는 다른 마차에 앉아 있는 그를 보며, 무심코 떠오르는 생각을 입에 담았다.

"……사람은 왜 자기와 다른 상대에게 끌리는 걸까요."

"음?"

이상한 타이밍의, 이상한 말이었다.

민망해진 유디트가 곧장 잊어달라 말하려는데, 올가는 의외로 진지하게 그녀의 물음에 답했다.

"그건 우리가 결핍을 느끼는 인간이기 때문이겠지?"

유디트는 생각도 못 해본 대답에 눈을 끔뻑였다.

"내겐 없는 걸 채우려는 본능 때문에 더 이끌리는 게 아닐까 싶어."

"본능…… 말입니까?"

올가는 웃으며 고개를 끄덕이더니, 유디트 곁으로 조금 더 붙어 앉으며 담요를 나눠 덮었다.

"나도 비슷한 고민을 한 적이 있어."

"전하께서요?"

"의외인가?"

"예. 엄청요. 놀랐습니다."

올가는 셴이 탄 짐마차 쪽을 흘끔 보더니 말했다.

"사람을 이해한다는 건 그 사람을 내 마음 안에 집어넣는 일이더구나. 그래서 감당하기 힘들 때는 가슴이 찢어질 듯 아픈 거겠지."

유디트는 올가가 한 번도 본 적 없는 부드러운 눈으로 셴을 바라보고 있다는 걸 알았다.

"하지만 그 아픔조차 감당할 만큼 이끌리는 사람을 만난다면, 그게 축복이 아니고 무엇일까 싶어."

"……."

유디트는 잠깐이지만 올가가 부러워졌다.

이런 말을 막힘없이 할 만큼, 올가는 자신의 감정과 마음을 살피고 돌볼 기회가 많았던 거겠지.

"그게 정말 축복일까요?"

"그럼. 나는 그렇다고 생각해. 우리는 사랑을 통해 자신의 세계를 넓혀가지 않니?"

올가는 유디트가 자신의 말에 바짝 집중하고 있다는 걸 느꼈다. 그래서 찬 공기에 목이 시렸음에도 계속해서 말했다.

"……자신의 세계……."

"성애적인 의미를 떠나, 나는 어떤 사랑이든 사람을 더 나은 사람으로 만드는 이유가 거기에 있다고 생각한단다."

유디트가 무릎을 끌어안았다.

그럼 이 과정 또한 내 세계가 넓어지는 과정인 걸까? 하지만 그런 거라면…….

"……너무 아픈 과정이로군요. 고작해야 결핍 본능을 채우는 건데."

"본디 결핍이란 쉽게 채울 수 있는 게 아니니까 말이다. 그래서 그런 걸지도 모르겠다."

"일리가 있군요. 이해했습니다."

유디트가 고개를 끄덕이며 납득했다.

올가는 꼬박꼬박 대답하는 유디트가 귀여웠는지 다정하게 그녀의 손을 잡았다. 그리고 유디트의 손바닥에 그녀가 쥐고 있던 화염석을 올려주었다.

화염석에서 퍼진 열기가 순식간에 유디트의 몸을 따뜻하게 만들었다. 사람의 체온처럼, 기분 좋은 따뜻함이었다.

"유디트 경."

"예, 전하."

"어떤 과정은 결말에 이르기까지가 가장 고통스러워. 하지만 결말에 이르는 순간, 그 고통은 아무것도 아니게 되지."

"……."

"누군가를 사랑하고 이해하며 알아가는 것도 그렇단다."

올가는 유디트의 손가락을 곱게 접어주었다.

유디트는 어쩐지 이 순간을 평생 잊지 못할 것 같다는 예감이 들었다.

그녀는 제 욕망 하나만큼은 누구보다도 확실하게 붙잡으면서 26년을 살았다.

그 경험이 말하고 있었다. 기류가 좋다고. 너무나 욕심이 난다고.

남과 나의 경계. 인생을 통틀어, 그것 하나만큼은 잘 그어왔다고 확신한다.

하지만 정말 중요한 관계 앞에선 멍청하게 굴었다. 한심하지만 어쩔 수 없었다.

솔직하게 말할까?

기사단장인 그에게 좋아한다고 말하고, 내디뎌 본 적 없는 감정의 늪으로 발을 들여볼 것인가?

하지만 여전히 그럴 용기가 없었다.

여유 없었던 인생은 유디트에게 실패를 용납하지 않았

고, 그녀를 뛰어난 승부사로 키웠을지언정 도박사로는 살
게 하지 않았다.

누군가는 사랑이 어째서 도박이냐 묻겠지만, 그녀는 반
대로 묻고 싶었다. 어째서 도박이 아니냐고.

애초에 쌍방 아닌 일방적인 감정만으로도 이토록 심력
을 소모하는데 감히 제가 연애라는 것을 할 수나 있을까.

누구도 알려주지 않는 대답 앞에서 유디트는 올가의 손
을 잡은 채 고개를 들었다.

결국, 부딪쳐 보기 전에는 알 수 없는 일이다. 습관처럼
피해선 아무것도 해결되지 않는다는 걸 안다.

"……"

유디트의 시선이 기류가 탄 짐마차로 향했다.

기막힌 타이밍으로, 기류도 그녀를 보고 있었다.

이제 유디트는 시선을 피하지 않았다.

❋　✳　❋

대각선으로 떨어지던 칼날이 돌연 방향을 바꿔서 직각
으로 올라갔다.

기류의 칼이 녹색 마수 풀을 베어냈다. 덤불 줄기 몇 가
닥이 소리 없이 바닥으로 떨어졌다.

"셴."

"잠시만요, 잠시만……."

다음 일격을 날리기도 전, 끄트머리가 잘린 풀 줄기는 스멀스멀 수풀 속으로 돌아갔다. 육안으로는 어느 것이 마수 풀이고 식물인지 구별할 수 없었다.

기류가 혀를 찼다.

사정은 유디트도 다르지 않았다. 그녀의 검이 나무를 휘감은 마수 풀을 갈랐다.

숲에는 엄폐물이 너무 많았다. 마수 풀이 어디에서 튀어나와도 이상할 게 하나도 없었다.

올가가 불만스러운 어조로 말했다.

"그냥 화염 마법으로 전부 정리해 버리면 되지 않겠느냐?"

"안 됩니다."

유디트가 자기 목보다 두꺼운 나무줄기 하나를 통째로 썰며 답했다.

"불타는 마수 풀이 날뛰기 시작하면 숲 전체가 눈 깜짝할 사이에 타버릴 겁니다."

마수 풀 하나 없애겠다고 초록색인 것들을 모조리 불태운다는 건 빈대 잡겠다고 온 집을 불태워 버리는 것과 똑같았다.

"아까처럼 화염석을 쓰는 건?"

"마수 풀의 수가 너무 많습니다. 화염석은 다리가 결박당했을 때를 대비해서 남겨두시는 게 좋겠습니다."

유디트가 침착하게 대답했다.

처음 나타난 한두 마리에게는 화염석을 썼지만, 상황을 보아하니 그렇게 소모했다간 금세 바닥날 게 뻔했다.

결국, 올가는 아쉽다는 얼굴로 사파이어 소드를 휘둘렀다.

직선보다는 곡선. 발레를 오랫동안 배운 사람 특유의 가벼운 몸짓. 우아하게 내질러진 검이 수풀을 헤쳤으나, 거기에도 마수 풀의 본체는 없었다.

유디트의 눈가가 살짝 움직였다.

'실력이 괜찮네.'

청기사 올가의 검은 춤을 추듯 아름답다던데, 미사여구를 적당히 거르고 보아도 이해되는 표현이다.

마법도, 검술도, 발레도 금방 능숙하게 익히고 평균 이상으로 잘하는 황녀라니. 세상은 불공평하다.

"셴!"

기류는 재촉하듯 외쳤다. 그가 발목까지 다가온 마수 풀을 짓밟으며 잘라냈다.

다음 순간, 사방이 빛으로 번쩍였다. 그늘진 숲속을 한 번에 밝힌 빛은 따스하기까지 했다. 백기사의 정화하는 힘. 정화 능력이었다.

소리 없이 숨죽이고 있던 마수 풀의 본체가 처음으로 소리를 질렀다.

키이이이이익! 키익!

마치 극독에 닿은 것처럼 마수 풀이 날뛰었다.

유디트는 비명이 들려온 방면으로 재빨리 에테르를 쏘아 보냈다.

펑! 퍼엉!

유디트는 깜짝 놀랐다. 쏘아낸 양에 비해 너무 큰 굉음이 들렸다.

같은 방향으로 에테르를 쏘아 보낸 기류 또한 놀란 건 마찬가지였다.

상황을 파악한 두 사람이 눈을 마주한 채 머쓱해하자, 올가가 웃으며 말했다.

"기류, 유디트. 두 사람 다 반응속도가 정말 빠르구나."

"아닙니다."

"우연입니다."

기류와 유디트는 이번에도 동시에 대답했다. 올가는 그 모습을 보고 또 웃었다.

"그 두 사람 말고 절 칭찬해 주시죠, 올가."

셴이 디바인 펜듈럼을 꺼내며 투덜거렸다.

"어째 재주는 백기사가 부리고 칭찬은 적기사가 먹습니까."

"귀여운 투정을 부리는구나."

"귀여…… 에이, 말을 맙시다."

"왜. 계속 투정 부리지 않고? 계속 말해보렴. 귀엽다."

"됐다고요."

셴의 볼이 조금 붉어진 것을 유디트는 놓치지 않았다.

셴은 진지한 얼굴로 연두색 수정이 달린 디바인 펜듈럼으로 주변을 살피기 시작했다.

올가는 신기한 눈으로 그 광경을 보았다. 그녀는 집중하는 셴을 방해하지 않도록 목소리를 낮춰 물었다.

"……유디트, 저건 뭘 하는 거지?"

"남은 마수 풀이 있는지 확인하는 작업입니다."

"그걸 저것으로 알 수가 있어?"

"예."

유디트는 최대한 자상하게 설명했다.

"마수 풀은 생명력이 강합니다. 끝까지 정화하지 않으면 더 강하게 모체를 키워서 돌아와 골치 아프거든요."

"신기하구나. 식물과 비슷한 마수가 있다는 것도 신기한데……."

유디트는 별걸 다 신기해한다는 말 대신 다정하게 덧붙였다.

"기다리기 지루하시겠지만 조금만 참으시지요."

"알겠다."

그사이, 셴이 쥐고 있던 디바인 펜듈럼이 사방을 향해 영롱한 빛을 내뿜었다. 그리고…….

"음?"

펜듈럼이 흔들린 것과 유디트가 움직인 것은 거의 동시였다.

"올……!"

사색이 된 셴이 경고하기도 전에, 유디트의 칼끝이 먼저 움직였다.

그녀의 검이 올가의 발목과 머리카락을 잡아당기려고 한 마수 풀을 여섯 토막으로 조각냈다.

"전하!"

다행히 마수 풀은 힘을 다했는지, 힘없이 말라비틀어져 버렸다.

놀라서 펜듈럼을 떨어뜨린 셴이 허겁지겁 다가왔다.

"올가, 괜찮습니까?!"

"괜찮아. 난…… 괜찮다. 덕분에."

올가는 다소 놀란 얼굴이었으나, 푸른 눈은 금세 차분함을 되찾았다.

유디트는 주변을 향한 경계를 쉽게 풀지 않았다. 롱소드를 쥔 손에 힘이 잔뜩 들어가 있었다.

기류는 사각지대를 유심히 살피더니 셴이 떨어뜨린 디바인 펜듈럼을 주웠다. 펜듈럼에서 반응이 사라지자 그가 말했다.

"유디트 경. 괜찮아. 방금 그놈이 마지막이었던 게 확실하다."

"……알겠습니다."

유디트는 한참 후에야 납검했다.

올가는 사파이어 소드를 내려놓았다. 그러고는 여전히 불안해 보이는 셴을 안심시키기 위해서인지, 머리를 묶으며 밝은 목소리로 기류에게 농을 걸었다.

"기류 경."

"예."

"아무래도 반응속도는 유디트 경이 더 빠른 모양이다."

기류는 올가의 말을 듣자 피식 웃는 것도 모자라 태연하게 받아쳤다.

"예. 단장으로서 언제나 자랑스럽게 생각합니다."

"……어서 올라가시죠."

유디트는 정말 복잡한 기분이 되었기에 자그마한 목소리로 일행을 재촉했다.

안타깝게도 올가의 궁금증이며 단란했던 분위기는 금방 사라졌다.

"마수 풀만 여섯 번이라……. 이건 문제가 있군요."

셴이 중얼거렸다.

"너무 많이 나오는데."

"원래 이렇게 많이 나오는 게 아니고?"

"아닙니다."

기류가 고개를 저었다.

"산길이라는 걸 감안하더라도 너무 많습니다."

보통은 한 번 만나면 운이 나쁘다고 말하는 마수 풀이다.

기슬란 성 근처에 다다랐을 때쯤, 그들은 부쩍 지쳐 버렸다. 셴은 아침보다 훨씬 핼쑥해진 얼굴로 말했다.

"……큰일이군요. 이렇게 마수 풀이 많이 나오면 상인들은 길을 오가는 것도 힘들 텐데. 전하야 우리가 지킨다지만……."

"오브가 깨진 영향일까요?"

유디트는 누구도 불안함에 인정하고 싶지 않아 하던 질문을 입에 담았다. 은연중에 같은 생각을 하고 있었는지 세 사람의 얼굴이 동시에 어두워졌다.

횟수만 놓고 따져보면, 일행 하나가 여섯 번 연속으로 마수 풀을 만날 확률은 너무 낮다.

'오브가 딱 하나 깨졌을 뿐인데, 그 영향이 이렇게까지 크단 말이야? ……아니면 설마…….'

유디트는 머릿속에 떠오른 또 하나의 가정을 억지로 밀어냈다.

만약 그 가정이 맞아떨어진다면, 이 고생을 하면서까지 기슬란 성에 온 보람이 없기 때문이다.

셴의 생각도 유디트와 비슷한 지점에 도달한 듯했다.

"……어서 오브를 회수하는 게 좋겠습니다. 올가, 기슬란 성으로 들어가야 하는 겁니까?"

"아니. 오브가 설치된 건 기슬란 성 근처에 숨겨진 용의 성지다. 지금은 제단에서 의식을 치르는 용도로나 사용되고 있을 거야."

"알겠습니다. 가시죠."

올가가 고개를 끄덕이며 앞장섰다.

그렇게 삼십 분을 더 걸었을 때였다. 유디트의 걸음이 주춤거렸다.

"……잠시만요."

"음?"

"핏자국이 있습니다."

유디트의 눈동자가 거뭇한 흔적이 남겨진 나무로 향했다.

그녀는 습관적으로 검을 뽑아 든 다음, 수풀 근처로 걸어갔다. 기류는 따라서 수풀 속으로 들어오는 셴과 올가를 막은 다음, 유디트 곁으로 다가갔다.

"……시체로군요."

"……."

기류의 낯빛이 어두워졌다.

수풀 안쪽 커다란 나무 옆에 시체가 있었다. 남성의 시체였다.

기류는 작게 성호부터 그었고, 유디트는 곧장 사내를 살폈다.

나이는 스무 살이 조금 넘었을까. 시체는 커다란 충격을 받았는지 눈을 부릅뜨고 죽어 있었다. 유디트는 사내에게서 기괴하면서도 피폐한 인상을 받았다. 그러다 이상한 흔적을 발견했다.

"……비늘?"

남자의 손바닥 안쪽에는 어디서 많이 본 푸른 비늘이 돋아 있었다.

'페온과 똑같아?'

새카맣게 변해 버린 혈관의 흔적이며, 피부 위를 덮은 푸른 비늘까지.

'용의 피를 사용한 건가?'

그러나 더 충격적인 말이 기류의 입에서 나왔다.

"……아는 얼굴이야."

"예?"

"이 남자."

기류는 유디트에게만 들릴 만치 작은 목소리로 말했다.

"아주 예전에 흑기사단으로 들어간 기사 중 한 명이었어."

"……."

순간, 유디트의 머릿속이 혼란으로 가득 찼다.

흑기사단? 이 사내가 흑기사였다고?

유디트는 믿을 수 없다는 눈으로 사내의 얼굴을 꼼꼼히

살폈다.

그러나 헛수고였다. 유디트가 아무리 기억을 되짚어도, 처음 보는 얼굴이었다.

그의 손은 파랗고 누런 멍 자국이 가득했다.

"······단장님. 아무래도······."

"그래. 용의 피를 쓴 게 분명해 보여."

기류가 어두운 목소리로 말했다.

"두 분. 미안하지만 급한 게 아니라면 대충 수습해 주세요."

등 뒤에서 셴이 말했다.

"아무래도 날씨가 심상치 않습니다."

"······."

셴의 말마따나, 아침까지만 해도 구름이 좀 많다 싶었던 하늘이 희뿌옜다.

유디트와 기류는 최소한의 정리를 마쳤다.

셴은 참을성 있게 그 시간을 기다린 다음, 이름 모를 남자를 향해 짧은 기도를 마치고 자리를 떴다.

"올가. 헤이스트 마법을 쓸 수 있습니까?"

"······미안하구나."

"그럼 조금 빨리 걷지요."

네 사람 다 누구라고 할 것 없이 걸음을 재촉했다.

"······느낌이 좋지 않군요."

셴의 혼잣말에 누구도 반박하지 못했다. 심지어 올가조차도 밝은 얼굴로 농담했던 것이 언제였냐는 듯 표정을 굳혔다.

"거의 다 왔어."

올가가 걸음을 더욱 빨리했다.

그쯤, 유디트는 인근의 흙이 조금 더 붉은빛을 띠고 있다는 걸 눈치챘다. 누군가가 흘린 핏자국으로 인해.

"……."

불쾌한 느낌에 심장이 느리게 뛰었다.

한번 옮겨붙으면 걷잡을 수 없는 산불처럼, 불안에서 생겨난 연기가 머릿속을 희뿌옇게 채워 버렸다.

공허한 생각이 떠오르더니…….

"이제 개를 죽였으니 개값을 물어주면 되는 일이지."

붙잡을 수 없는 재처럼 마음이 어지러웠다.

흑기사단과 용의 피.

황실 기사. 개값.

불쾌한 단어는 쫓아내도 쫓아내도 스며드는 안개처럼 유디트의 머릿속을 누볐다.

그리고 마침내, 올가의 걸음이 멈췄다.

"……."

성지의 제단 위, 커다란 용의 석상이 물고 있었을 게 분명한 오브는 그 형체가 망가진 채였다. 커다란 파편 하나만이 그것이 원래 구체였다는 걸 알려주고 있었다.

용의 심장으로 만든, 억제력이 담긴 보주.

"……오브가 깨졌군요."

오색으로 빛났다는 오브는 그 빛을 잃은 지 오래였다.

애써 가슴속에 밀어 넣었던 불길한 예감이 적중하는 순간이었다.

유디트는 올가가 이 상황을 꿈에도 몰랐으리라고 확신했다. 그렇지 않으면 저렇게 충격받은 얼굴로 가만히 서 있지는 않았겠지.

"깨진 지는 얼마 되지 않은 것 같습니다."

가장 먼저 정신을 차린 사람은 기류였다.

"단면을 보십시오. 아직 날카롭습니다."

유디트는 뒤늦게 오브 근처로 다가갔다.

기류의 말은 사실이었다. 오브의 단면은 아직 날카로웠으며 투명함을 간직하고 있었다. 막 깨어져 나간 유리 조각 표면처럼 위험해 보였다.

유디트는 오브의 파편을 만져보았다.

파편은 까끌까끌했다. 그리고 하얗게 때가 끼거나 더러워진 흔적도 없었다.

"확실히. 깨진 지 얼마 안 되었군요."

"오브는…… 쉽게 깰 수 있는 물건이 아니다."

간신히 정신을 차렸는지 올가가 셴의 부축을 받으며 다가왔다.

그녀는 조각난 파편을 속상한 얼굴로 바라보았다.

"오브가 깨졌다면 억제력을 퍼뜨리던 마법도 함께 깨졌다는 뜻이다. 그 충격을 평범한 사람이 받고 살아 있을 리가 없는데……."

올가가 입술을 물었다.

반면 유디트와 기류, 시체를 직접 확인했던 두 사람은 시선을 마주했다.

정황증거가 너무도 분명했다.

깨진 오브. 기슬란 성과 얼마 떨어지지 않은 곳에서 발견된 시체.

'아까 그 시체가…… 용의 피를 마신 자가 오브를 깬 거야.'

용의 피는 급격한 신체 변화를 견디지 못하고 죽음에 이르게 하는 물건이다. 거기에 오브를 깬 충격이 더해졌다면 더 일찍 목숨을 잃은 것도 이상한 일은 아닐 터.

'용의 피…….'

노스카나 공작령에서 벌어진 황자 피습 사건은 결국 범인을 찾지 못했다.

황제 때문이었다. 황제는 조사관을 움직였으나 허탕을

쳤고, 결국 귀찮아진 황제는 이 일을 1황자에게 넘겨 버렸다.

그리고 얼마 지나지 않아 광룡이 폭주하는 사태가 터졌다.

1황자는 정쟁 상대인 3황자의 피습 사건을 깊이 파헤치는 걸 원하지 않았다. 저를 추대하는 사람 중 누군가가 3황자 피습 사건에 연루되어 있기라도 하면? 끔찍한 역풍은 불보듯 뻔했다.

1황자 알베르트는 동생들이 살아 돌아왔다는 점에서 안도와 기쁨을 느끼는 평범한 형이었다.

하지만 정쟁 상대를 위해 소매를 걷어붙이고 나서기보다는, 조사를 황급히 마무리해 버리는 황자이기도 했다.

결국 노스카나 공작령 피습 사건은 흐지부지되고 말았다.

다만 유디트만이 4황자의 개인적인 부탁으로 이 사건의 연결 고리를 찾아냈고, 그 사실을 기류 등 소수의 인물과 공유하고 있을 뿐이었다.

"……."

유디트가 아주 작은 목소리로 그 소수의 인물에게 물었다.

"이세에피나 황녀님은……."

"아직 깨어나지 못하셨다. 적어도 우리가 베르디를 나서

기 전까지는 분명히."

기류가 확신에 찬 눈빛으로 고개를 끄덕였다.

유디트는 이제 좀 전과는 다른 의미로 가슴이 뛰었다. 오브를 깬 건 황녀가 아니다. 용의 피를 이용한 사람은 따로 있다. 이 사건에는 황녀 아닌 다른 사람이 얽혀 있는 것이다.

헤링시아 숲을 조사할 때 느꼈던 게 분명해졌다.

유디트는 이세에피나 황녀가 왜 암시장을 통해 용의 피를 뿌렸는지 이해할 수 없었다. 그녀에게는 그럴 이유가 조금도 없었기 때문이다.

'누군가가 황녀를 방패 삼아 용의 피를 이용한 거야.'

그렇게 생각하니 모든 것이 매끄러웠다.

유디트의 생각은 자연히 다음 단계로 넘어갔다.

'제르멜이 한 짓인가?'

흑기사였다는 사람의 시체를 생각해 봤을 때, 그게 가장 타당한 결론이다.

그러나 그 또한 불분명했다.

유디트는 아직도 기억하고 있었다.

용의 피를 사용하는 데 반발했던 흑기사에게, 제르멜은 마음대로 하라며 무관심으로 응대했다.

그가 용의 피나 오브에 관해 흥미를 드러냈다면 진즉 흑기사면서 에테르 마스터인 자신을 어떻게든 이용했겠지.

게다가 흑기사단은 결국 황가의 명령으로 움직이는 존재 아닌가.

그렇다면 그 시체는 누가, 무슨 이득을 얻기 위해서 이용한 거지?

유디트와 기류는 용의 성지 주변을 더 뒤져보았다. 그러나 특별한 흔적은 발견하지 못했다.

그사이 올가와 셴은 깨진 오브의 파편을 회수했다. 올가 황녀는 몇 번이고 손을 멈추며 슬퍼했다. 그러는 동안 하늘을 뒤덮는 구름은 점점 많아졌다.

오브의 파편을 다 수습한 건 진눈깨비가 지면을 질척하게 적신 무렵이었다.

"······날씨가 궂군요."

기온이 차디찼다. 고도가 높은 만큼 뼈가 시린 추위였다.

버틸 수 있는 만큼 버텨보려 했던 유디트도 슬슬 한계를 느꼈다. 이대로 있다간 감기에 걸릴 것 같았다.

'춥다······.'

그녀는 딱 하나 남은 화염석을 매만지며 사용을 망설였다.

기류는 일행에게 화염석을 두 개씩 나눠 주었다. 그리고 유디트는 그녀 몫의 화염석 중 하나를 황녀에게 바쳤다.

유디트는 자기 밥그릇을 잘 챙기는 사람이지만, 그 밥그릇 채워주는 사람 앞에서는 습관처럼 낮은 자세가 되곤 했다.

"하산해야겠다."

정적을 깨고 올가가 말했다.

"더 어두워지기 전에 산에서 내려가야 할 것 같구나."

"기슬란 성에 들르지 않으실 작정입니까?"

기류의 물음에 올가가 머리를 끄덕였다.

"본래 나는 이곳에 있어선 안 될 사람이니까."

올가의 칩거는 유명하다.

황실은 물론, 제국의 그 누구도 황위 계승자로 가장 유력하게 손꼽히는 장황녀가 조용히 궁을 나왔을 거라곤 생각하지 못할 것이다.

"후작 내외가 내 얼굴을 알고 있다. 기슬란 성에서 마주치기라도 했다간 큰 소란이 일어날 게다."

"……최대한 빨리 내려가는 게 좋겠습니다."

기류는 군말 없이 동의했다.

하산이 시작됐다. 올가가 오브의 파편만큼은 본인이 직접 들고 가겠다고 고집을 부린 것 말곤 큰 문제가 없었다.

기류는 아침에 봐두었던 여관이 있다고 넌지시 말했고, 셴은 디바인 펜듈럼을 든 채 주변을 살폈다.

그 앞을 유디트가 지켰다.

그녀는 화염석을 쥔 채 미끄러운 눈길을 터벅터벅 걸어 내려갔다.

진눈깨비는 갈수록 심해졌다. 바람까지 거칠어지니 시야를 이만저만 가리는 게 아니었다.

"돌아가는 길에는 마법사를 고용하…… 퉤."

"황녀 전하의 앞에서 침 뱉지 마."

"침 아닙니다."

셴이 입속으로 들어간 진눈깨비를 뱉었다.

"최대한 빨리 돌아가서 방법을 강구해 봐야 할 것 같습니다."

"텔레포트를 사용할 마법사를 구하려고?"

"예. 적당히 베르디 방향이라고 말한 후 수도에서 헤어지면 될 것 같고요. 퉤, 퉤."

"야잇, 침 뱉지 말라고!"

"침 아니라고요!"

셴이 부루퉁하게 반박한 다음 물었다.

"두 분 다 체력은 괜찮습니까?"

"거뜬해."

"문제없단다."

"그럼 다행이고요. 조금이라도 힘드시면 말하깁니다."

셴은 그렇게 말한 다음, 내리막길 저편에 있는 유디트를 향해 소리쳤다.

"유디트 경! 체력은 괜찮습니까!"

셴의 목소리가 쩌렁쩌렁 울렸다.

바짝 어깨를 움츠리고 내려가던 유디트가 몸을 돌렸다.

저만치 먼 거리에서 그녀가 양팔을 들어 올리더니 동그라미를 그렸다.

"……왜 저렇게 어깨를 바짝 움츠러뜨리는 거지? 춥나?"

"화염석 안 줬어요?"

"그럴 리가. 공평하게……."

그때 디바인 펜듈럼이 환한 빛을 내뿜었다.

순식간에 셴의 검이 뽑혔다. 그의 검에서 연하늘색 에테르가 길게 뻗어 나갔다.

굉음이 일어났다. 흙먼지가 진눈깨비와 한데 뒤섞이더니 불쑥 나타난 형체가 일행을 덮쳤다.

"그리핀? 이 시기에?!"

툭 튀어나온 마수의 눈알이 심상치 않았다.

강렬한 살기. 먹잇감을 바라보는 맹수의 패기였다.

"기류! 전하를 부탁합니다!"

셴이 곧장 오르막길을 달려갔다.

"셴!"

놀란 올가가 그를 뒤따르려 하자, 기류가 그녀를 저지했다.

"가시면 안 됩니다!"

"하지만……!"

설명할 시간이 없었다. 그리핀의 피 냄새는 마수를 부른다는 걸 어느새 설명하겠는가.

"무례를 용서하십시오!"

기류가 올가의 팔을 잡고 뛰었다.

진눈깨비 때문에 한없이 미끄러워진 산길은 위험했다. 기류는 앞보다도 발밑을 보느라 정신이 없었다.

'셴을 저대로 남겨둘 수는 없다.'

그렇다면…….

기류가 고개를 들었다. 유디트에게 명령을 내리기 위해서였다.

그때 예상치 못한 일이 연이어 벌어졌다.

한발 늦게 소란을 눈치챈 유디트가 급히 다가오던 중, 수풀 속에서 튀어나온 그리핀에게 몸통째 들이받혔다.

이어서 그리핀은 비틀거리는 유디트를 저 아래까지 집어 던지더니 날아올랐다.

"……유디트!!!"

기류의 커다란 목소리가 골짜기를 울렸을 때는 이미 늦었다. 그리핀이 유디트를 내던진 쪽으로 빠르게 하강했다.

양자 고립이었다.

* ✳ *

놓쳐 버린 화염석이 포물선을 그리며 골짜기 어딘가로 떨어졌다.

한탄할 틈도 없었다. 유디트는 지면에 그대로 처박혔다. 그녀는 경사를 따라 데굴데굴 굴렀다. 자잘한 돌조각과 흙더미가 그녀를 덮쳤다.

"커, 흐……!"

유디트는 나무에 부딪히며 구르기를 멈췄다.

방호 마법이 걸린 코트 덕에 찰과상은 없었다. 하나 타박상은 별개였다.

유디트는 온몸이, 특히 허리가 끊어질 것 같은 고통을 느꼈다.

께엑! 께엑!

정신이 잃지 않은 것이 얼마나 다행인지.

유디트는 억지로 일어서는 걸 관뒀다. 대신 지면에 바짝 엎드려서 상황을 파악했다.

포악한 짐승은 하늘을 배회하며 자신이 내던진 먹잇감을 찾고 있었다.

'손은 부러지지 않았어.'

천만다행이었다.

그녀의 체구가 조금만 더 작았더라면, 그리핀은 그녀를 허공 높은 곳까지 들고 날았으리라. 그리고 추락사시킨 다음 안전하고 탐욕스럽게 살점을 뜯어 먹었겠지.

카아아악!

유디트의 손이 느리고 조심스럽게 허리춤으로 향했다.

'얼마 만이지, 이렇게 마수 앞에서 생사를 가늠하는 게.'

주마등처럼 옛 기억이 지나갔다. 마치 예전으로 돌아간 것 같았다.

황실 기사가 되기 전. 닥치는 대로 마수를 잡던 열여덟 시절, 유디트는 못 잡아본 마수가 없는 사냥꾼이었다.

카아아아아악!

그리핀이 유디트를 발견하곤 몸통보다도 큰 날개를 휘저으며 그녀 쪽으로 급강하했다.

유디트는 재빨리 굴러서 공격을 피했다. 맹금류 특유의 단단한 앞발이 암석을 쪼개며 가루로 만들었다.

'나무가 많다. 지형은 내가 훨씬 유리해!'

은색 롱소드가 뽑혔다. 그녀의 두 다리가 대지를 밟고 섰다.

옅은 황금색 에테르가 검을 타고 흐르더니 곧 세 갈래로 뻗어 나갔다.

그리핀의 왼쪽 날개가 비단 천 찢어지는 소리를 내며 뜯겨 나갔다.

께라라라락!

"망할……!"

아쉽게도 명중한 에테르는 하나였다.

단번에 양 날개를 찢어버리려 했건만. 실패다.

유디트는 욕지거리를 내뱉으며 등을 돌렸다. 그녀는 황급히 나무가 촘촘하게 심어진 경사면으로 뛰어들었다. 튼튼한 부츠가 젖은 지면을 쉴 새 없이 긁었다. 진눈깨비 때문에 몇 번 미끄러질 뻔했으나, 유디트는 앞만 보고 달렸다.

날개가 잘린 영향으로 눈이 돌아간 그리핀이 정신없이 그녀를 뒤쫓았다. 그리핀은 거대한 덩치 때문에 몇 번이나 나무에 부딪혀 균형을 잃었다.

활강을 얼마나 계속했을까. 마침내 완만한 경사면이 보였다. 물소리도 들려왔다.

계곡이다. 나무 하나 없이 탁 트인 장소.

'하늘을 내줘선 안 돼!'

유디트는 온 신경이 등 뒤로 몰렸다.

그녀는 나무를 낀 채 지그재그로 뛰던 것을 관두고 일자로 달렸다.

에테르링이 웅웅 울리는 소리가 심장 소리보다도 크게 들렸다.

에테르를 머금은 검이 불에 달군 것처럼 새빨갛게 변했다. 이윽고 꽉 쥔 검에 옅은 금빛의 에테르가 찬란하게 맺혔을 때.

"죽어……!"

유디트가 악에 받친 검을 휘두르며 반 바퀴를 돌았다.

도끼질처럼 힘찬 일격이었다. 에테르는 엿가락처럼 잔상을 남기더니 그리핀의 몸통을 비스듬하게 관통했다.

꿰에에에!

발과 날개를 잃은 그리핀이 망가진 의자처럼 균형을 잃고 무너져 내렸다.

유디트는 그 틈을 놓치지 않고 그리핀의 갈색 눈을 짓뭉갰다.

으직!

가을의 포식자는 절대자를 먹이로 삼으려 했고, 그 대가는 혹독했다.

그리폰이 고통으로 몸부림치는 것보다 그녀가 머리를 날려 버리는 게 빨랐다.

유디트는 닭 모가지를 치듯 그리폰의 목을 날려 버렸다.

정면에서 뜨듯한 피가 튀었다. 상당한 양이었다.

텁텁하고 끔찍한 그리폰의 피 맛이 느껴졌다. 기분이 더러웠다.

"후우, 후우…… 후……."

유디트는 습관처럼 입술을 핥다가 퉷, 하고 침을 뱉었다.

그리폰은 잘 훈련된 기사 네 명이면 안전하게 잡을 수 있는 마수다.

피지컬이 좋으며, 발톱과 부리가 매서우나 전투에 돌입하면 금세 흥분해서 이성을 잃고 달려든다. 그게 그리폰의 단점이었다.

그 특징만 잘 이용한다면 두 명이서도 그리폰을 잡을 수 있다. 침착함만 잃지 않는다면 말이다.

하지만 혼자서 잡는 건 이야기가 달랐다. 아무리 잘 훈련된 기사라고 한들, 달려오는 마차에 치이면 날아간다. 비슷한 이치로 아까처럼 그리폰이 육중한 몸으로 그대로 들이받으면 사람으로서는 꼼짝없이 당하고 만다. 흥분하기 전의 그리폰은 그 사실을 잘 이용하는 마수였다.

유디트는 검을 집어넣으려다 신음을 흘렸다.

타박상으로 얼룩덜룩해진 왼손보다 신경 쓰이는 게 있었다.

'피가……'

그리폰의 피가 생각보다 많이 묻었다. 바지 밑단은 이미 젖어 있었고, 부츠 앞코 또한 새빨간 핏물로 얼룩덜룩했다. 신발 밑창에 스며든 피는 발자국을 그리고 있었다.

이건 좋지 않았다. 유디트의 얼굴이 창백해졌다.

그리폰의 피는 유독 다른 그리핀과 마수를 부르는 성질이 강했다.

옷이며 신발이며 칼이며, 심지어는 피부에서 풍기는 짙은 피 냄새까지. 그 모든 게 유디트가 느낄 수 있을 만큼 진했다. 마수라면 더 잘 느낄 게 뻔하다는 소리다.

유디트는 경사면 저편의 계곡을 끔찍한 눈으로 바라보

았다.

그녀는 타박상을 입은 몸으로 골짜기를 다시 올라가야 했다.

눈 때문에 시야는 최악이며, 몸 상태는 더더욱 최악이다. 그사이 마수를 만나지 않는다는 보장은 어디에도 없다.

'그리폰이 또 나오면…… 아니, 당장 마수 풀이라도 나온다면 그땐.'

마수와 만났을 때, 방금처럼 지형적으로 유리할 확률은 얼마나 될까?

고민은 오래 할 수 없었다. 날은 계속 어두워져만 갔다.

유디트는 피를 씻어내기 위해 계곡으로 향했다. 꼭 사형장에 끌려가는 죄수가 된 기분이었다.

하늘에서는 쉴 새 없이 차가운 싸락눈이 떨어졌다. 함박눈이 되다만 얼음 알갱이가 빗물처럼 떨어지며 사람을 때렸다.

계곡물은 얼음장처럼 차가웠다. 각오했음에도 유디트의 입술이 덜덜 떨렸다. 그녀가 눈을 질끈 감고 계곡물에 손을 담갔다.

찰방찰방, 잇따라 물 튀기는 소리가 났다. 처음에는 피부. 그다음에는 팔 끝 소매. 팔.

한기에 몇 번이나 손이 멈췄다. 손끝이 곱아들었다.

고작 세 부분을 씻었는데 유디트는 기절하고 싶을 만큼 추운 냉기를 느꼈다. 계속되는 추위를 버티기가 힘들어서 재빨리 핏물을 씻어냈다.

무릎 아래의 바지 밑단을 씻어냈을 즈음에는 부츠 밑창이 모조리 젖어 있었다.

부츠에도 피 냄새가 배어 있었다. 별수 없이 신발 또한 벗어서 헹궈냈다.

롱소드는 그냥 계곡물에 담가 버렸다. 칼자루에 스며든 핏물을 일일이 씻어낼 자신이 없었기 때문이다.

하지만 잘못된 판단이었다. 물에서 칼자루를 꺼내니, 고드름처럼 차가워서 도무지 쥘 수가 없었다.

그뿐만이 아니었다.

'칼날이 마모됐어……'

최악이었다. 이대로 검을 사용했다간 전투 중에 부러질 것이다.

'피를 최대한 씻어내야 해. 마수를 만났다간 끝장이야.'

유디트는 다시 이를 악물고 계곡물에 손을 넣었다.

바람이 강하게 불 때마다 죽을 듯이 괴로웠다. 관자놀이는 쉴 새 없이 지끈거렸으며, 팔다리에는 닭살이 돋아났다. 온몸이 쉴 새 없이 떨렸다.

그나마 다행인 것은 어찌나 물이 차가운지, 피가 **빠르게 빠졌다**는 점이다.

유디트는 피 냄새와 물 냄새를 구별하지 못하게 될 때까지 그리폰의 피를 씻어냈다.

모든 작업이 끝났을 때도 싸락눈은 여전히 그녀를 때렸다.

어둠과 추위가 사무치는 해 질 녘. 아무도 없는 계곡.

발자국조차 허락하지 않는 지독한 눈발이 시야를 가렸다. 바짓단을 쥐어짤 때쯤에는 이미 사방이 어둑했다.

척척한 부츠 속으로 발을 넣자 빙판 위에 맨발을 올린 것 같았다. 찌를 듯한 두통이 일었다.

유디트는 벌벌 떨며 주머니에 손을 집어넣었다.

"⋯⋯화염⋯⋯ 화염석⋯⋯."

그러나 주머니 속에는 아무것도 없었다.

유디트는 곧 자신이 하나뿐인 화염석을 떨어뜨렸었다는 걸 기억해 냈다.

머리가 울렸다.

추워서. 동시에 저 자신의 멍청함에 질려 버려서.

그래서 머리가 울렸다.

고작 두 개뿐이었던 화염석. 그중 하나를 꼬리 흔드는 개처럼 황녀에게 건넸고, 그나마 하나 있던 것도 손에서 놓쳐 버렸다.

허탈함과 비참함에 비웃음조차 나오지 않았다.

유디트는 아무리 비벼도 따뜻해지지 않는 손을 필사적

으로 문질렀다.

한 걸음 한 걸음이 지옥이었고, 심지어 그 지옥이 끝날 것 같지 않았다.

엄습해 오는 추위가 목 끝까지 차올랐다. 사레들린 사람처럼 쉰 소리 섞인 기침이 쉴 새 없이 터졌다.

비척비척. 그렇게 떨리는 손으로, 훌쩍이는 코로, 열이 오르는 머리로 골짜기를 올랐다.

얼마나 버텼을까.

'아.'

유디트는 현기증을 느끼고 황급히 나무를 짚었다.

'이건 안 된다.'

그녀의 이성이 객관적으로 현실을 봤다.

사방이 어두웠다. 올라왔던 발자국 흔적은 진눈깨비에 뒤덮여 구별할 수 없어졌다. 조난이었다.

유디트는 방향감각을 잃었다. 그리고 오래전에 체온을 잃었다.

처음으로 현실적인 공포가 밀려들어 왔다. 죽을지도 모른다.

"……."

그녀의 입술이 달싹거렸다. 그건 추위로 인한 떨림이 아니었다.

도움을 요청해야 한다. 그러나 누구에게 도와달라 말

하지?

혼자서 살아가기로 했다.

이 각박한 세상 속에서 믿을 수 있는 것은 자신뿐이니까.

나 아닌 모든 사람은 결국엔 타인에 지나지 않는 세상이니까.

그러니 혼자서 강해지면 될 줄 알았다. 그러면 다 괜찮을 줄 알았다. 그렇게 그녀는 도와달라고 말하는 법을 잊었다.

내가 마지막으로 남에게 도와달란 말을 꺼냈던 게 언제였지?

윗입술과 아랫입술이 도무지 떨어지지 않았다.

사람은 누구나 반드시 약해지는 순간이 온다. 그건 부족하고 무능해서가 아니다. 사람이 마음을 지닌 존재기 때문이다.

이지와 재능만으로는 세상을 살아갈 수 없다.

아무리 강하고 뛰어날지라도, 사람은 끝내 타인을 갈구한다. 능력과 외로움은 각기 다른 영역에 있으므로.

검 한 자루. 그것으로 충분하다며 원하는 걸 쟁취하고 길을 터왔다. 모두에게 인정받으며 누구에게도 지지 않는 재능을 한 가지는 가졌다고 자부했다.

그러나 그 재능이 지금 어떤 쓸모가 있나?

유디트는 외로움과 나약함을 자존심 때문에 외면했

다. 그녀는 이런 순간에도, 아무나 좀 도와달라는 외침이 힘들었다.

누구에게 도움을 청해야 하는지도 모르겠다. 말해도 되는지도 모르겠다.

부를 수 있는 사람이 누가 있지?

모셔야 하는 황녀? 황녀를 지키고 있을 백기사단장? 그게 아니면…….

"……아무나…… 없어요……?"

실낱같은 목소리는 바람 소리보다도 작았다.

유디트의 말은 금세 진눈깨비와 함께 흩어졌다.

윗니와 아랫니가 딱딱 부딪치던 소리도 이젠 들리지 않았다. 먹먹해진 귓가를 이명이 덮쳤다.

혼자라서 그럴까.

다 함께 내려올 때는 쉬웠던 길이, 혼자서 올라가려니 한없이 멀게 느껴졌다.

결국, 유디트는 주저앉았다.

도저히 정면에서 불어오는 바람을 맞으며 걸을 힘이 없었다.

그녀는 젖 먹던 힘을 다해 엉금엉금 기어가 커다란 나무에 등을 기댔다. 온몸이 사시나무처럼 떨렸다.

정수리가 차갑다.

아니, 온몸이 얼음장처럼 차가웠다.

혼자서 살아가기로 했다. 나는 강한 사람이니까 혼자서 살 수 있다고 생각했는데…….

그만한 착각이 또 어디 있을까. 대관절 혼자 세상을 살 수 있는 사람이 어딨단 말인가.

"기류……."

유디트는 울 것 같은 목소리로 무작정 떠오르는 사람의 이름을 불렀다. 너무 오랜만에 그 이름을 부르는 것 같았다.

기류의 미소는 맹렬한 태양이 아닌 따뜻한 햇볕 같았다. 냉랭하고 한기가 맴도는 마음을 따뜻하게 해줬다.

그런 모습이 좋았다.

좋아졌다.

"……기류."

유디트는 좀 전보다 더 큰 목소리를 냈다.

얼음장 같은 손을 잡아줬으면 하는 이름. 태어나서 처음으로 공허하고 외로웠던 마음속으로 들어온 사람의 이름을 불렀다.

그러나 칼바람이 멈추질 않았다. 닿았으면 하는 목소리는 모래처럼 흩날려서 어둠에 좀먹히는 것 같았다.

손가락 하나 까딱할 힘이 없었다.

이대로 정신을 놓으면 죽는다는 걸 알고 있으나 눈이 감겼다.

착각일까.

먼 곳에서 얼핏 저를 부르는 소리가 들렸다. 아득한 저편에서 누군가가 필사적으로 외치고 또 외치고 있었다.

애끓는 마음으로.

바람을 가르며.

"……트……!"

그녀를 감싼 세상이 추웠다. 아마 꽤 예전부터 그랬던 것 같다.

유디트는 별이 보이는 밤하늘을 올려다보았다.

'이대로 죽는 걸까.'

어릴 적 어머니가 해주었던 말이 어렴풋이 떠올랐다.

"사람에게는 누구나 별처럼 빛나는 부분이 있단다. 환할 때는 보이지 않는 그 빛이, 어두울 때는 네가 헤매지 않도록 삶을 이끌어줄 거야."

그러니 나만의 빛을 소중히 간직하라고, 그렇게 말해주었는데.

"……."

머나먼 별은 대지가 인력으로 끌어당겨서, 쉴 새 없이 빙글빙글 하늘을 돈다고 했다.

그래서 기류와 빙글빙글 돌면서 춤을 출 때는 정말 즐거웠다. 세상에서 가장 빛나는 별이 된 것 같았다.

그는 굳건한 대지처럼 그녀를 끌어당겨 주었는데.

'하지만 나는 결국 별이 아니라서……'

내가 조금도 빛나지 않아서, 손을 잡아줄 사람이 없어진 게 아닐까.

조금만 더 일찍 용기를 내볼걸.

우리가 함께 빛날 수 있게.

"……."

이기적인 걸 안다. 언제나 스스로가 부족한 사람이라는 것도 안다. 그래도 누군가는 손을 잡아줬으면 했다.

세상에서 가장 빛나는 별을 끌어당기는 대지처럼 거기 있어 줘. 수백, 수천 번의 낮과 밤이 찾아와도 나를 끌어안고 빙글빙글 돌아줘.

나도 용기 내서 손을 잡을 테니까. 어디서든 환하게 잘 보이는, 가장 빛나는 별이 될 테니까…….

"……유디트!!"

별빛이 지켜보는 어둠 속. 불쑥 튀어나온 손이 그녀를 끌어당겼다.

놀란 유디트는 대답조차 하지 못했다. 깨질 듯이 아픈 머리 때문에 앞이 잘 보이지 않았다.

"유디트, 유디트…… 정신 좀 차려봐, 다친 거야?"

기류였다. 그는 끔찍한 일을 겪은 사람처럼 새파랗게 질려 있었다.

눈물이 날 것 같았다. 아마 열 때문일 것이다. 분명 열 때문이다.

"울어? 어디가 아파?"

꿈인지 생신지 알 수 없었다.

유디트를 끌어안은 기류가 딱딱하게 표정을 굳혔다.

"이게 뭐야. 몸이 얼음장 같잖아."

따뜻한 체온이 몸에 닿자, 유디트는 본능적으로 파고들었다.

기류는 화염석을 사용했다. 그가 화염석을 소리 나도록 바닥에 두드리자, 자그마한 주황빛이 돌 밖으로 새어나왔다.

'왜 그렇게 불안해하는 걸까.'

어지간한 일에도 눈 하나 깜짝하지 않았으면서. 유성우 같은 에테르를 쏟아냈을 때도, 제르멜에게 하얀 장갑을 벗어 던졌을 때도 이렇게 불안해하지 않았으면서.

"기류! 찾았습니까?!"

"찾았어! 여기야!"

그가 발광석을 깨뜨린 다음 흔들었다.

"세상에, 어서 이쪽으로……!"

기류는 세상에 하나 남은 촛불을 소중히 보호하는 사람처럼 그녀를 안아 들었다.

"조금만 견뎌봐, 응? 제발 정신 잃지 말고, 제발……"

그가 유디트에게 화염석을 쥐여주었으나 이미 그녀의 정신은 희미했다. 손끝도, 발끝도 얼음처럼 차가웠다.

기류는 식은땀을 흘리며 그녀를 안아 들고 골짜기를 올랐다.

퍼렇게 질린 유디트의 입술이 덜덜 떨리는 게 안타까웠지만, 그보다 더 무서운 건 저 입술이 그대로 굳어버리는 일이다.

심장에 서늘한 칼날이 닿은 것 같다. 난생처음 겪는 공포였다.

"제발……."

칠흑 같은 어둠 속. 두 사람의 그림자가 한데 얽혀 골짜기를 누볐다.

유디트가 들고 있던 화염석에서 희미하게 빛이 새어 나왔다. 머나먼 저편에서는 별처럼 보이는 빛이었다.

❋　✳　❋

바람 소리가 그쳤다.

귓가에서 맴돌던 이명이 사라졌으나 눈꺼풀은 여전히 무거웠다.

"……일……."

그래도 춥진 않았다. 그게 좋았다.

'따뜻한 물에 푹 잠긴 것 같아.'

천천히 정신이 돌아올수록 몸이 가벼워지는 게 느껴졌다.

"……나……."

누군가가 그녀를 깨우고 있었지만, 유디트는 이대로 눈을 뜨고 싶지 않았다.

그녀가 몸을 비틀며 잠투정을 부렸다.

그리고 그 순간.

"떽! 일어나지 못하겠느냐!"

번개처럼 떨어진 말에 유디트는 소스라치게 놀라 눈을 떴다.

눈앞에 벼락이 떨어진 것 같았다. 유디트는 정신없이 눈만 깜빡였다.

발밑이 어두웠다. 그리고…….

"세상천지를 어떻게 살아온 게야! 용의 성지에서 정신을 놓은 인간은 처음 본다!"

유디트 앞에 예사롭지 않은 기백을 내뿜는 노인이 있었다. 은빛 수염과 머리카락이 어깨를 넘어 길게 내려와 있었다.

산에 사는 신령이라도 되는 건가. 그렇다고 하기에는 너무 살벌하고 노기가 가득한 표정이다.

노인은 그녀를 갈아 마셔도 시원찮다는 눈빛으로 보고 있었다.

"이제 좀 정신이 드느냐?"

"……딱히 그렇지는 않은데요."

"뭐야?"

노인이 눈에 쌍심지를 켰다.

유디트는 자다 깨서 영문도 모르고 회초리를 맞은 기분이라 잠투정과 함께 짜증을 냈다.

"왜 그렇게 소릴 지르십니까. 남들 보면 제가 부모라도 죽인 줄 알겠습니다."

"뭐가 어째!"

노인이 또다시 빼액 소리 질렀다.

유디트는 한결 가볍고 따뜻진 몸을 풀었다. 좀 전과는 다르게 이상할 정도로 몸이 가벼웠다.

……좀 전?

'……뭐였지?'

유디트가 고개를 갸웃거렸다.

"이 고얀 것이 깨워준 은혜도 모르고…… 켈룩! 쿨룩! 쿨룩! 케헥!"

"소리 지르지 마십시오. 그렇게 화를 내니깐 기침하시는 겁니다."

"이…… 이…… 이놈……!"

"혈압 오릅니다."

하여간 화낼 기운 하나는 정정한 노인이었다.

유디트는 멍하니 그를 바라보았다.

기침이 잦아들었다.

노인은 정말 이렇게 뻔뻔한 사람은 처음 본다는 눈으로 유디트를 보았다.

성질 다 부렸냐고 물어보려던 유디트는 관두기로 했다. 그가 정말로 혈압을 못 이기고 쓰러질 것 같아서였다.

'노인 공경은 몰라도 노인 공격은 안 해야지…….'

일단 그게 유디트가 지키고 있는 최소한의 사람 된 도리였다.

노인이 씨근덕거리며 말했다.

"팔천 년 동안 살면서 이렇게 방자한 놈은 처음이구나. 대체 카르나크는 무슨 생각으로 네게 스티그마를 내린 것이냐?"

"……예?"

유디트가 귀를 의심했다.

깊은 물속에서 수면까지 떠오르듯 유디트의 정신이 서서히 깨어났다. 그제야 유디트는 제 주변이 아늑한 어둠으로 둘러싸여 있음을 깨달았다.

"모처럼 말이 통하는 자가 왔구나 싶어 들여다봤더니 원수와 다를 바 없는 녀석이질 않나, 심지어 용의 성지가 어떤 곳인 줄도 모르고 정신을 잃어. 내가 없으면 어쩔 뻔했느냐!"

노인은 다시 떠올려 봐도 속이 탄다는 듯 가슴을 두들겼다.

"어…… 잠시만요."

유디트가 학생처럼 손을 들었다.

"카르나크 신께서 제게 스티그마를 내렸다고요?"

"그럼 아니겠느냐? 너는 지금 용의 성지에서 나와 이야기를 하고 있지 않느냐."

노인이 혀를 찼다.

"용의 성지에서 용의 사령(死靈)과 대화를 나눌 수 있는 건 신이 직접 스티그마를 내린 자뿐이다."

"당신은 누가 봐도 용이 아니…… 이런, 죄송합니다. 노망난 어르신께 제가 큰 실례를……."

"야 인마!"

거들먹거리던 노인이 또다시 빽 소리를 지르곤 손가락을 튕겼다. 그러자 유디트의 머리 위로 조롱박이 떨어졌다.

크게 아프지는 않았는데, 어쩐지 멍했던 정신이 번쩍 들었다.

"왜 때립니까? 왜 때리는데! 당신이 내 엄마야?!"

놀란 유디트가 버럭 소리 질렀다. 그러자 하늘에서 박이 또 떨어졌다. 이번에도 아프지는 않았지만, 유디트는 억울한 기분이 들었다.

"두 번이나 때렸어! 아버지한테도 맞은 적 없는데!"

"시끄럽다! 네가 나에게 했던 걸 생각하면 이까짓 것은 원망거리도 못 된다! 썩 입 다물어!"

"……."

유디트는 뭐라고 더 말하고 싶었으나, 상대의 기백이 워낙 범상치 않았기 때문에 화내는 걸 관뒀다.

대신 노인의 성격을 두고 간헐적 성깔 조절 불가 판정을 내렸다.

그녀가 또다시 하늘에서 떨어질 조롱박을 경계하며 물었다.

"제가 무슨 짓을 했다고 이렇게 패악질인데요? 애초에 여긴 어디고요.?"

"패악…… 네놈은 정말……."

노인의 입가가 씰룩였다.

"설마 너를 데리고 온 자는 이곳이 어떤 곳인지도 설명해 주지 않은 것이냐?"

"절 데려온 사람은 그런 걸 설명하실 이유가 없었습니다."

"그럼 너는 뭐 하러 여기에 왔는데?"

"……이곳에 오브가 있다는 말을 듣고 회수하러 온 겁니다."

도대체가 이 노인네는 뭐 하는 작자인가.

자기 하고 싶은 말만 다 하고 남의 질문에는 대답도 안 하네.

유디트는 투덜거리다 한 박자 늦게 자리에서 펄쩍 뛰어오를 뻔했다. 오브에 대한 이야기는 황가와 기사단장만이 알고 있어야 할 이야기다.

'내가 초면인 사람에게 무슨 소릴 한 거야!'

그러나 노인은 유디트의 대답을 듣고도 태연했다. 아니, 오히려 믿기지 않는 이야기를 꺼냈다.

"……흥. 그놈의 오브야 내 심장으로 다시 만들면 될 것 아니냐?"

"예?"

"네 수중에 이미 내 심장이 있다는 걸 안다. 시치미 뗄 생각 하지 마라."

오브는 용의 심장으로 만든다고 했다.

내 수중에 남의 심장이 있다고? 그것도 이 노인의 심장이?

유디트는 대체 무슨 말을 하는 거냐고 짜증 내려다 돌연 입을 다물었다.

……있다.

자신이 가지고 있는 심장이 딱 하나 있다. 황제에게 직접 받아낸 은빛 용의 시체.

유디트의 시선이 달라졌다.

그녀가 천천히 상대를 바라보았다. 은색 수염과 은색 머리카락. 쪼글쪼글한 피부. 피부에 돋아난 은색 비늘.

……은색 비늘.

"실례지만 성함이 어떻게 되십니까?"

"성함?"

노인은 또 기가 막힌 이야기를 들은 사람처럼 웃었다. 살짝 비웃음이 섞인 얼굴이었다.

"인간은 생애를 통틀어 단 하나의 이름만 가지지. 하지만 용은……."

노인이 손을 들어 올렸다. 그러곤 뾰족하게 자란 긴 손톱으로 허공을 휘저었다.

그러자 어디선가 희뿌연 연기가 흘러나왔다. 연기는 이윽고 손바닥만 한 크기의 용으로 변했다. 그녀가 아주 잘 아는 용의 모습으로.

"용은 수십 개의 이름을 가진다. 똑같은 영혼으로 윤회를 반복하며 영혼의 영생을 추구해."

연기로 만든 은빛 용이 동그랗게 몸을 말았다.

이내 용은 커다란 아가리로 제 꼬리를 물더니 완벽한 원형의 모습을 그려냈다.

"……이곳은 용의 성지. 죽은 용들의 사령이 모이는 곳. 생과 사의 경계."

안개로 만든 용이 꼬리를 문 채 뱅뱅 돌았다.

"같은 영혼으로 매번 새로운 삶을 사는 동안, 내겐 아주 많은 이름이 생겼다."

노인이 무심하게 유디트를 보았다.

"비에리, 헤이제나, 티넷, 페레그린, 아딧사."

"……그, 혹시 당신……."

"나는 네가 죽였던 바로 그 은빛 용이다."

노인이 담담히 말했다.

"다시 태어나기 위해 용의 성지로 영혼이 되돌아왔지."

그의 시선이 유디트와 만난 이래로 가장 서늘해졌다.

유디트의 눈동자가 불안하게 떨렸다.

그는 오브에 들어가야 하는 재료와 그 재료의 행방까지 완벽하게 알고 있었다. 우연일 수는 없다는 이야기다.

유디트는 아무 말도 할 수 없었다.

그럴 수밖에 없었다. 누가 자신이 죽였던 상대와 다시 마주할 것이라고 생각했겠는가?

참살당한 용이 그녀에게 호의적일 리 만무하다.

목적이 뭐지? 보복을 위해선가? 자신이 당했던 만큼, 똑같은 고통을 되돌려 주기 위해?

그러나 유디트의 의문은 금방 풀렸다.

"그렇게 노려볼 것 없다."

"……."

"착각은 자유다만, 내 생에 남은 단 하나의 미련이 아니었다면 네게 말도 걸지 않았을 게다."

"……그게 정말입니까?"

그가 콧방귀를 뀌었다.

"네게 말을 건 이유는 네가 카르나크에게 시간의 스티그마를 받았기 때문이다."

신이 내린 시간의 스티그마. 유디트가 당혹을 감추지 못했다.

"정말로…… 제가 가진 게 신께서 내리신 스티그마입니까?"

"그래."

"시간의 스티그마가 무엇입니까? 저는 이것에 대해 잘 알지 못합니다."

아딧사가 팔짱을 낀 채 그녀를 내려다보았다.

한참 후 그가 입을 열었다.

"세상에 존재하는 스티그마는 각기 다른 능력을 지니고 있다. 그것을 인간이 쓸 수 있도록 카르나크는 제 권능을 내려놓고 갔지."

아딧사는 유디트가 기대했던 것보다 다정하게 말했다.

"하지만 어떤 힘은 개인에게 넘겨줄 수 없을 만큼 강대하고 절대적인 힘을 가졌다. 그 힘이 바로……."

"……시간의 스티그마입니까."

"맞다."

아딧사가 고개를 끄덕였다.

"비록 다른 스티그마와는 달리 직접 능력을 발휘하는 건 아니지만, 뭐 어떠냐. 그 표식 자체가 카르나크의 안배가 있기에 비로소 내려진 것인데."

"시간의 스티그마는 카르나크 신이 직접 내린다, 그런 말씀이군요."

"그렇다."

유디트는 잔잔한 충격을 받았다.

다행히 카르나크가 원하는 것이 있어서 저를 회귀시킨 것 같다는 예감이 있었기에 기절할 듯 큰 충격은 받지 않았다.

"왜 하필 내게……?"

"그건 카르나크에게 물어보거라."

"카르나크 신을 만날 수 있습니까? 어디서, 어떻게……."

"아니, 못 만나."

"그럼 뭐 하러 이야기한 건데!"

간절하게 아딧사를 바라보던 유디트의 얼굴이 심하게 구겨졌다.

아딧사는 그 꼴이 재미있다는 듯, 다분히 악의 섞인 표정으로 웃었다.

"웃기는 놈이로고. 이미 오래전에 신좌에 오른 놈을 무슨 수로 만나겠느냐?"

"하지만 당신은……."

"내가 카르나크를 직접 만났던 건 수천 년도 지난 예전 일이다. 그놈의 의도는…… 뭐, 대강은 짐작이 가고 있다만."

"하면 알려주십시오."

"싫다."

아딧사가 코웃음을 쳤다.

"아까도 말하지 않았느냐? 내가 너에게 말을 건 것은 네가 용의 사령과 대화할 수 있는 사람이고, 생에 단 하나 남은 미련 때문이라고. 카르나크는 자기가 일궈둔 제국 텃밭이 안타까워서 어찌할 줄을 모르나 본데, 그놈이 발을 구르든 밭을 구르든 알 게 뭐냐."

"……."

"나는 너에게 충분할 정도의 수고를 들였다. 우리의 관계를 생각해 본다면 아주 차고 넘치는 자비지."

유디트는 오랜만에 꺼낼 패가 없는 도박에 참여한 기분이 됐다.

노인의 말이 맞았다. 그녀는 이 은빛 용에게 있어 그의 목을 직접 쳐낸 원수였다. 친절함을 기대할 수 없는 상대다.

"그럼 제게 뭘 원하시는 겁니까? 무얼 원해서 불러내신 겁니까?"

목적을 묻는 유디트의 목소리가 마찬가지로 싸늘했다.

놀랍게도, 단박에 대답할 거라 생각했던 아딧사는 복잡한 눈빛으로 시선을 피했다.

그는 혼자 걸어오도록 모질게 떼어둔 동생이 신경 쓰이는 오빠처럼, 자꾸만 유디트를 흘끗거렸다.

이내 아딧사는 모기만 한 목소리로 말했다.

"……나가…… 마라."

"예?"

"그러니까……."

그가 슬그머니 눈을 피하며 웅얼거렸다.

"……피나를…… 라고."

"대체 뭐라고 하시는 겁니까?"

유디트가 짜증을 내며 재차 물었다. 그러자 아딧사는 처음 만났을 때처럼 소리를 빽 질렀다.

"이세에피나를 죽게 내버려 두지 마라! 그 아이를 보호해 달란 말이다!!"

성깔 더럽게 화내며 말한 것치고는 자상한 내용이었다.

툭하면 소리 지르는 아딧사의 태도는 별로였으나, 유디트는 화내지 않았다. 오히려 덜컥 겁이 났다.

"막내 황녀님께 무슨 일이 생긴 겁니까?"

"몰라! 하지만 생길 게 뻔하잖아! 내가 없어졌으니 그 아이는 아무런 가치가 없을 텐데!"

아딧사는 다시 떠올릴수록 화가 난다는 듯 혀를 찼다.

유디트는 의외라는 눈으로 그를 바라보았다.

"황녀가 걱정되시는군요?"

"……."

아딧사는 침묵했으나 부정하지는 않았다. 유디트는 어

쩐지 신기한 기분이 들었다.

"혹시 황녀가 누구에게 당신의 피를 넘겼는지는 아십니까?"

"모른다. 나는 이세에피나 외의 다른 존재와 대화를 나눠본 적이 없다. 그때의 삶은 금제 마법 때문에 대부분 잠으로 보냈으니까."

그가 시큰둥하게 말했다.

'역시 황녀가 금제 마법을 걸었던 거군.'

유디트는 앞뒤를 파악하곤 노인을 설득하려 했다.

"말씀은 알겠지만, 제겐 막내 황녀님의 안전을 보장할 만한 어떠한 권한도 없습니다. 그럴 만한 수단도 없고요."

"그걸 어떻게든 해라."

아딧사가 무턱대고 말했다.

"없다니까요."

"없으면 찾아."

"찾아봐도 없다고요."

"그건 찾아보고 나서 말해!"

유디트는 순간 울컥했다.

"어린아이도 아니고 징징대지 마세요. 못하는 건 못하는 겁니다!"

"시끄럽다! 잘 들어, 만약 그 아이가 죽는다면 나는 더 이상의 윤회는 선택하지 않을 테니 그리 알아라!"

"아, 그러든가 말든가! 그게 나랑 무슨 상관인데!"

기가 막힌 유디트가 소리쳤다. 그러자 노인은 황당하다는 듯 그녀를 나무랐다.

"네 녀석 정말 제국과 카르나크에 대해서 아무것도 모르는구나!"

"……."

뭘까 이 기분은?

형편없는 점수가 적힌 시험지를 받으며 혼나는 기분이다.

유디트의 인내심이 한계치에 닿을락 말락 했다.

"잘 들어라, 이 천치 같은 녀석아! 오브는 베리타스 제국에서 윤회를 선택하는 드래곤이 많을수록 더 강한 억제력으로 마수의 활동을 억누르는 물건이다!"

유디트는 금시초문의 이야기를 듣고 눈을 동그랗게 떴다.

"수천 년 전, 수많은 드래곤이 처음으로 태어난 반인반룡 카르나크에게 호의적이었다. 드래곤과 인간이 공존하는 제국을 만들겠다는 말이 가소로우면서도 기특해 힘을 빌려주기로 했지. 나처럼 말이다."

그가 또다시 팔짱을 끼며 말했다.

"하지만 그 후로 천오백 년이 흘렀다. 네가 아는 베리타스 제국은 어떻게 변했느냐?"

어떻게 변했느냐고?

그건 역사적인 상식이 부족한 유디트도 알고 있다.

천오백 년 전의 베리타스 제국은 마수가 거의 나오지 않는 땅이었다. 그러나 갈수록 마수가 늘어났으며 그에 따라 기사 또한 점점 늘어나게 됐다.

"천오백 년은 인간이 드래곤을 실망시키기 충분한 시간이었다."

아딧사가 냉정하게 말했다.

"나 또한 이세에피나가 죽는다면 너희 같은 인간의 제국이 어떻게 무너지든 알 바 아니다. 살 만큼 살았으니 윤회는 관두고 마지막 육신으로 태어나 흙으로 돌아갈 것이다."

"……아니, 무슨 협박을 자기 목숨 걸고 합니까?!"

"인간은 못 하겠지만 용은 할 수 있어. 사는 게 질렸거든."

노인이 험상궂은 미소를 지었다.

유디트는 얼굴을 찡그린 채 한숨을 내쉬었다.

대관절 이게 무슨 상황인지 모르겠다. 난데없이 노인이 나타나서 이세에피나 황녀를 보호하라고 땍땍거리질 않나, 사람 속을 긁질 않나.

유디트는 만약 자신도 다시 태어난다면 용으로 태어나기로 했다. 그래서 저렇게 막살아야지 싶었다.

"그러니 어떻게든 이세에피나가 살 방법을 찾아내거라."

"짚을 건 짚고 넘어가죠. 저는 제국의 기사지 황녀의 보호자가 아닙니다. 누구나 자기의 몸은 스스로 지켜야 합니다."

"흠."

"게다가 누구도 다른 사람의 목숨을 보장할 수는 없습니다."

아딧사는 그것도 맞는 말이라고 생각했는지 입을 삐죽였다.

얼마 후 그가 양보해 줬다는 태도로 말했다.

"그럼 그 아이가 정신을 차릴 때까지만이라도 좋다."

"……."

"금제 마법의 영향은 언젠가 끝난다. 최소한 아무도 모르는 사이 죽어서 잊히도록 내버려 두지는 말았으면 한다."

유디트가 입을 다물었다.

노인은 모를 테지만, 그는 조용히 유디트의 아픈 곳을 찔렀다.

비록 이번 생은 아닐지언정 유디트는 이세에피나 황녀가 조용히 살해당한 후 잊히게 만든 사람 중 하나였다.

'이런 소리까지 들었는데 가만히 놔두면 내가 찝찝해지잖아.'

유디트는 속으로 투덜거렸다.

"그럼 보답으로 제게 뭘 해주실 겁니까?"

"보답? 보오오오답?"

아딧사가 기가 찬다는 듯 말꼬리를 잡자, 유디트가 당당하게 대꾸했다.

"저는 공짜로는 일 안 합니다."

"허!"

그가 헛웃음을 내뱉었다.

"내가 어떤 보답을 했는지는 네가 어련히 알게 되겠다
만, 썩 좋은 기분은 아니로구나. 맹랑한 것."

노인이 그녀를 노려봤으나 유디트는 아랑곳하지 않았다.

유디트가 그래서 그 보답이 뭐냐고 물어보려는 때였다.

ㅡ……!

먼 곳에서 메아리치는 소리가 들렸다. 무슨 소리인가 싶
어서 유디트가 귀를 기울였으나, 그보다 노인이 한발 더
빨랐다.

"용건은 끝났다. 계속 있겠다면 말리지는 않는다만."

"……애초에 제가 오고 싶어서 온 게 아닙니다."

그렇게 말하던 유디트의 입이 멈췄다.

맞아. 애초에 오고 싶어서 온 게 아니다. 나는 왜 이곳
에 있는 거지? 이 어두운 곳은 대체 어디지?

다짜고짜 화내는 노인 때문에 상황 파악을 잊고 있었다.

꿈이라고 하기에는 석연치 않다. 자신은 이렇게 구체적
인 개꿈을 꿀 만큼 얕은 잠을 자는 사람이 아니었다.

그렇다면?

—……! ……!

깨진 오브. 용의 성지. 그리핀. 화염석. 차가운 계곡물.

끄트머리를 잡아당기자 한꺼번에 올라오는 그물처럼 기억이 되살아났다. 그렇게, 마침내.

"가라. 신의 가호는 필요 없겠지. 너는 이미 카르나크가 선택한 사람이니까."

노인이 유디트의 이마를 손가락 끝으로 튕겼다. 동시에 절벽에서 수십 바퀴를 구르며 떨어지는 감각이 그녀를 덮쳤다.

귓속에서 무언가가 터진 것처럼 아프고, 눈앞이 빙글빙글 돌았다.

시야가 틀어졌다. 머리가 아프고 눈앞이 캄캄했다. 이대로 그냥 눈을 감아버리자고 생각한 순간.

"……유디트!!"

유디트는 눈꺼풀의 엄청난 무게를 이겨내고 눈을 떴다.

시야의 절반이 새하얀 빛 때문에 보이질 않았다. 그러나 나머지 절반으로 볼 수 있는 사람이 있었다.

"……기류……?"

작은 목소리로 이름을 부르자, 그의 눈썹이 한껏 일그러졌다.

기류가 그녀를 와락 끌어안았다. 유디트는 그제야 정신

을 완전히 차렸다.

정신을 차리자마자 느낀 건 견딜 수 없는 추위였다. 유디트는 목 끝까지 차오르는 한기에 숨이 막혔다.

그녀를 보고 있는 건 기류뿐만이 아니었다. 셴과 올가 또한 심상치 않은 얼굴로 그녀를 보고 있었다. 제 팔을 쥐고 있는 셴의 손바닥에서는 새하얀 빛이 끊임없이 흘러나왔다.

올가는 부드러운 수건을 들고 있었다. 똑같은 모양의 따끈한 수건이 자신의 목에도 감겨 있는 건 우연이 아닐 것이다.

"……여기는……."

"기슬란 성입니다."

셴은 치유 마법을 멈추지 않으며 대답했다.

기슬란 성이라니. 황녀의 정체가 들키면 곤란해지니 피하자고 했던 곳이 아닌가.

"왜 여길……."

"여관까지 가려면 너무 오래 걸리니까요."

셴이 그녀의 마음을 읽은 사람처럼 대답했다.

"당신, 죽을 뻔했습니다. 저체온증으로요."

"……."

유디트는 아무 말도 할 수 없었다.

죽음은 나와 안부도 묻지 않는 사이라고 대답하기에

는, 몸이 너무 차가웠다.

유디트는 제 손바닥 안에 쥐어진 물건이 화염석이라는 데 전 재산을 걸 수도 있었다.

온몸을 둘둘 말 두꺼운 모포며, 저를 으스러지듯 껴안은 기류의 체온이 목숨 줄처럼 느껴졌다.

"……."

죄송합니다. 혹은 감사합니다.

예전이었다면 그 두 가지 중 망설임 없이 죄송하다는 말을 골랐을 텐데.

이제는 안다. 세 사람 다 그녀에게 사과를 듣기 위해서 이러는 게 아니라는 걸.

걱정이 가득 담긴 세 쌍의 눈동자 때문일까. 유디트의 몸에서 천천히 힘이 빠졌다. 그녀는 따뜻한 공기를 폐부에 가득 담고 말했다.

"……도와주셔서 감사합니다."

어쩐지 눈물이 났다.

＊　＊　＊

벽난로 앞에서 체온을 되찾는 동안 유디트는 몇 가지 자잘한 사실을 파악했다.

기슬란 성의 주인인 후작 내외는 운 좋게 성을 비우고

있었다.

부모님을 대신해 성주 대리를 맡은 후작 영애는 기꺼이 백기사단장과 적기사단장을 손님으로 받아들였다. 그들이 수행원으로 데려온 기사 두 명까지도.

"……괜찮은…… 겁니까……?"

"괜찮다. 후작 영애는 내 얼굴을 몰라."

그들은 저체온증에 걸린 유디트를 위해 기꺼이 손님방을 내주고 벽난로를 데워주었다.

유디트는 따뜻하게 불을 쬐고, 따뜻한 죽을 먹고, 따뜻한 차를 마셨다. 그럼에도 체온이 돌아오는 데는 상당한 시간이 걸렸다.

왜 체온이 떨어졌는데 땀이 날까.

'영문을 모르겠어.'

유디트는 멍한 눈으로 천장을 올려다보았다.

"그나마도 체력이 좋으니 금방 회복하고 있는 겁니다. 처음 봤을 땐 정말……."

셴이 시종에게서 마른 수건을 더 받아 오며 말했다.

"꼼짝없이 죽겠다 싶었습니다. 솔직히 말하면 살아 있는 게 신기해요."

"……그 정도였나요……."

"그 추위 속에서 피부를 만져봤는데도 몸이 얼음장처럼 차가웠습니다."

그가 말을 골랐다.

"정신을 잃을 듯 말 듯 하는 게, 마치 누군가가 경이 죽지 못하도록 영혼을 붙잡아둔 것 같았고요."

"······영혼······."

"이렇게 눈을 뜬 게 지금도 기적 같거든요. 정말로."

그 말을 듣는 순간, 유디트는 복잡한 기분이 들었다.

'이거였나.'

유디트는 노인이 말했던 보답이 무엇인지 깨닫게 됐다. 그는 체온을 잃고 사경을 헤매는 유디트의 영혼을 붙잡고 있어준 것이다.

유디트는 용이라는 생물을 정말 알다가도 모르겠다고 생각했다.

윤회도 그렇지만, 이세에피나 황녀는 그를 가뒀다. 그런데도 황녀의 목숨을 걱정한단 말인가?

제 심장을 거리낌 없이 오브에 쓰면 된다고 하고?

'아낌없이 주는 용이냐고.'

뭐가 뭔지 모르겠다고 생각하면서도, 유디트는 필사적으로 머리를 굴렸다. 이세에피나 황녀를 지킬 방법이 뭐가 있을까.

"입술이 그런 색인 건 처음 봤다니까요."

셴은 쪼그리고 앉은 유디트를 보았다.

벽난로 앞에서 담요를 뒤집어쓰고 있는 자신의 모습이

어지간히 우스운가 보다, 하고 생각할 무렵 그가 말했다.

"무사해서 다행입니다."

그쪽이 아니었구나.

유디트가 머쓱하게 대답했다.

"······고맙습니다. 정말로요."

"감사는 저 말고 기류에게 하세요. 기류가 정말 고생했거든요."

유디트는 눈알을 좌우로 데굴데굴 굴렸다.

그 근처를 다 뒤져가며 유디트를 찾은 것도, 그녀를 업고 다시 기슬란 성까지 등산한 것도 전부 기류였다고 한다.

대체 무슨 낯으로 기류를 봐야 할지 모르겠다.

내내 말없이 유디트의 곁에 붙어 있던 기류는 후작 영애에게 감사 인사를 하기 위해 잠시 자리를 비웠다.

셴이 떠난 후 유디트는 멍하니 벽난로 속 불길을 바라보며 결심했다.

'말하자.'

그녀가 결심을 굳혔다.

'고맙다고, 그리고 미안하다고.'

구해줘서 고맙다는 말은 당연히 해야 했다. 그리고 미안했다는 말 또한 하고 싶었다.

'이대로 멀어지면 후회할 거야.'

유디트는 조용히 인정했다.

고집부릴 때는 지났다. 그녀는 기류를 좋아한다. 태어나서 처음으로 사람과 사람과의 관계에서 욕심이 났다.

멀어지고 싶지 않았다. 더 가까워지고 싶었다. 무언가를 쥐고 싶다는 열망처럼, 그가 곁에 없는 것이 아쉬웠고 싫었다.

돌이켜 생각해 보면 그녀의 인생은 선호보다 불호를 인식할 때 더 좋아졌다.

기사가 된 것은 자작가의 시녀로 살기 싫어서였다. 황실 기사 훈련소로 굴러들어 간 것도 신용을 갖지 못하는 마수 사냥꾼으로 사는 게 싫어서였다. 심지어는 적기사가 된 것조차 흑기사로 살고 싶지 않아서였다.

그녀는 명확한 호불호를 통해 삶의 갈피를 잡아왔다.

이제 그 경험이 가리키고 있었다. 기류를 놓치는 게 싫다고.

처음으로 누군가를 좋아하게 됐다. 이대로 멀어지는 것도, 혼자서 이해받지 못할 벽을 치다가 관계를 완전히 망치는 것도 싫었다.

'이유는 말 못 하더라도 차분히 사과해 보자. 아직 완전히 늦은 건 아닐 거야.'

유디트는 벽난로 앞에서 무릎을 끌어안으며 생각에 잠겼다.

금이 간 장작이 천천히 타오르며 부서지는 걸 얼마나 바라보았을까, 노크 소리가 들렸다. 시간을 두고 묵직하게 두 번 노크가 울리더니 느리게 방문이 열렸다.

"단장님."

"들어가도 돼?"

유디트가 고개를 끄덕이자, 그는 조심스럽게 문을 닫고 다가왔다.

"······옆에도 앉고 싶은데."

기류는 코앞까지 다가와 놓고서도 그렇게 허락을 구했다.

유디트는 이번에도 말없이 승낙했다. 그러자 기류가 천천히 그녀의 곁에 앉았다.

앉은 후에도 기류는 몇 번 자세를 바꿨다. 그는 유디트와 비슷하게 양 무릎을 모아보기도 했고, 양다리를 뻗어보기도 했다. 그러다 선택한 자세는 한쪽 무릎만 끌어안은 자세였다.

그가 고개를 기울이며 유디트를 바라보았다.

"몸은 좀 괜찮아?"

"네, 괜찮습니다. 단장님 덕분입니다."

기류는 그 대답에 웃지 않았다.

"······비슷한 말 참 많이 들었어."

그의 목소리가 낮았다.

"처음 만났을 때부터 경은 항상 괜찮다, 문제없다, 그런 말만 했지. 그런데 이젠 좀 알 거 같아."

"뭘요?"

"괜찮다는 말, 습관이네."

두 사람의 눈이 마주쳤다.

그 순간 유디트는 시간이 멈춘 것 같다는 착각이 들었다. 그녀는 아무 말도 할 수 없었다. 어설픈 부정은 의미 없으니까.

"그렇게 많은 일을 겪고 다쳤는데 괜찮을 리 없잖아."

기류는 착잡하게 말했다.

예상치 못한 말에 유디트는 당황했다. 아니라고, 괜찮다고 하고 싶었다. 그러나 이 또한 그의 말대로 습관 같은 말이었다.

"경은 항상 다치기만 하지. 그리고 나는⋯⋯."

보라색 눈동자가 분한 마음을 고스란히 드러냈다.

어딘지 모르게 음울해 보이는 그의 시선이 유디트에게 와서 박혔다.

그는 필사적으로 감정을 다스리는 사람처럼 손가락을 오므렸다가 펴기를 반복했다.

"⋯⋯나는 아무것도 못 해."

좋아하는 사람이 최선을 다해 사는 모습은 얼마나 아름다운가.

그 과정을 보고 있으면 무엇이든 해주고 싶어지는 게 사람의 마음이건만.

종종 어두운 생각이 그에게 속삭였다. 너는 그녀를 위해서 할 수 있는 게 아무것도 없다고. 그녀는 이미 완벽한 사람이고 딱히 네가 없어도 된다고.

어쩌면, 그건 사실일지도 모른다.

에테르 마스터이자 황실 기사, 그중에서도 브릴란테 훈장을 받은 적기사.

그녀에게 저라는 존재가 뭐 하러 필요한가?

그런 생각이 들 때마다 기류는 스스로가 초라하게 느껴지는 걸 애써 부정했다.

사랑하는 상대에게 자신은 있으나 없으나 마찬가지인 존재라는 걸 맨정신으로 인정하기 힘들었다.

'젠장, 관두자. 환자 앞에서 이게 무슨 청승이냐.'

기류는 또다시 제 마음을 꾹꾹 눌러 담았다.

유디트가 입을 열지 않자 두 사람 사이에는 금세 침묵과 벽난로 불씨 튀는 소리만 남았다.

얼마간의 시간이 흐르고 그녀가 차분히 입을 열었다.

"그렇지 않아요."

"위로는 괜찮아, 난……."

"위로가 아니라 정말이에요. 단장님이 절 업고 올라오셨다고 들었어요. 저도 그걸 기억하고요."

"……."

유디트가 차분히 감사를 전했다.

"고맙습니다. 저를 구해주셔서."

다른 사람이 듣기에는 평소와 같은 목소리일 것이다.

하지만 유디트의 한마디에 세상이 기우는 기류에게는 부드럽게 들리는 목소리였다.

"……업고 올라오는 건 무겁지 않았나요?"

"무겁기는."

솔직히 말하면 몸이 왜 이렇게 차가운지, 왜 빨리 따뜻해지지 않는지를 신경 쓰느라 다른 건 생각할 겨를도 없었다.

"경의 체온이 너무 낮아서 그게 문제였지. 여차하면 곰 굴에라도 들어가서 불 피울 생각이었어. 센이 말렸지만."

"겨울입니다. 동면하는 곰은 어떡하라고요."

"방 빼라고 해."

가만 듣던 유디트가 픽, 웃음을 터뜨렸다.

기류의 눈이 휘둥그레졌다. 그녀가 웃는 게 너무 오랜만인 것처럼 느껴졌다. 그는 허둥지둥 더 장난스러운 말투로 뒷말을 이었다.

"안 나가면 어떡할 건데? 곰생 종 치기 싫으면 순순히 나가야지."

"지극히 인간 중심적인 발언 잘 들었어요."

"나한텐 동면 중인 곰보다 경이 더 중요했어."

기슬란 성 근처 곰들이 들었다면 진짜 더러워서 상종 못

해먹겠다고 뒷발을 흔들 만한 발언이었다.

유디트는 담요를 뒤집어쓴 채 한참이나 키득키득 웃었다.

기류는 입가가 씰룩거리는 걸 열심히 억눌렀다. 따라서 웃지 않은 건 그에게 마지막 이성이 한 줌이나마 남아 있었기 때문이다.

조용한 분위기 속에서 유디트가 말했다.

"……죄송합니다. 그간 이유도 말하지 않고 무시하고 껄끄럽게 굴어서."

"……."

"제가 원래, 좀 이래요. 껄끄러운 일이 있으면 회피해 버리고, 모른 척 덮어버리고……. 생각하기 싫은 건 넘겨 버리는 습관이 있어서 그런가 봐요. 그러면 안 되는데, 고쳐야지 고쳐야지 하는데도 잘 안 됐어요. 죄송해요."

쓸데없이 세웠던 자존심이 한풀 꺾였다. 유디트는 홀가분해진 마음으로 그를 보며 물었다.

"많이 걱정하셨나요."

"……."

"항상 왜 그렇게까지 마음 쓰세요. 전 그냥 부하 중 한 명인데."

"그건……!"

기름에 끼얹어진 불길처럼 그의 반응이 격렬했다.

그러던 것도 잠시, 기류의 얼굴이 무언가를 깨달은 사람처럼 굳어버렸다.

'……잠깐만. 설마……'

그럴 리가, 라고 생각하면서도 짚이는 바가 없지 않아
있었다.

껄끄러운 일.

"혹시 저를 좋아하시나요?"

기류는 유디트를 위해서 그렇다고 대답하면 안 되는 줄
알았다.

유디트는 어차피 장난스럽게 물어본 걸 테니까. 거기에
진지해지면 난처해지는 건 그녀일 테니까.

그녀를 부담스럽게 할 이 감정을 들키지 않는 게 좋으리
라 생각했다. 그래서 차라리 듣기 좋은 말로 제 감정을 포
장해서 건넸다.

하지만 사실은 그게 아주 중요한 질문이었다면?

영문 모를 냉대가 그것 때문이었다면?

"……그럼 나도 하나만 물어볼게."

"어떤 걸요?"

"날 피했으면서 그 귀걸이를 계속하고 있던 이유는 뭐였어?"

"……"

"값나가는 물건이니까?"

두 사람의 입이 사이좋게 조용해졌다.

그러나 한참의 침묵 끝에 유디트가 먼저 고개를 흔들었다.

"······아뇨. 그런 이유 아니에요."

"그러면?"

"값진 물건이라서가 아니라, 마음이 담겨 있어서 소중한 물건이라고 생각했어요. 기류가 제게 해줬던 말들처럼요."

세상을 살다 보면 그런 생각이 들 때가 있다.

딱 한 명이라도 좋으니까, 이 세상에 나 하나밖에 없다는 듯 달려와서 사랑해 주는 사람이 있으면 좋겠다. 내가 모르는 곳에서 나를 생각하는 사람이 있으면 좋겠다.

오다가 주웠다고. 지나가다 네 생각이 났다고. 너한테 어울릴 것 같았다고. 사는 김에 맞춰서 산 거라고.

아니, 사실 어떤 말이든 좋으니까······ 이유는 뭐든 좋으니까.

누군가가 날 떠올려 줬으면 좋겠다. 나만 떠올려 주고 원할 만큼 사랑해 주면 좋겠다.

그런 '남'이 있으면 좋겠다.

그런 감정은 이따금 찾아와 그녀를 외롭게 했다.

그래서 그날, '그냥 주고 싶어서'라는 기류의 허술하고 진솔한 이유가 좋았다.

비록 제 착각에서 비롯되었어도, 자존심이나 화난다는

이유로 치워 버린다면 틀림없이 후회할 것 같았다.

"기류는 가벼운 마음으로 선물했던 걸 테지만, 제겐 과분할 정도로 소중했어요. 대답이 되었나요?"

"……."

유디트는 제가 생각하기에도 놀라울 정도로 담담하게 말했다.

"대답이 되었다면 이제 제가 했던 질문의 답을……."

"좋아하는 여자가 얼어 죽을 뻔했는데 세상의 어떤 놈이 태연할 수가 있겠어."

유디트는 눈을 깜빡이는 것도 잊어버리고 그를 보았다.

기류의 눈동자 속에서 불꽃이 다시 피어오른 것 같았다. 그 불꽃은 오래전부터 가슴속에서 지피고 있었다는 듯, 강렬하고 뜨거웠다.

"어떻게 무시하란 거야. 대체 어떻게 그럴 수가 있어. 난 그런 거 못 해."

한계까지 참아왔던 감정이 터졌다. 기류는 입술을 깨물었다.

"유디트. 나는……."

그의 마음이 '이 앞길은 낭떠러지일지도 모릅니다'라고 적힌 팻말을 걷어찼다.

"나는 너를 좋아해. 세상 그 누구보다도. 네 친구보다도, 가족보다도, 어떤 타인보다도."

"……."

"어쩌면 너 자신보다도 나는 너를 좋아해."

팻말을 걷어찬 기류는 이제 그녀가 들으면 오만하다고 할 수 있는 말조차 서슴없이 꺼낼 수 있었다.

"좋아해, 유디트."

고백이었다.

유디트는 너무 놀랐다. 하얗게 변한 머릿속에서 기류의 고백이 빙글빙글 돌았다.

좋아한다고?

중의적인 표현에 유디트는 금방 정신을 차렸다. 설마. 내가 아는 그런 의미는 아니겠지.

그러나 기류는 엇갈림은 이쯤이면 됐다는 듯, 쐐기를 박았다.

"나는 너를 사랑하고 있어."

"……하지만……."

그녀가 더듬더듬 말문을 열었다.

"하지만 저한테는…… 그냥, 부하라고……."

"너를 곤란하게 만들 수 있으니까. 그게 싫어서, 그렇게만 말했어."

기류는 유디트를 바라보며 그녀의 말을 고쳤다.

"비겁하게 말해서 미안해. 그러니 과분하다고 하지 마. ……더 많이 욕심부려도 돼. 기대해도 되고, 남에게 기대도 돼. 너는 그래도 되는 사람이야. 나한테는 예전부터 그랬어. 항상 그렇게 말하고 싶었어."

기류는 이 사랑을 위해 기꺼이 낭떠러지 앞에 선 사람이 되었다.

저 아래에 무엇이 있을지는 모르지만, 그는 더 늦기 전에 이 감정 속으로 뛰어들기로 했다.

그는 당장에라도 가슴을 쥐어뜯을 사람처럼 말했다.

"……너는 내게 자랑스러운 기사고 부하지만, 항상 그게 전부가 아니었어."

기류는 그녀를 만나 본의 아닌 경험을 참 많이 하게 됐다.

코가 찌를 듯이 아파질 만큼 향수를 뿌려봤다.

좋아하는 사람의 일거수일투족에 기분이 수직 낙하하는 일도 겪었다.

바구니 속에 넣어둔 캐러멜이 줄어들지 않은 걸 보며 속상함을 느꼈고, 다른 사람을 위해 자신의 감정을 죽이기도 했다.

결론은 하나였다. 마음이 하나이듯이.

"나는 너에게 부담스러운 사람이 되고 싶지 않았어."

"……."

와르르 쏟아진 진심 앞에서, 유디트는 몇 번이고 눈을 깜빡였다. 태어나서 처음 들어본 말이 너무 많아서 뭐라고 말해야 할지도 모르겠다.

찬물 더운물 가릴 거 없다며 선생의 추천장을 쥐었던 그녀는 기사 아닌 칼잡이가 되었다. 돈이 좋아서 흑기사를 고른 끝은 등에 꽂힌 칼날이었다.

유디트는 확신으로 시작해서 비참함으로 끝나는 모든 것이 싫었다.

호의와 욕심 섞인 선택은 언제나 그녀의 인생에 먹구름을 끼게 했다.

이번에도 그러는 건 아닐까?

욕심을 내면 후회하는 게 아닐까?

유디트는 이제야 비로소 비올레가 했던 말을 이해했다. 내가 했던 선택에 배신당하는 게 싫은 거라던 말이 어떤 뜻이었는지를.

유디트는 홧홧하게 달아오르는 뺨을 의식했다. 습관처럼 입을 다물 뻔했지만, 이번에는 그래선 안 됐다.

어둠 속에서 바라지 않았던가. 앞으로 다가올 수백, 수천 번의 낮과 밤. 그때에도 기류가 제 곁에 있어주기를.

담요 밖으로 꼼지락 내민 유디트의 손끝이 그에게 닿았다.

기류가 눈에 띄게 움찔거렸다.

"……만약에……."

비꼬거나, 화를 낼 때는 유창하게 움직였던 입이다. 유디트는 덜도 말고 더도 말고 딱 그때만큼만 입이 잘 움직이면 좋겠다고 생각했다.

"······만약에, 제가 부담스럽지 않다고 하면 뭐라고 말할 건가요?"

유디트는 용기를 냈다. 그리고 욕심을 냈다.

"저도 당신을 좋아해요."

혀끝에 설탕이 닿은 것 같다. 입천장이 바짝 말랐다.

유디트는 어색한 시선으로 바닥과 기류를 번갈아가며 보았다.

그는 어떻게 나올까. 뭐라고 말할까.

궁금증은 금방 풀렸다. 기류의 팔이 그녀를 끌어안았다.

유디트는 졸지에 따뜻한 담요를 두른 채 그의 체온을 나눠 받게 됐다.

넓은 가슴을 통해 피부에 스며드는 온기가 벽난로보다도 따뜻했다.

"말로 안 해."

억누르고 억눌렀지만, 그래도 숨기지 못한 감정이 넘실거렸다. 애타는 목소리에 담긴 벅찬 마음이 고스란히 귓속으로 파고들었다.

"그냥 이대로 안고 있을 거야. 네가 밀어내기 전까지."

그녀는 그 대답이 퍽 기류답다고 생각했다.

"······그러면······."

등색으로 빛나는 벽난로 앞. 유디트는 그에게만 들리도록 작게 말했다.

"계속 안아주세요. 이대로."

단단히 맞물린 것처럼 안아오는 손길에 그녀는 그대로 몸을 맡겼다.

으스러지게 껴안는 팔이 그 어떤 사랑의 속삭임보다도 절실했다.

Chapter 11
분기점에서

기류 르왈흐메이는 자기 목숨처럼 아끼고 사랑하는 사
람을 두 번 잃어보았다.

첫 번째는 그의 어머니 힐다였다.

"금방 건강해질게. 어제보다 더 괜찮아졌어."

그런 거짓말과 함께 그녀는 침대에서 일어나지 못하게
됐고, 이어서 돌아오지 못할 사람이 되어버렸다. 그게 기
류가 일곱 살 때였다.

두 번째는 그의 동생인 알펜 르왈흐메이였다.

"무릎 좀 불편하면 어때요, 저도 형님처럼 재능을 살려서 세

상에 보탬이 되는 일을 할 거예요."

당돌하게 선언했던 동생이 부러진 지팡이와 함께 싸늘한 주검으로 돌아왔을 때, 기류는 두 달간 방에 틀어박혀서 세상과 멀어졌다.

사랑은 꼭 그만한 크기의 고통을 불렀고, 세상은 기류에게 무던히도 원망을 가르쳤다.

아카데미에 들어가니 검술에 재능 없는 동생을 집 밖으로 내몬 놈이라는 말을 들었다.

백작위를 물려받기 무섭게 영지에 마수가 들이닥쳤고, 에테르 마스터가 되자 태도를 바꾸는 사람을 수도 없이 만났다.

세상을 원망하고 증오할 이유는 많았다.

하지만 기류는 결국 세상을 사랑하는 쪽을 택했다. 언제나 사랑이 원망보다 쉬웠기 때문이다. 그의 마음이 원망보다는 사랑으로 일어설 힘을 찾았기 때문이다.

유디트가 잠든 새벽. 기류는 그 사실을 다시 한번 실감했다.

그는 유디트의 머리카락을 몇 번이고 쓰다듬었다.

이렇게 가까운 거리에서 그녀에게 닿는 걸 허락받는 날이 올 줄은 몰랐다. 그게 오늘일 줄은 더더욱 몰랐고.

이제 너는 내게 얼마만큼의 기쁨이 되고, 아픔이 될까?

기류는 눈물 나게 소중한 사람을 앞에 두고 세상에 감사했다.

이 감정이 너무 선명해서, 다른 감정들이 모두 퇴색한 것 같다는 느낌마저 받았다.

그는 정말이지 유디트가 사랑스러워서 견딜 수 없었다.

유디트가 웃는 모습을 보고 싶었다. 그녀의 행복한 모습을 보기 위해서 어떤 식으로든 좀 더 열심히 살아봐야겠다는 생각이 들었다.

너는 어느새 내일의 나를 살게 하는 사람이 되었구나.

기류는 아주 조심스럽게 유디트의 이마에 입맞춤한 뒤 방을 나섰다.

그의 인생에서 가장 밝고 찬란한 새벽이었다.

※　　✳　　※

기류에게 기댄 채 보낸 밤은 따뜻해서 좋았다.

진눈깨비를 맞으며 웅크려 앉아 있었을 땐 세상에 버림받은 기분이었건만. 따뜻한 체온 덩어리가 옆에 붙어 있으니 무슨 일이 있어도 괜찮을 것 같아졌다.

정말 무슨 일이든.

'맨손으로 곰도 잡을 수 있을 거 같다.'

기슬란 성 근처 곰들이 사이좋게 진절머리를 낼 생각이

었다.

유디트는 그대로 잠들었다. 그리고 다음 날 아주 이른 아침에 눈을 떴다.

잠결에 기류가 침대에 눕혀준 건 기억나는데 나머지는 애매했다.

역시 누적된 피로가 있었던 모양이다.

유디트는 누운 채 몇 가지 생각에 잠겼다. 그녀는 당장 해야 하는 일과 신경 쓰이는 것들을 곱씹다가 다시 깜빡 잠이 들었다.

완전히 눈을 떴을 땐 이미 늦은 아침이었다. 하녀가 세숫물을 가져다주었다.

유디트는 세안을 끝내고 올가의 방으로 찾아갔다.

"유디트 경, 몸은 좀 괜찮느냐?"

"예. 걱정 끼쳐 드려서 죄송합니다. 전하께서는 간밤에 푹 주무셨습니까?"

"난 괜찮다. 원래 잠이 많질 않아서. 셴을 새벽까지 괴롭혀 주었단다."

올가의 대답에 유디트는 작은 웃음을 터뜨렸다.

그녀는 성주 대리에게 감사 인사를 마친 다음, 올가의 방에서 함께 식사를 했다.

"입맛에 맞으셨습니까?"

"음. 따뜻한 수프가 가장 맛있었어."

"배고플 때 먹은 식전 음식이라 그런가 봅니다."

"듣고 보니 그럴지도 모르겠다."

황녀가 말갛게 웃었다.

길다면 길고 짧다면 짧았던 동행이다. 올가와 유디트는 서로를 향한 벽을 조금씩 낮췄다.

그 결과 유디트는 눈앞의 상대를 마냥 황녀라고만 인식하지는 않았고, 올가 또한 유디트를 단순한 기사로만 여기지 않았다.

"더 아픈 곳은 없고?"

"이젠 정말 멀쩡합니다. 저 때문에 일정이 늦어졌으니 오늘은 꼭 출발해야지요."

유디트는 식기를 쟁반 위에 치우며 말했다.

놀랍게도, 올가는 식사가 끝나기 무섭게 직접 사파이어 소드를 꺼내서 점검했다.

"검을 손보실 줄 아십니까?"

"물론이다. 뭐 그리 어려운 거라고."

올가는 칼날에 남아 있는 혈흔을 열심히 지웠다.

얼마간의 시간이 흘렀을까.

"유디트."

"예."

"실은 경에게 할 말이 있어."

"우연이로군요. 저도 그렇습니다."

유디트는 그리 놀라지 않았다. 그녀는 벽난로에 장작을 집어넣었다. 그리고 문을 열어서 복도를 확인했다.

복도 밖에는 셴이 있었다. 유디트는 그에게 몇 마디를 건넨 다음 방으로 돌아와서 문을 잠갔다.

"말씀하시지요."

"고맙구나. 알다시피 오브가 깨져 버렸으니 이제 남은 오브는 두 개뿐이다."

황녀는 착잡한 얼굴로 본론부터 말했다.

"남쪽의 라드파스칼 군영은 걱정되지 않는다. 그곳은 윌리엄이 직접 관리하는 남부의 거점으로 많은 병사가 상주해 있어. 문제는……."

"베르크스로군요."

"맞다."

그리 어렵지 않게 정답을 맞힌 유디트가 고개를 끄덕였다.

서부의 베르크스 가문은 1황자 알베르트의 약혼자를 배출해 낸 집안이자, 그를 지지하는 우방이었다.

그러나 아끼던 외동딸이 카드스마 암살 사건으로 목숨을 잃자 황실과의 인연을 완전히 끊었다.

"베르크스 변경백은 황가에 반감을 품고 있다. 그런 상태에서 오브를 수호하는 데 얼마나 신경을 쓰고 있을지……."

"기대하기 어렵겠군요. 저도 그렇다고 생각합니다."

유디트가 턱 끝을 매만졌다.

베르크스.

회귀 전 끝없이 마수가 밀려오던 서부에서 유디트는 가장 제 몫을 다하는 기사였다. 질시 섞인 눈으로 보던 흑기사들조차 유디트의 필요성을 인정할 수밖에 없었다. 그만큼 많은 마수가 쏟아졌고, 잔혹한 기사가 필요했던 곳이었으므로.

유디트는 곰곰이 옛 기억을 되살리다 한 가지 의문을 품었다. 무언가가 뒷목을 잡아끄는 기분이었다.

'혹시 그 이상할 정도로 많았던 마수가 베르크스 성 오브가 깨진 영향이었다면?'

"그래서 말이다만, 유디트 경."

그러나 마음속 한구석에 도사리기 시작한 불길함을 달랠 새도 없이 올가가 다른 이야기를 꺼냈다.

"내가 바로 알고 있다면, 경은 현재 유일하게 제국에서 용의 심장을 가지고 있는 걸로 아는데……."

역시 이 이야기였구나.

"예. 제가 가지고 있습니다."

유디트가 대답하자, 내내 어둡고 진중했던 올가의 얼굴이 활짝 핀 꽃처럼 환해졌다.

"그 심장을 내게 양보해 줄 수 없겠나? 물론 그냥 달라는 건 아니다. 합당한 대가를 치러서……."

"좋습니다. 거래하지요."

"……응?"

"은빛 용의 심장, 황녀 전하께 드리겠습니다."

유디트가 시원시원하게 말했다.

"제가 가지고 있는 것보다는 오브의 재료로 쓰이는 게 좋겠지요."

생각지도 못하게 일이 잘 풀리자, 올가 황녀가 환한 웃음을 지었다.

올가는 기뻐하는 한편 묘하다는 듯 유디트를 보았다.

"……신기하구나."

"무엇이 신기하십니까?"

"셴이 알려주기를, 그대는 굉장한 수전노이니 거래하는 게 쉽지 않을 거라 했다. 어쩌면 오팔궁의 예산 중 절반을 뜯길 수도 있다고 했거늘……."

"……."

그런 말을 했단 말이지?

유디트는 웃는 얼굴로 주먹을 쥐었다. 나중에 한마디 해주지 않으면 분이 풀리지 않을 것 같았다.

"황녀 전하, 실은……."

유디트는 자신이 겪었던 일을 빠짐없이 설명했다. 꿈속에서 만난 노인. 그가 화를 내며 했던 말들까지.

"……해서, 용의 심장으로 오브를 만들 수 있다는 말은 들었습니다."

"그게 정말이라면…… 놀라운데."

올가가 순수한 감탄을 터뜨렸다.

"역대 황제 중 몇 명은 성지에서 용의 사령과 이야기를 나눈 적이 있다고 들었다. 하지만 이런 경우는 처음이야."

"심장이 제 수중에 있어서 말을 걸었나 봅니다."

"그래. 그럴 수도 있겠다. 카르나크 신께서 제국을 아직 살피고 계시니 그럴 만도 해."

유디트는 어디까지나 우연에 지나지 않은 척, 대화를 나누게 된 경위를 적당히 둘러댔다.

올가는 안심한 얼굴로 고개를 끄덕였다. 그녀는 설마 유디트가 스티그마를 가지고 있을 거라고는 조금도 생각 못 하는 눈치였다.

'밝힐까?'

유디트는 잠시 고민했다.

그간 지내본 바, 올가는 믿을 만한 사람이었다. 동사의 위협에 시달리는 유디트를 위해 기슬란 성에 방문하자고 결단한 것도 그녀였다. 올가의 입지나 능력을 생각하면 내 편으로 만들어두어 손해 볼 건 없다.

하지만 그 고민은 금방 폐기 처분되었다.

'역시 관두자.'

올가는 믿을 만한 사람이라지만 결국 권력자다. 힘과 권력을 가진 사람은 얼마든지 변할 수 있다.

어설픈 동질감으로 자신의 가장 큰 비밀을 터놓을 순 없다.

거래 관계라면 모를까, 비밀을 공유할 상대로는 적합하지 않았다.

'비밀을 밝힌다면 올가 황녀가 아니라 차라리……'

유디트는 조용히 마음을 정했다.

"그 대신 저도 몇 가지 부탁드리고 싶은 게 있습니다."

호박색 눈동자가 올가의 푸른 눈을 응시했다.

올가는 자신을 상대로 눈을 피하지 않는 유디트가 정말 마음에 들었으나 내색하지 않았다.

"이유를 묻지 않고 들어주시겠다 약속하신다면 심장은 황녀 전하께 드리겠습니다."

유디트는 본래 용의 사체를 묵혀둔 다음, 마법사들이 애가 닳을 때쯤 경매에 내놓을 생각이었다.

하지만 그녀는 이미 수중에 돈이 많았다. 이제 돈 아닌 다른 것들을 하나씩 지켜 나가야 할 때였다.

"알겠다."

"첫 번째로 이세에피나 황녀 전하를 보호해 주십시오. 그분께서 눈을 뜨실 때까지요."

유디트는 황녀를 지키는 쪽을 택하기로 했다. 아딧사와 그 난리를 피웠는데 이세에피나 황녀를 모른 척하기엔 양심이 아프다. 그렇지만 자신이 일거수일투족을 싸고돌며 지킬 수도 없는 노릇 아닌가.

"가능하시겠습니까?"

"어렵지는 않다만, 왜?"

"앞서 말씀드렸듯 이유는 묻지 말아주시기를 청합니다."

"……."

올가는 그녀를 보았다. 아무런 이유도 없이 유디트가 생판 남인 막내 황녀를 지켜달라고 할 리 없다.

"알겠다. 경에게 무언가 생각이 있겠지."

막내 여동생이 목숨을 위협받을 만한 이유가 무엇인지 궁금했으나 올가는 더 묻지 않았다.

"에피나를 내 궁으로 데려오겠다. 청기사인 내가 지내고 백기사단장인 셴이 자주 드나드는 곳이니 허튼수작을 부릴 수는 없을 것이다."

"실례지만 여쭙겠습니다, 궁에서 일하는 사람은 모두 믿을 만한 사람들입니까?"

"물론이야. 나는 이미 오팔궁에서 일하는 아이들에게 오랜 시간 목숨을 맡기고 있단다. 이걸로 대답이 되었을까?"

"예. 충분합니다."

오팔궁은 외부의 침입자가 함부로 숨어들기 어려운 구조로 되어 있다. 게다가 사용인들은 이미 십 년이 넘게 그녀의 수발을 들어왔고 신원 또한 확실했다.

납득한 유디트가 고개를 끄덕이자, 올가가 채근하듯 물었다.

"두 번째는 무엇이지?"

"청기사는 다른 기사를 청기사로 지명할 수 있다고 들었습니다."

"맞다. 오브가 동서남북, 네 곳에 있으니 그를 지키는 청기사의 직위 또한 여럿이서 함께 짊어질 수 있지."

올가가 시원시원하게 대답했다.

"그런데 그걸 어찌 알았느냐? 일부러 알아보지 않는 한 모를 이야기인데?"

유디트는 민망한 표정으로 답했다.

"신입 기사 시절에 청기사단에서는 스카우트 제의가 없길래 알아본 적이 있습니다."

청기사단이라는 게 있을 줄 알았던 시절의 이야기다.

올가는 상황도 잊고 웃어버렸다. 한마디로 날 알아서 모시지 않는 곳이 얼마나 잘났길래, 라는 심정으로 알아봤단 소리 아닌가.

"그대는 세 기사단에서 모두 스카우트 제의를 받았다고 했지. 셴이 아쉬워하던 기억이 난다."

"백기사단에는 근처에도 갈 일이 없을 겁니다. 봉사 정신이 부족해서요."

"셴이 듣는다면 눈물로 통곡의 강을 만들 것이다."

올가는 한결 부드러운 눈으로 유디트를 보았다.

"청기사가 되고 싶어서 그런 걸 묻느냐?"

"아니요."

"하면?"

유디트는 잠시 입을 다물었다.

이건 제 욕심이라는 걸 안다. 그녀는 반기지 않겠지. 속사정이 드러난다면 감사가 아닌 원망을 받을 수도 있는 일이다. 알면서도, 유디트는 그녀를 잃고 싶지 않다는 마음에 망설임 없이 입을 뗐다.

"흑기사단에서 빼내고 싶은 사람이 있습니다."

유디트가 모든 이야기를 마칠 때까지, 올가는 끼어들지 않았다.

대화가 마무리될 즈음이었다.

"유디트."

"예, 전하."

"그대는 참 매력적인 사람이구나."

"……예?"

놀란 유디트는 눈을 치켜떴다.

"놀랄 말인가? 오랜 동행은 아니었다만, 나 나름대로 그대를 지켜보며 그리 생각했는데."

올가가 웃으며 유디트의 옷매무새를 고쳐주었다.

"꺾여선 안 될 때를 아는 단호함과 그 속에 숨겨진 부드러움이 있더구나. 그대 같은 기사가 제국에 있어 다행이라고 느꼈다."

"……황공합니다."

대관절 황녀가 제 어느 부분을 보고 그렇게 느꼈는지 모를 일이다. 이런 칭찬을 받을 거라곤 생각해 보지 못한 유디트는 민망해졌다.

"내가 그대의 힘이 될 일이 있다면 언제든 이야기하라. 그리고……."

올가는 잠시 머뭇거렸다. 그러다 붉어진 얼굴로 조심스레 덧붙였다.

"이번 일이 끝나도 종종 오팔궁에 들러주련?"

올가는 드물게 횡설수설하기 시작했다.

"그대도 알다시피, 나는 궁 밖으로 나간 지 오래되었단다. 친하게 지내던 이는 모두 결혼했거나 연락 끊긴 지 오래되어……. 물론, 절대 그대에게 부담 줄 생각은 아니야. 어떤 용건을 가지고 방문하라는 의미가 아니라……."

"영광입니다."

"……."

"제 즐거움이 늘겠습니다."

유디트가 적절히 올가의 말을 잘랐다.

곧 두 사람은 서로를 마주 보며 편안하게 웃었다.

유디트는 이야기를 끝내고 올가의 방에서 나왔다. 밖으로 나오니, 기다리다 지친 셴이 그녀를 향해서 손을 흔들었다.

"이야기는 끝나셨습니까?"

"네, 지켜주셔서 감사합니다."

"별말씀을요. 어지간히 중요한 이야기니 제게 부탁하셨겠죠."

"혹시 엿듣는 사람은……."

"없었습니다. 이쪽으로 온 사람도 없었고요."

유디트는 크게 안도한 후 주변을 둘러보았다.

"그런데 아침부터 기류 단장님은 안 보이시는데 어디 계십니까?"

"기류는 아침 일찍 다른 사람들과 함께 마법사를 섭외하러 갔습니다."

"얼마 못 주무셨을 텐데…… 고생이네요."

"그렇긴 한데, 우리도 슬슬 출발해야죠."

유디트는 자신으로 인해 일정이 반나절 이상 늦춰진 것을 사과했으나 셴은 고개를 저었다.

"애초에 어느 정도 늦어질 걸 예상하고 일정을 짠 거니 이 정도는 계획했던 범위입니다. 그나저나……."

셴이 씩 웃었다.

"이제 기류하고는 잘 풀었습니까? 좀 편안하게 부르네요?"

"윽…… 네. 죄송합니다. 잘 풀었습니다."

"그럼 정말 다행이고요."

셴이 하하 웃었다.

"잘 놀아줘요. 기사단장이라는 게 허울 좋기만 하지 사실상 중간관리직이라 이리 치이고 저리 치이거든요."

"그런가요?"

"그렇다니까요. 툭하면 황족이 불러, 기사단 돌봐야 해, 적기사단은 중앙 경비대하고 눈치 싸움도 해야 하잖아요? 제 경우엔 신전이 얽혀 있어서 탈모 올 것 같습니다."

"그런 것치곤 모발이 풍성해 보이시는데요."

"말이 그렇다는 거죠. 진짜 탈모이길 바라십니까!"

그가 풋사과색 머리카락을 탈탈 털며 투덜거렸다.

언제 말을 나눠도 참 구김살 없는 사람이다. 유디트는 가만 웃으며 복도 난간에 기댔다.

"하지만 기사단장을 그만두실 생각 없으시잖아요?"

"후임이 있어야 그만두죠. 아직 백기사 중에선 에테르 마스터가 없거든요."

제국의 기사단장은 황제가 임명한 에테르 마스터가 맡는 게 관례다.

셴이 분하다는 듯 주먹을 쥐고 허공에 붕붕 휘둘렀다.

"있으면 진짜 잘해주는데!"

"에테르 마스터가 그렇게 적나요?"

"적죠. 남들 눈에는 경이 적기사단 단장 후보나 마찬가지일걸요?"

거기까지 말한 셴이 갑자기 유디트를 애타는 눈으로 바라보았다.

"백기사단에서도 스카우트 제의를 보냈을 텐데, 왜 차 버렸습니까? 제가 엄청나게 잘해 드릴 수 있는데."

"죄송합니다. 다른 사람 알아보세요."

"거절 한번 칼 같으시네!"

"저는 오팔궁의 예산을 절반이나 뜯어 갈 것 같은 수전노라서요."

"아니, 그…… 그건……."

셴이 당황하며 말끝을 흐렸다. 하지만 곧 허겁지겁 말했다.

"그러지 말고 다시 생각해 보시는 게 어떻습니까? 백기사단은 다른 곳보다 밥도 잘 나오고 시간도 여유롭게 쓸 수 있고……."

"다른 사람 알아봐."

불쑥 끼어든 목소리에 고개를 돌려보니 막 바깥에서 돌아왔는지 기류가 눈발을 털고 있었다.

"기류."

"단장님, 오셨습니까."

"응, 다녀왔어."

기류는 로브로 다 가리지 못한 앞머리를 손가락 끝으로

살살 흔들며 말렸다.

"자리 좀 비우니까 남의 기사단 중심 인재를 홀라당 채 가려고 하네. 인마, 너 양심이 있어?"

"제 몸과 마음 모두 카르나크 신께 바쳤습니다. 그분께 서 모든 걸 쥐고 계시죠."

본인의 가출한 양심이 신에게 있다는 망발이다. 기류는 어이가 없다는 눈으로 셴을 보았다.

"꿈도 꾸지 말고 저리 가라. 훠이 훠이."

기류가 역병신 쫓아내듯 손사래를 쳤다.

"쯧, 안 먹히네요."

"먹히겠냐?"

셴은 꿍얼거리며 자리에서 일어나 기류에게 눈짓했다.

"마법사는요? 데려온 겁니까?"

"1층 응접실에 있을 거야. 부탁했던 대로 두 명 데려왔어."

"잘하셨습니다. 그럼 전 아래에서 잠시 이야기 좀 나누 고 올게요."

그가 두 사람을 번갈아 보며 말했다.

"한 시간 후에 수도로 출발할까 싶은데 두 분 다 괜 찮죠?"

"네."

"충분하지."

"그럼 이따 봅시다."

셴은 복도를 나서서 아래층으로 내려갔다. 기류는 황당하다는 듯 중얼거렸다.

"세상에 믿을 녀석 하나 없다더니 자리 좀 비운 사이에……."

"꼬신다고 해도 넘어갈 일 없으니 걱정 마세요."

유디트가 단칼에 대답했다.

기류가 휘둥그레진 눈으로 그녀를 보았다. 그게 웃기고 재미있어서, 유디트는 일부러 여유롭게 말했다.

"그게 걱정이신 거잖아요, 결국."

"그거야……."

"아니에요?"

"맞지. 정답이지."

어느 안전이라고 거짓을 고하랴. 기류가 순순히 인정하자 유디트의 입꼬리가 소리 없이 올라갔다.

"간밤에는 푹 잤어?"

"네, 덕분에 잘 잤어요. 기류는 아침 일찍 나갔었다면서요."

"응."

"한숨도 못 잔 거예요?"

"그래도 몇 시간 자고 다녀왔어. 피곤하지만 수도에 돌아가서 쉬는 게 더 낫지."

그건 그렇다. 어딜 가든 제집이 최고인 법이다. 유디트는 가볍게 동의하며 고개를 주억거렸다.

'그나저나 왜 저렇게 웃지.'

그녀가 가만히 기류를 바라보았다. 이상할 정도로 들떠 보이는 얼굴이 자꾸만 눈에 밟혔다.

"기류? 왜 그러세요?"

"그냥. 좋아서?"

그냥이면 그냥이고 좋은 거면 좋은 거지, 어딘지 모르게 애매한 대답이었다.

유디트가 그를 빤히 바라보자 기류가 덧붙였다.

"다시 기류라고 불러주는 게 좋아서 그래."

"뭐예요……. 고작 그런 걸로?"

"고작이라니?"

기류의 표정이 변했다.

"엊그제까지 좋아하는 사람한테 무시당하니 세상이 냉대기후였어. 북부가 따로 없었다고."

유디트는 작게 핀잔을 주려다가 곧 악동처럼 웃었다.

"그 정도에 만족하시면 어떡하죠. 아직 갈 길이 먼데."

"뭐?"

"열대기후 쪽으로 오실 차례라고요."

유디트는 난간에서 몸을 뗐다. 그녀는 오른손으로 쪽 소리 나게 손 키스를 날리곤 기류에게 윙크했다.

"이따 봐요?"

"……."

얼이 빠진 기류는 입을 벌리고 그녀를 바라보았다.

유디트는 소리 없이 웃는 경험을 만끽하며 자리에서 벗어났다.

이런 거구나. 그냥 좋아서 웃는다는 게.

한 박자 늦게 정신을 차린 기류가 뒤이어 벽 치는 소리 한번 요란했다.

＊　✳　＊

이든은 3황자를 앞에 두고 보기 드물게 상기된 표정으로 책상을 쳤다.

"정말 이대로 넘어가실 생각입니까?"

"……."

"형님."

"흥분하지 말고 앉아라, 이든."

"어떻게 앉아서 가만히 입이나 놀릴 수 있습니까?"

이든이 흥분한 어조로 말했다.

"형님과 세리아 누님을, 우리를 습격한 사람들이 누구였는지, 암시장에서 황실의 무릎 그리브를 찬 자들이 누구의 사주를 받았는지. 정말 신경 쓰이지 않으십니까?"

이든이 속사포처럼 말을 쏟아냈다.

윌리엄은 그에게 눈길 한 번 주지 않고 말했다.

"신경 쓰이지 않는 게 아니다. 조금 더 신중하게 움직이자는 거지."

"저는 바보가 아닙니다. 형님."

이든이 감정을 억누르며 말했다.

"알베르트 형님께서 저희가 겪은 피습 사건을 일부러 덮어버리신 걸 알고 있습니다. 형님이 그걸 묵인하신 것도요."

뚫어지게 서류만 응시하던 윌리엄이 처음으로 손을 멈췄다.

"알베르트 형님의 사주라고 생각하신다면, 그렇다고라도 말씀해 주세요. 그러시면 제가……."

"함부로 억측하지 마라. 알데비크 선생에게 경솔하게 입 놀리는 법만 배웠더냐?"

"형님!"

기어코 이든이 비명을 지르듯 언성을 높였다.

윌리엄은 문득 생각했다. 이 애가 언성을 높인 게 몇 년 만이지.

"저희가 겪은 일을 묻어버리고 싶으시다면 그래도 좋습니다. 하지만 이 일에는 에피나가 엮여 있을 수도 있다고 말씀드렸습니다."

"……."

"그 아이가 눈을 떴을 때, 가혹한 청문회장으로 몇 번이나 불려 가는 걸 보고만 있으실 셈입니까? 폐하께서 어떤 분이신지는 형님도 알고 계시지 않습니까!"

이든이 간절하게 말했다.

"최소한 에피나가 이 일에 엮여 있다면 어떻게 하실 생각이신지, 그것만이라도 말씀해 주실 수는 없으신 겁니까."

"내 생각이 듣고 싶으냐? 그럼 아주 간단한 방법이 있다."

윌리엄은 더없이 냉정한 말로 그의 말을 잘랐다.

"너도 이 황위 싸움으로 뛰어들어라. 그럴듯한 거래 재료라도 들고."

"……."

"최소한 나는 네가 이세에피나가 걱정되어 안달 나 있다는 걸 파악하게 됐다. 이건 네 약점이 되겠지."

저와 꼭 닮은 듯 판이한 푸른 눈동자가 이든을 압박했다.

"별장은 황족이라면 누구든 드나들 수 있는 곳이다. 가능성은 다른 황족에게도 얼마든지 열려 있어."

"궤변입니다."

이든이 반박했다.

"이세에피나를 제외하면 저희 중 누구도 헤링시아 숲 별장을 이용한 전적이 없습니다. 그런 건 조금만 알아봐도 알 수 있습니다."

이든이 그를 원망스러운 눈으로 보았다.

"하지만 한 가지를 확실히 알겠군요. 끔찍하게 아끼시는 세리아 누님이 얽혔던 일인데도 형님이 움직이지 않으실 정도라면, 제가 무슨 말을 해도 속내를 털어놓진 않으시겠죠."

"……."

"누구와 어떤 거래를 하고 계시는지는 모르겠지만, 부디 막내 여동생의 목숨 줄을 쥐락펴락하고 있다는 사실을 잊지 않으셨으면 합니다."

분노를 이기지 못한 이든이 자리에서 일어나더니 거칠게 문을 닫고 나갔다.

발걸음 소리가 점점 멀어져 갔다.

이윽고 완전히 들리지 않게 되자 윌리엄은 서류를 내려놓았다. 동시에 내실 쪽 문이 열렸다.

"누굴 닮아서 저렇게 발소리가 요란한지 모르겠어."

"형님."

문을 열고 나온 사람은 방금 전 이든이 이름을 들먹였던 1황자 알베르트였다.

"타이밍이 좋다고 해야 할까, 나쁘다고 해야 할까……."

"형님도 용건만 끝내고 돌아가 주시면 좋겠습니다만."

"매정하구나."

"다정한 사이가 아니지요, 저희는."

윌리엄은 그답지 않게 차갑게 말한 다음 덧붙였다.

"세리아의 건강이 좋지 않습니다. 자질구레한 일은 어서 끝내고 황자비 궁으로 가봐야 할 것 같습니다."

"……."

알베르트의 눈에 쓸쓸함이 감돌았다. 그는 먼저 떠나보낸 약혼자를 잠시 떠올렸다.

"제가 보내 드린 자료는 잘 받으셨습니까."

"……그래. 피습 사건의 증언과 용의 피에 관한 조사 자료. 전부 빠짐없이 읽어봤다."

"그럼 이젠 제 차례군요."

"빈틈없기는."

알베르트는 품 안에서 작은 종이봉투를 꺼내 건넸다.

"카드스마 사건의 모든 증언과 에드워드의 행적을 내가 개인적으로 조사한 자료다."

"……확인했습니다."

"말해두지만 결코 값싼 자료가 아니다. 너와 이든의 조사 자료보다 훨씬 밀도 높아."

"당연히 그래야지요. 이쪽은 피습 사건을 통째로 덮었습니다만?"

윌리엄이 차갑게 응답했다.

두 사람의 시선 속에 냉기가 흘렀다.

"손을 잡는 건 이번이 마지막이 될 것 같군요."

"정말 그럴 것 같구나."

알베르트는 희미한 미소를 띠며 한 발 물러나더니 소파

에 기댔다.

"하지만…… 솔직히 말하면 놀랐다. 올가 누님도 용의 피를 마신 자에게 습격당한 적이 있을 줄이야."

알베르트가 고개를 돌렸다.

"뭣보다 네가 올가 누님과 서신을 나누고 있을 줄은 몰랐어. 어떻게 연락을 했지?"

"감사 편지를 드렸습니다."

"편지?"

"세리아의 출산을 포기하라고 미리 언질을 주신 적이 있습니다."

"……."

"낳으면 반드시 세리아가 죽을 거라는 편지였죠."

"여전히 불길한 내용이로군. 아직도 누님께선 신탁을 받은 성녀처럼 굴고 계시느냐?"

알베르트가 비아냥댔다. 윌리엄은 그 말에 굳이 반박하지 않았다.

그 조언에 귀를 기울인 결과, 윌리엄은 제 아내를 지켰다. 반대로 조언을 듣지 않은 알베르트는 카드스마로 떠나서 약혼자를 잃지 않았던가.

남의 조언을 어디까지 수용할 수 있는지는 사람마다 다른 법이다.

"어쨌든 이걸로 거래는 끝이다."

알베르트가 소파에서 몸을 뗐다.

"에피나는 일어나자마자 고생 좀 하겠구나. 뭐. 일어났을 때의 이야기지만 말야. 별수 있나. 황족의 핏줄로 태어났다면 각자도생으로 살아야지."

"……."

"이든이 특이한 거라니까. 제 코가 석 자인 황궁에서 핏줄에 연연하며 저렇게 군다는 게……."

윌리엄에게 다가간 알베르트는 희한하다는 듯 그가 보고 있던 서류를 죽 훑었다.

"라드파스칼 군영에 갑자기 경비를 강화한 이유가 있느냐?"

"있다 한들 말씀드릴 만한 이유는 없지요."

"차갑구나. 하지만 그렇게 차가우니 마음이 놓인다."

알베르트가 웃으며 말했다.

"어디 한번 잘해보자꾸나. 너와 내 공동전선이라면 에드워드 하나 정도는 치울 수 있겠지."

동생 앞에서는 성격을 감출 필요가 없다는 게 편했던 걸까?

즐겁게 떠들던 알베르트는 만족스러운 얼굴로 자리를 떴다.

마침내 조용해진 집무실에서, 윌리엄은 쓸쓸하게 중얼거렸다.

"특이할지언정 제 동생을 걱정한다는 점에서 저희보다는 나은 사람이겠죠. 이든은."

그는 둘 뿐인 동생을 완벽하게 지켜주지도, 외면하지도 못하는 스스로가 흑도 백도 아닌 회색처럼 느껴졌다.

세리아가 몹시 보고 싶어지는 순간이었다.

＊　＊　＊

네 사람은 지체된 날을 포함하더라도 예정 일정보다 조금 빨리 베르디로 돌아왔다.

"어지럼증이 가시질 않네요."

"그러니까 말입니다. 이래서 얼른 장거리 이동 마법이 개발되어야 할 텐데……."

올가와 셴은 먼저 오팔궁으로 돌아갔다.

일행은 그대로 해산했다.

돌아온 유디트를 반기는 건 진급 소식이었다. 그녀는 상급 기사가 되었다.

"……진급이요? 벌써?"

"예."

데샹이 번복은 없다는 듯 새 제복을 건네주며 고개를 끄덕였다.

"작위야 안 받겠다고 폐하께 직언드렸으니 그렇다고 치

지만, 진급은 해야죠."

그래서 너는 승진을 했단다.

데샹이 평소보다 부드럽게 말했다.

"모레부터는 상급 기사 제복을 입고 출근하기 바랍니다."

"어⋯⋯."

"아, 유디트 경이 맡고 있던 임무는 다른 기사에게 인계했으니 걱정하지 마시고요."

"잠시만요, 잠시만."

드물게 유디트가 데샹의 말을 막고 나섰다.

그녀가 세운 공로를 생각해 보아도 상급 기사는 너무 이른 진급이었다.

상급 기사는 본인의 희망에 따라 일반 기사를 여덟 명까지 가르치며 특수 소대를 편성할 수 있는데, 이 때문에 실력과 경험 모두가 출중해야 했다.

유디트는 흑기사단 시절 입단 1년 반 만에 상급 기사로 진급했다.

그러나 그조차도 당시에는 어마어마하게 빠른 승진이라며 반발이 터져 나왔었다. 그녀를 소대장으로 모실 바에야 죽겠다는 반응이 나올 정도로.

"진급이 너무 빠르지 않습니까?"

"빠르죠. 하지만 당연하지 않겠어요?"

당연하다?

유디트가 의아해할 틈도 없이 데샹이 말했다.

"생각해 봐요, 누가 용도 때려잡는 에테르 마스터를 자기 소대원으로 편하게 부리겠어요?"

데샹은 유디트가 한 번도 생각해 본 적 없는 부분을 지적했다.

"경에게 명령해야 하는 상급 기사는 주눅 들어서 아무것도 못 할걸요? 그 사람 입장도 생각해 줍시다."

수틀리면 박살 나는 건 용이 아니라 자신이 될까 봐 다들 겁낸다는 소리다.

그녀가 쌓은 공훈이 워낙 뚜렷하다 보니, 다른 상급 기사들도 유디트의 진급을 당연하게 여기고 있단 말도 함께였다.

유디트는 이틀 뒤부터 상급 기사 훈련에 동석하도록 명받았다.

그녀는 제복을 받아 들고 나오며 눈을 깜빡였다.

'승진은 좋지만…… 이건 내가 생각했던 그림이랑 좀 다른데?'

유디트가 그렸던 그림은 적당한 월급을 따박따박 받으며 휴일에는 무작정 드러누워서 노는 것이었다.

쌓아둔 재산도 생겼겠다, 노다지 꿀을 빨 의욕이 차고 넘쳤는데…….

'이러다 단장이라도 되면 큰일 나는 거 아닌가?'

설레발도 이만한 설레발이 없다고는 하나, 유디트가 에테르 마스터인 이상 가망 없는 이야기는 아니다.

단장은 바쁘다. 당장 오브가 깨진 문제 때문에 백기사 단장인 셴과 적기사단장인 기류가 동부와 북부를 다녀오지 않았나.

물론 월급이야 많겠지만 강하고 많이 버는 만큼 고생길 예약이다.

이러다 젊어서 놀기는커녕 개고생할 팔자가 아닐까?

'큰일 났네. 당분간 황실 기사 관두는 것도 힘들 텐데.'

그녀의 표정이 심각해졌다.

일단 상급 기사가 되었으니 최대한 이 계급에서 뭉그적거리는 게 최선일 듯했다.

놀고 싶다. 꿀 빨고 싶다! 막상 해야 할 일이 생기면 누구보다도 목숨 걸고 열심히 하겠지만, 그러니까 그 전까지라도 더 최선을 다해서 꿀을 빨고 싶다!

"······그래도 새 패용증은 좋네."

유디트는 황당한 미소와 함께 숙소로 돌아갔다.

다음 날, 유디트는 먼저 올가와의 약속을 지켰다.

그녀는 은행의 지하 금고에 들러서 용의 심장이 담긴 상자를 꺼내 왔다.

그리고 못된 조카 같은 웃음을 지으며 요 삼 개월 동

안 함께 고생한 사람을 향해 상자를 내밀었다.

"오브의 재료 여기 있습니다. 수석 궁정 마법사 로하스 님."

"왜 또?"

"대략적인 이야기는 올가 황녀님께 들으셨죠? 잘 부탁드립니다."

"왜 또 이렇게 됐지?"

"화급을 다투는 일이니 빠른 제작 부탁드립니다."

"왜 또? 내가 왜?!"

로하스가 억울하다는 듯 외쳤다.

내가 고생했으니 너도 고생해 봐라, 라는 마음으로 유디트가 히죽 웃었다.

"황실의 궁정 마법사가 나만 있는 것도 아닌데, 경을 만나고 나서 부쩍 바빠진 것 같은 기분이 드네만? 이건 내 착각인가?"

"착각일 리 없지요. 말년에 일복 터지셨습니다. 축하드립니다."

"그런 축하 필요 없어!"

로하스가 소리를 꽥 질렀다.

로하스는 피습 사건 당시 3황자를 호위하며 이 일에 엮였다.

그 때문에 용의 피를 직접적으로 감정하며 유디트와 안면을 트게 된 유일한 마법사였다.

"제자 놈들 가르치고 연구하느라 바빠죽겠는데 이제 오브까지 제작하라고? 안 해! 못 해!"

로하스는 벌러덩 누울 기세였다.

물론 그렇게 말하면서도 그는 용의 심장이 담긴 상자를 힐끔힐끔 보았다.

"어차피 하실 거 다 압니다. 그보다 한 가지 확인하고 싶은 게 있는데요."

"또 뭘! 또 뭘 바라나!"

"예전에 헤링시아 숲에서 발견하셨다는 텔레포트 마법진 말입니다."

"으응?"

로하스가 살짝 인상을 구겼다.

"그건 왜?"

"마법진은 추적이 가능하다고 들었습니다. 혹시 어디로 이어져 있었는지 기억하십니까?"

"기억은 하지. 그 마법진은 꽤 특이했으니까."

"특이하다?"

로하스는 그녀를 원망스럽게 바라본 다음 한숨을 푹 쉬었다.

그는 이제 순순히 선생님처럼 가르쳐 주기로 했다. 눈앞의 에테르 마스터는 원하는 대답을 다 듣기 전까지는 물러선 적이 한 번도 없었기 때문이다.

'고집과 뚝심 하나는 대단하다니까.'

그가 입을 뗐다.

"실험적인 마법진이었거든. 장거리 이동과 다공간 이동을 동시에……."

"……."

"그런 눈으로 안 봐도 설명해 줄 거야."

유디트는 겨우 눈에서 힘을 풀었다.

"이동 마법의 기본은 보통 이걸세. 이 끝에서, 저 끝까지."

펜을 든 로하스가 유디트의 눈앞에 선을 하나 그었다. 그리고 양 끝을 콕콕 찍었다.

"원하는 목표로 이동한다. 간단하지?"

"……이 정도는 알아듣습니다."

유디트가 입을 삐죽 내밀었다.

로하스는 삐진 조카를 놀리는 삼촌처럼 킬킬댔다.

그가 그어뒀던 선 위에 대각선으로 선을 두 개 덧그렸다.

"그래. 하지만 그 마법진은 이런 식이었네. 입구와 출구가 여러 개야. 발동하면 어디로 이동했는지 모르게, 추적을 피하게 만들어놨지."

"……그런 게 가능합니까?"

"내가 보기엔 가능했어. 하지만 훼손되어 있었지. 훼손되지만 않았더라면 멀쩡히 작동했을지도 모르는데……."

로하스는 다시 떠올려 봐도 아깝다는 듯 말했다.

"만약 제대로 발동했다면 엄청난 물건이었을 거야."

그가 턱을 괸 채 한마디를 툭 던졌다.

"로제타 왕국까지 이어지는 초장거리 마법진이었거든."

✳　✴　✳

흑기사단의 집무실로 돌아왔을 때, 제르멜은 오랜만에 어이없는 기분을 맛봤다.

그것은 자기 영역을 침범당한 맹수의 짜증이었다.

"뭐지?"

"중요한 서류를 이렇게 아무 데나 두면 되겠어?"

아무도 없어야 할 집무실에 기류가 있었다.

제르멜의 집무실은 적기사단의 단장실과는 딴판이었다. 사방이 너저분했고, 남들 눈에는 보여선 안 될 서류가 잔뜩 널려 있었다.

"뭣 좀 물어보려고 왔는데 덕분에 수고를 덜었어."

기류는 책상에 앉아 다리를 꼰 채 종이를 흔들었다. 그 종이 속에는 기류가 찾던 상대의 이름이 있었다.

"용건을 말하고 꺼져."

"발데믹 아렌시아. 반년 전 흑기사단 신입 기사로 들어왔던 기사야. 기억해?"

"……글쎄. 기억이 안 나는데."

"흑기사단 소속 기사 명부에는 이름이 실려 있었어."

"신입 기사 이름을 하나하나 기억할 만큼 한가했던 적이 없어서."

제르멜은 겉옷을 벗어 던지며 등을 돌렸다.

그가 능숙하게 표정을 감추자, 기류는 몇 분 전 단장실에서 주웠던 종이를 읽으며 물었다.

"그럼 두 달 전 2황자 전하의 친위대로 들어간 흑기사라면 기억하냐?"

"기억 안 나는데."

"그럼 넌 대체 뭘 기억하면서 사는 건데?"

"네가 알 것 없지."

연신 성의 없는 대답을 내던진 제르멜이 턱 끝을 치켜들었다.

"정 궁금하면 황자 전하 본인에게 직접 가서 물어보면 될 일 아닌가?"

"그래. 그게 가장 깔끔하긴 하지. 그런데 난 2황자 전하의 대답을 알 것도 같거든?"

"……"

"친위대원이 너무 많아서 기억나지 않는다. 잘 모르겠다. 어때."

기류가 그를 향해 비꼬듯 말했다.

"네 말버릇이랑 비슷하지 않아? 책임 회피형인 게?"

솔직히 말하면 너무 전형적인 흑기사단식 꼬리 자르기라서 화도 안 날 지경이었다.

"2황자 전하의 친위대원이자 흑기사였던 기사 중 한 명이 오브가 깨진 곳에서 발견됐다. 우연이라고 우길 셈이냐?"

"무슨 말을 하는지 모르겠군."

"네가 2황자 전하와 정치적으로 같은 배를 탔다는 건 이미 알고 있어."

기류가 경고하듯 계속해 입을 열었다.

"흑기사단을 2황자 전하를 위해서 유독 더 자주 움직이는 것도."

"공연히 사람을 모함하는 것치곤 증인도, 증거도 없는 말이라 상대할 가치도 못 느끼겠군."

"……."

"할 말 다했으면 나가."

연거푸 성의 없는 대답을 들었음에도 기류는 화내지 않았다. 도리어 차분해져 똑똑히 들으라는 듯 말했다.

"난 내가 원할 때 나가."

"……."

"어차피 넌 아무것도 기억 못 하고 흥미 없단 얼굴을 할 거 아냐?"

기류가 드물게도 타인을 비웃었다.

"요 몇 년간, 넌 항상 지루해서 죽을 것 같다는 얼굴만 하고 있었지."

제르멜은 기류가 단장직을 맡을 때 이미 흑기사단을 이끌고 있었다.

그렇지만 그는 한 번도 부하와 사적인 이야기를 나누거나, 감정을 내비친 적이 없었다.

"그게 무슨 문제라도 되나?"

제르멜의 입술이 가늘어졌다.

"문제? 모르지. 다만 나는 해명을 들어야겠어."

"해명?"

"기슬란 성 오브가 깨졌다. 오브의 위치는 기밀 사항인데, 부하를 돌같이 보는 네가 말을 흘렸을 리도 없고, 그럼 명령을 내렸다는 거 아니겠어?"

"……."

"애초에 발데믹 경이 정말 2황자 전하의 친위대로 들어간 건 맞는 거냐?"

"해명? 하하, 해명?"

제르멜이 메마른 웃음을 터뜨리곤 기가 찬다는 얼굴로 말했다.

"어떤 질문을 해도 상관없다. 네가 황제가 아닌 이상, 난 아무것도 답하지 않아도 되거든."

"……."

"흑기사의 입을 열 수 있는 사람은 오직 황제 폐하뿐이다."

사실이었다.

백날을 쫓아다니며 해명하라고 채근해도 제르멜은 기류에게 제 부하를 어떻게 다뤘는지 말하지 않을 권리가 있었다.

이는 흑기사단의 구조적 문제였다.

제국을 위해 움직이는 적기사와는 달리, 흑기사는 오로지 황족을 위해서만 움직인다. 이 차이는 미묘한 듯 컸다.

흑기사는 내부에서 바꾸지 않으면 영원히 변하지 않을 만큼 음습하고 은밀하게 움직일 명분이 있었다.

"궁금하다면 황제 폐하라도 설득해 봐."

"내가 왜 그런 수고를 들이겠어?"

기류가 혀를 차며 책상에서 몸을 뗐다. 그가 시계를 확인한 다음 들고 있던 종이를 대충 던졌다.

"네 굳은 머리에 한 가지만 박아주자면, 모든 정보를 수직적인 관계로만 얻어낼 수 있는 건 아니거든?"

"……."

"시간 낭비 잘하고 간다. 수고해."

의아함과 짜증이 얽혀 있는 시선을 간단히 뿌리치고, 기류는 집무실을 나섰다.

그러자 기다렸다는 듯 저편에서 헤일리가 다가왔다.

헤일리는 오빠인 비스타보다도 소리 없고 빠르게 행동

했다. 그녀가 연보라색 머리카락을 태연하게 쓰다듬으며 기류에게 눈짓했다.

마침내 흑기사단 부지를 나오기 무섭게 그녀가 입을 열었다.

"단장님의 말씀이 맞았습니다. 발데믹 경은 흑기사단에서 친위대로 옮겨 갔었으나, 얼마 전 다시 흑기사단으로 돌아왔었다고 합니다."

"이유는?"

"표면상의 이유는 적응이 힘들어서. 하지만 실제로는 임무 때문에 돌아왔다고 합니다."

"얼마나 신빙성 있는 정보지?"

"동기들에게 확인했으니 확실합니다."

헤일리가 자신 있게 답했다.

기사단장 간의 관계가 수평적인 것처럼 황실 기사도 마찬가지다. 황실 기사가 되기 위해서는 반년간 훈련소 생활을 해야 한다. 더럽고 힘든 기간을 함께 이겨온 동기 간의 정이란 생각보다 끈끈했는데, 덕분에 다른 기사단으로 소속이 갈려도 터놓고 이야기하며 잘 지내는 경우가 많았다.

기류는 헤일리를 통해 그 틈을 파고들었다.

제르멜이 순순히 대답할 리 없다는 건 처음부터 예상한 일이다. 그래서 기류는 헤일리와 함께 흑기사단을 방문했다. 그리고 그녀가 눈치를 보지 않고 동기들과 이야기를 나눌 수 있게 시간을 벌어주었다.

헤일리를 돌려보낸 뒤, 기류는 고민에 빠졌다.

'오브의 위치를 알고 있는 건 황족과 기사단장뿐이다.'

제르멜은 결국 황족의 명령으로 움직인다.

그렇다면 누가 오브를 깨려고 했을까. 누가 이득을 보는가.

맨 처음 떠오른 사람은 2황자였다.

하지만 혹시 놓친 부분이 있을까 싶어, 기류는 생각을 되짚어보았다.

머릿속으로 떠오르는 황족을 한 명씩 소거법으로 지워나갔다.

쓰러져 있던 이세에피나 황녀와 함께 오브를 확인하러 간 올가 황녀는 제외.

'1황자 알베르트도 아니야.'

광룡 폭주로 인해 베르디의 민심은 그 어느 때보다도 날카로웠다.

아무리 많은 위로금을 뿌린다고 해도, 납득하지 못하는 사람들은 생겨났다. 용이 어디에서 왔는지, 황실은 이런 일이 벌어질 줄 몰랐는지. 황실을 질타하는 목소리는 아직도 있다.

그런데 오브를 깨서 마수가 늘어나도록 명령한다?

알베르트 1황자는 문벌 귀족을 앞세워서 국정을 장악하고 민심을 수습하는 것으로 황제에게 시험받고 있다. 이 와중에 오브를 깬다는 건 제 목을 조르는 것과 마찬가지다.

그렇다면 남은 것은 2황자와 3황자, 그리고 4황자인 이든인데……

'이든도 오브를 깨서 얻을 이득이 없다.'

사적인 감정이나 인격적인 부분을 별개로 놓고 봐도, 이든이 손을 잡고 있는 중도파를 생각해 보면 그들이 오브를 깸으로써 얻는 이득이 없었다.

'남은 건 2황자와 3황자.'

반반의 기로 앞에서 기류의 이성은 2황자 쪽으로 고개를 기울였다.

2황자와 3황자는 지지 세력의 성격이 미묘하게 달랐다.

3황자의 지지 세력은 올가 황녀의 지지 세력과 비슷했다. 다양하고 폭넓게 세력을 보듬을 줄 아는 사람을 원하는 것이다.

반면 2황자를 지지하는 귀족은 대부분 사병 육성을 허락받은 소수의 군벌 귀족이었다. 그들은 결속력이 대단한 만큼 폐쇄적이었다.

오브가 깨지고 영지가 마수 때문에 혼란에 빠지면, 가장 먼저 득세할 사람들.

'가장 먼저 기사를 소모품처럼 쓰고 버릴 자들이지.'

기류는 2황자를 지지하는 몇몇 귀족을 떠올리다가 미간을 찌푸렸다.

기류가 이끄는 르왈흐메이 가문은 뛰어난 가전검술(家傳劍術)로 명맥을 잇고 있었다. 그리고 몇 대 전부터는 뜻과 재능을 가진 외부인에게도 검술을 가르치고 있기도 했다.

기사나 용병, 마법사를 제외하면 마수를 잡을 수 있는 자들이 없다시피 한 세상이다. 그런 세상에서 검술을 가르친다는 건, 다수의 목숨을 구할 방법을 가르치며 세도가로서의 사회적 책임을 다하는 길이었다.

르왈흐메이 가문은 많은 기사를 배출하는 데 목적을 두었다. 다만 그들을 요직에 앉히는 건 사양해 왔다. 자칫 정쟁에 휘말린다면 가문이 풍비박산 나는 건 순식간일 테니까.

적절한 부와 명성을 유지하며 귀족의 책임을 다할 것.

그게 기류가 배워온 귀족으로 사는 삶이었다.

그렇기에 기류는 지금껏 키워온 사병으로 황위 싸움에 가담하는 귀족들을 이해할 수 없었다.

하지만 자신만의 가치판단으로 세상을 살아간다면 낭패를 본다는 걸 유디트를 통해 배운 만큼, 그들을 폄하하고 싶진 않았다.

다만 2황자가 황위를 차지한다면 자신은 영지로 돌아가서 조용히 살아야겠구나, 그런 세상이 올 수도 있겠구나 싶었다.

'지지 세력이 득세할수록 2황자는 손해 볼 게 없어. 하지만……'

풀리지 않는 의문은 하나 더 있다. 대체 그런 짓을 해서 제르멜이 얻는 이득은 무엇인가?

오브를 깨는 건 제국을 위협하는 행동이라고 해도 과언이 아니다. 그런 걸 '일단 명령받았으니까' 무작정 따른단 말인가?

아무리 황족의 명령이 절대적이라고 해도 그건 좀 심하지 않아?

기류가 팔짱을 낀 채 꿀벌처럼 자리를 빙빙 돌고 있을 때였다.

"단장님."

"……"

"기류."

"……"

"기류!"

화들짝 놀란 기류가 정신을 차렸다.

"어어, 어? 유디트?"

"무슨 생각을 그렇게 깊게 하고 계셨어요? 한참을 불렀는데."

"미안, 전혀 몰랐어."

유디트는 허리에 손을 얹은 채 그를 보았다.

"방해할 생각은 없었는데…… 계속 고민하시는 거 같아서요. 무슨 일 있으세요?"

"실은, 답도 안 나오는 고민을 좀 하느라……."

"그런 시간 낭비를 뭐 하러 해요?"

유디트의 표정이 파격적으로 변했다. 기류는 실시간으로 확확 바뀌는 유디트의 표정이 재미있어서 웃어버렸다.

"시간이 많으시면 좀 더 알차게 쓰시는 게 어때요."

"알차게? 어떻게?"

"저하고 단둘이서 오붓하게 보낸다든가?"

"어?"

기류가 눈을 크게 뜨자, 유디트는 약간의 민망함을 이겨내며 말했다.

"검을 사러 갈까 하거든요."

✲　✴　✲

유디트가 검을 사야겠다고 결심한 이유는 단순했다. 내내 써왔던 검이 기슬란 지방에서 완전히 망가졌기 때문이다.

로하스와의 대화로 복잡해진 머릿속을 비우기 위해 유디트는 수련에 몰두했다. 그리고 수련이 끝나기 무섭게 불만스러운 얼굴로 새로 지급받은 롱소드를 흔들었다.

"......"

흔히들 명필은 붓을 가리지 않는다고 한다.

하지만 명필에게 취향까지 없으랴.

분수에 맞지 않다며 고집을 부리기엔 기류의 조언이 옳았다. 죽고 나서 후회하는 건 한 번이면 족하다.

게다가 곧 죽어도 검사라고, 요 이틀간 검이 없으니 마음이 이만저만 허전하고 불안한 게 아니었다.

그래서 기사단 부지에서 기류와 마주쳤을 때, 유디트는 이 타이밍이 퍽 운명 같은 우연이라고 생각했다.

기류는 유디트의 제안을 듣기 무섭게 단숨에 승낙했다.

두 사람은 거리로 나왔다.

"좋은 검을 사고 싶은데, 괜찮은 대장간이 있다면 소개해 주시겠어요?"

"내가?"

"저보다는 안목이 좋으실 것 같은데요."

기류는 '나는 절대 아무런 어떠한 조금의 일말의 실망도 하지 않았다'라고 마음속으로 독백하던 걸 관두고 말했다.

"원한다면 안내할게. 하지만 경이 자주 가던 곳으로 가는 게 어떨까?"

"제가 자주 가던 곳이요?"

"응."

기류가 고개를 끄덕였다.

"경이 쓸 검이잖아. 자기 마음에 드는 게 제일이지."

"음……."

"내가 자주 가는 곳은 바스타드 소드 전문 제작이야. 그래도 괜찮으면 안내할게."

유디트는 그제야 재빨리 고개를 저었다.

그녀는 바스타드 소드보다는 가벼운 롱소드를 선호했다.

그녀와 기류는 취향부터 검의 활용법까지 전부 달랐다. 그러니 그가 소개해 주는 대장간에 가도 만족스러운 검을 구할 수 있을지는 미지수였다.

'평소에 가던 곳이라…….'

무조건 유명한 가게에서 비싼 걸 사는 게 좋을 줄 알았다.

유디트는 기류의 생각지도 못한 말에 입을 다물었다. 말마따나, 평소 가던 대장간에서 평소 골랐을 물건보다 좀 더 좋은 검을 사라는 의견이 신선하게 다가왔다.

결국, 유디트는 기류와 함께 수도 남쪽 거리로 내려왔다.

그녀가 들른 곳은 지방으로 떠나거나 먼 길을 가기 전 꼭 한 번 거치던 대장간이었다.

대장간 〈망치의 노래〉. 규모는 그리 크지 않지만 작고 실속 있는 검을 잘 만드는 곳이었다.

하도 안 와서 죽은 줄 알았다는 인사에 유디트가 일갈하는 동안, 기류는 주변을 훑어보았다.

수도 중심가에서는 약간 떨어진 골목길. 하지만 일하는 장인이 세 사람이나 됐다.

'고정 손님이 많은 모양이야.'

게다가 검뿐만이 아니라 쟁기며 편자며, 쇠로 만든 것이 이곳저곳에 굴러다녔다. 보아하니 실력으로 두루두루 인정받고 있는 게 분명했다.

대장장이들은 작업에 바빠서 그녀를 일일이 챙겨주지 못했다. 그러나 유디트는 오히려 그런 점이 홀가분하고 편한 것 같았다.

두 사람은 양해를 구하고 대장간의 검을 구경하기 시작했다.

"어때? 딱 감이 오는 거 있어?"

"그런 감을 어떻게 믿어요? 하나씩 확인해 봐야 느낌이 오죠."

"설마…… 여기 있는 걸 다 쥐어보려고?"

"네."

"그러다가 근육통 온다."

"농담도."

하기야 농담이긴 했다. 평소 훈련하는 게 얼만데 고작 이 정도에 근육통을 느끼랴.

유디트는 정말로 모든 검을 하나하나 다 뽑아보기 시작했다.

화염석을 고를 때도 그랬지만, 그녀는 정말 뭔가를 고를 때 보통 꼼꼼한 게 아니었다.

저 기세대로라면 오늘 하루 종일 고를지도 모르는 일이다.

기류의 예감은 맞아떨어졌다. 유디트가 검을 고르기 시작하자, 일하고 있던 장인들이 피식피식 웃으며 한마디씩 던졌다.

"거 오늘 안에 끝나기는 하는 겁니까?"

"우리 오늘 저녁 먹어야 해!"

"거기 기사님, 어지간하면 유디트 좀 도와주십시오. 작정하고 검을 고르면 가게 문 닫기 전까지 고른단 말입니다."

"그 정도는 아니었어요!"

유디트가 발끈해서 외쳤다.

기류는 웃음을 터뜨리더니 근처로 다가와서 롱소드 한 자루를 들었다.

"좋은 검을 원한댔지? 왜 굳이 오리온에게 찾아가지 않고?"

"엄청난 명검을 필요로 하는 게 아니니까요. 적당한 걸로 충분해요."

"그래?"

기류는 그녀의 대답이 퍽 담백하다고 느꼈다.

"그럼 평소에 사던 것보다 한 단계 더 비싼 것들로 추려 봐. 이건 어때?"

"그건 칼자루가 너무 길어요."

"그럼 이건?"

"검 폭이 너무 좁네요."

"……이건?"

"아까 쥐어봤습니다."

유디트의 대답에 픽 웃던 장인들이 다시 망치를 내려치기 시작했다. 쇠끼리 부딪치는 소리가 깡깡 울렸다.

유디트는 정말 까다롭게 검을 골랐다. 어떤 건 너무 반짝거려서 싫고, 어떤 건 장식이 너무 촌스러워서 별로고…….

기류는 금방금방 새 검을 건넸으나 유디트는 어림도 없다는 듯 속속 불합격 점을 매겼다.

"전에는 싫다고 했으면서, 엄청 적극적으로 고르네. 마음이 바뀐 거야?"

유디트가 고개를 돌려 기류를 넌지시 보았다.

기류는 그녀가 고집 때문에라도 '변덕이다'라고 말할 줄 알았다. 그런데 웬걸, 그녀가 순순히 긍정했다.

"정확하게는, 변한 거예요. 마음이 바뀌면서 생각도 변했거든요."

과거에도 유디트는 검 한 자루를 더 가지고 싶어서 탐낸

적이 있었다. 바로 오리온이 만들었다는 용살검이었다.

특별한 물건이 저를 특별하게 만들 줄 알았다. 세상에 둘도 없는 걸 가지면, 만족감 이상의 무언가가 있을 거라고 생각했다.

그간 유디트는 알게 모르게 보급받은 롱소드에 자신을 투영해 왔다. 언젠간 갈아치울 검처럼, 황실 기사도 결국 황가의 도구라고.

하지만 보급용 검을 쓰든, 용살검을 쓰든, 사파이어 소드를 쓰든 유디트는 유디트였다.

물질적인 가치는 존재의 가치를 대변하지 않는다.

존재의 가치를 물질적으로 완벽히 환산할 수 없다.

그녀는 상품이 아니었다.

값을 매길 수 있는 재화가 아니었다.

그 사실을 조금만 더 빨리 깨달았더라면, 내 삶이 불행한 건 전부 돈 때문이라며 스스로를 가시밭길 위에 세우지 않았을지도 모른다.

돈은 가치를 매기는 재화기 때문에 중요한 것이다.

그러나 아이러니하게도 세상을 살아가며 소중히 여기는 건 대부분 돈으로 값을 매길 수 없는 것이었다. 사랑하는 가족. 소중한 친구. 하나뿐인 연인. 빛나는 명예와 오롯한 소명 의식.

이제는 진심으로 말할 수 있다. 황녀의 핏값으로 손에

넣었던 티아라보다도, 친구에게 선물 받은 크림색 보닛이 더 소중하다고.

유디트는 여전히 돈이 좋았다. 하지만 무엇보다도 좋지는 않았다.

더 나아지고 싶다, 누리고 싶다는 욕망의 또 다른 이름은 발전이다.

그러니 욕망 자체를 부정할 생각은 없다.

다만, 이제는 욕망의 노예였던 과거를 지나 욕망의 주인으로 살고 싶었다. 그런 미래를 원했다.

더는 분수에 맞게 살아야 한다는 말로 제 삶을 물질적인 가치 틀에 가두지 않을 것이다.

과거와 현재와 미래는 일직선에 있었다. 그녀의 현재는 미래로 가는 길을 찾아냈다.

"저는 제가 돈이 많으면 기사를 그만둘 줄 알았어요."

이제 필요한 건 그 길을 곧게 걸을 용기뿐이다.

"말도 안 돼."

"정말이에요."

유디트는 웃으며 또 검 한 자루를 뽑았다.

"돈이 많으면 정말 아무것도 안 하고 삼시 세끼를 제일 비싸고 좋은 것만 먹으면서 아무 생각 안 하고 살 줄 알았어요."

"과거형이네?"

기류가 슬쩍 끼어들더니 그녀에게 새로운 검을 건넸다. 유디트는 그 검을 쥐자마자 요리조리 돌려보곤 금방 불합격 판정을 내렸다. 검은 다시 기류의 손으로 돌아왔다.

"전 생각보다 기사로 사는 게 좋은 것 같아요. 이 일을 그만둘 수 있을 만큼 돈을 벌어보니 알겠어요."

"좋다고 말할 정도야?"

"기류는 그렇지 않나요?"

"잘 모르겠어. 난 아마 기사가 아니었다면 어떤 식으로든 세상에 좀 더 보탬 될 만한 일을 찾아서 하고 있지 않았을까?"

"성자 같은 소리를 하다니……."

"가증스러워 보이고, 막 그러나?"

기류가 웃으며 또다시 검 한 자루를 건넸다. 유디트는 이번에도 건네받은 검을 뽑아보았다.

"가증스러울 정도는 아닌데 백기사나 할 법한 말이다 싶어서요. 그래 봤자 세상은 알아주지도 않고, 자기 손해만 보는 일이니까."

"그거 편견이야. 이타심이라는 게 생각보다 얼마나 무의식적으로 사람을 움직이게 하는데."

다음 검을 뽑아 들던 기류가 멈칫했다.

"물론 그렇다고 내가 다른 사람을 위해서만 움직이는, 뭐 그런 선인에 호구는 아니지만."

"전 사람의 본성이 악하다고 믿어요."

"난 사람의 본성이 선하다고 믿어."

검을 훑어보던 두 사람이 어쭈, 하는 눈빛으로 서로를 보다가 다시금 웃어버렸다.

아마 같은 생각을 했을 것이다. 너무도 다른 사람인데, 우리는 왜 서로를 좋아하게 됐을까?

"반론 들어드리겠습니다."

"철학은 취약한데."

"논리력의 문제겠죠?"

"그건 더 약해. 좋아하는 사람 상대론 더더더 약해."

자연광에 검날을 비춰본 기류가 입맛을 다셨다. 이건 내가 가지고 싶네.

"예전에 우리 집 마부가 어린애를 칠 뻔한 적이 있었어. 길에서 공놀이하다가 튀어나온 애였는데 심지어 사두마차였지."

"애는 안 다쳤어요?"

"이것 봐."

기류가 푸하하 소리 내서 웃었다.

"안 다쳤냐는 말부터 먼저 하잖아."

"……."

"사람이라는 게 이래. 무의식이란 게 무섭다니까. 그때도 그랬어."

"뭐가요?"

"생면부지의 애가 치일 뻔하니까 다들 놀라서 하던 일을 멈추고 달려왔단 말이야."

기류는 그때를 떠올리면 끔찍하다는 듯 온몸을 떨었다.

"단 한 명도 빠짐없이. 남녀노소 할 것 없이 사방에서 사람이 우르르 쏟아지는데, 아찔하더라니까."

"그래서 애는 다쳤어요?"

"안 다쳤어! 털끝만큼도!"

그가 웃겨 죽겠다는 듯 외쳤다.

"애가 너무 놀라서 우니깐 다들 도끼눈을 뜨는데, 하늘이 노랗더라고. 그때 사람들 표정을 너도 봤어야 했어."

"안 봐도 알 것 같은걸요. 당신이 이렇게 호들갑을 떠는 걸 보면."

모르긴 몰라도 주변 사람들은 더했으리라.

"아이는 안 다친 거죠? 저였으면 좀 억울했을 것 같네요."

"억울할 새도 없었어. 뛰쳐나온 애 부모에게 사과하느라 정신이 없었지. 오는 길에 생각해 보니 세상이 아직 살 만하구나. 그런 생각이 들더라."

돌아오는 길에 든 생각이 '운 한번 더럽게 없네'가 아니라는 점에서 유디트는 그를 칭찬해 주기로 했다.

"어쨌든 애는 무사했으니 다행이네요."

"그렇지? 나도 그렇게 생각해."

그가 살가운 대답과 함께 흡족하다는 듯 고개를 끄덕였다.

왼손에 검을 든 유디트가 오른손을 뻗어 그의 머리카락을 쓰다듬었다.

"참 잘했어요?"

"어이구, 감사합니다."

두 사람은 동시에 반대쪽으로 고개를 돌렸다. 웃음보가 터지다 못해 침이 튀었다.

유디트는 기류에게서 빼앗았던 검을 좀 더 진지하게 훑어보았다. 세공이 좀 화려하긴 해도 무게감이 좋았다.

'이건 괜찮네.'

내내 고르기만 했던 그녀가 처음으로 자세를 잡았다.

"전 가끔 그런 생각을 해요."

"무슨 생각?"

"이런 시대에 태어나서 다행이다."

"이런 시대? 어떤 시대?"

"제가 가진 유일한 재능을 인정받을 수 있는 시대죠."

그렇게 말해도 기류는 이해 못 했다는 얼굴을 하고 머리를 갸웃거렸다.

"검술 말이에요. 저는 정말 타고난 재주가 이것뿐이라."

"아직 인생 다 안 살았어. 벌써 단정할 건 아니잖아."

"이십…… 년 살아보면 대충 견적 정도는 나와요."

유디트가 황급히 말을 고쳤다.

그녀는 한 발 떨어져서 검을 휘둘렀다.

검은 가벼웠다. 손목에서 느껴지는 부담이 확연히 적었다.

"검을 휘두르며 사는 것도 허락받지 못하는 시대에서 태어났다면 제 재능은 평생 발견조차 못 했겠죠?"

"하긴. 맞아, 팔꿈치를 혀로 핥는 재능 같은 것도 있어 봤자 살릴 기회가 없지."

"저 진지하게 말하고 있거든요!"

유디트가 기류의 옆구리를 팔꿈치로 퍽 쳤다.

기류는 옆구리를 부여잡은 채 부들부들 떨었다. 아파서. 그리고 유디트가 웃긴데 귀여워서.

"진지하게 안 들으시면 이다음은 찌를지도 몰라요."

"제가 잘못했습니다."

살벌한 살인 예고에 기류가 재빨리 사과했다.

타이밍을 잘 본 사과여서 그런지 유디트는 순순히 용서해 주었다.

"하여간 가지고 있는 재능이 이거 하나뿐이라 그런가 봐요. 날이 갈수록 못 놓겠다는 확신이 들어요."

유디트는 정말이지, 제가 돈이 많으면 기사를 관둘 줄 알았다.

모시던 아가씨 대신 검을 배우기로 했던 때는 인생에 찾아온 기회가 그것 하나였다. 그러니 그거라도 해야 했다. 무조건.

이를 바득바득 갈며 한 번뿐인 기회를 잡아 하나뿐인 재능으로 돈을 벌었다.

기사가 되리라.

기사가 되면 반드시 돈을 많이 벌어서 남부럽지 않게 살리라.

덕분에 유디트는 이제 저 혼자서도 쓰고 남을 돈이 있다. 가족이 살아 있었더라면 그 가족이 쓰고도 남을 만큼의 돈이.

그리고 그녀는 지금 두 자루째의 검을 고르고 있다.

"재능이 없었다면 지금 이렇게 검이나 고르고 있진 못했겠죠. 이 재주가 없었으면 어떻게 됐을지……."

"다른 재능을 찾았을지도 모르잖아?"

기류가 느긋하게 부정했다.

"자기도 모르는 재능이라는 게 있어. 재능이라는 건 단순히 이해나 습득 능력만을 뜻하는 게 아니니까."

유디트는 여태껏 재능이라는 말을 자질이 뛰어나다는 개념으로만 여기고 있었다. 그래서인지 그의 색다른 의견에 귀가 쫑긋 섰다.

"그럼 기류는 어떤 게 재능이라고 생각하나요?"

"열정을 가지고 흥미를 느끼는 자세. 포기하지 않는 마음가짐. 결국 그게 재능이라고 생각해."

기류가 곧바로 대답했다.

유디트는 생소한 말을 들은 것처럼 눈을 깜빡였다.

"내가 어렸을 때 나보다 검술을 더 잘하는 사람은 많았어. 하지만 지금 나만큼 검을 오랫동안 쥐고 있느냐 물어본다면 글쎄, 없거든."

"……사람은 일정한 수준에 오르면 한 발 더 내딛는 걸 쉽게 관두니까요."

"그렇지? 한번 생각해 봐. 나보다 검술을 잘한다 싶었던 사람 중에 나보다 오래 검을 쥐고 있는 사람이 몇 명이나 있는지."

유디트는 검을 꼭 껴안은 채 팔짱을 꼈다. 그녀는 한동안 말이 없었다.

'예상은 했지만.'

기류가 속으로 혀를 내둘렀다. '그 기준이라면 저는 재능이 없네요'라는 말이 빈말로라도 나오지 않는다니. 알고는 있었지만 새삼 느꼈다.

검사 유디트는 기술적인 이해력, 경악할 만한 습득 능력과 천부적인 응용력도 모자라 관심과 열정까지 가진 사람이었다.

'나도 난다 긴다 하는 천재 소리 몇 번 들었지만 정말 비빌 틈이 없네.'

가히 폭력적인 재능이었다.

날이 갈수록 기류는 그녀 같은 기사가 두 번은 나오지 않으리라 확신했다.

하기야 용을 때려잡고 나서도 은퇴하지 않고 기사단에 남은 것만 해도 알 수 있다.

그녀는 본인이 생각하는 것보다도 훨씬 더 검에 진지했다.

기류는 마음속으로나마 유디트에게 검을 쥐여준 사람에게 진심으로 감사했다.

그녀에게 검을 쥐게 해준 사람은 모르겠지. 그녀가 제국의 운명을 얼마나 많이 바꿨는지.

"……생각해 보니 없네요."

"그렇지?"

그는 손을 뻗어서 유디트의 뺨을 가볍게 쓰다듬었다.

"재주를 익히고 배우는 건 멀리 봐야 해. 자기도 모르는 재능은 얼마든지 있어. 날 봐. 내가 얼마 전에 새로운 재능을 발견했거든."

유디트가 그랬냐는 눈으로 의아하게 기류를 바라보았다.

그러자 기류는 쓰다듬던 손가락을 떼더니 유디트의 뺨에 소리 나게 키스했다.

"나는 너를 사랑하는 데 재능이 있어."

"……."

"사랑해."

갑작스러운 상황에 유디트는 그대로 굳어버렸다.

그리고 기류는 시간을 두고 그녀의 얼굴이 붉게 변하며 당황, 기쁨, 황당함으로 변하는 걸 보았다.

곧 그녀가 들고 있던 검으로 검집째 기류의 등을 후려쳤다.

"진지하게 듣고 있었더니 무슨!"

"아파!"

"재능은 맞네요, 술에 물 탄 듯이 느끼한 말을 던지는 재능!"

"아파! 엄청 아파! 웃거나 때리거나 하나만 해줘!"

기류는 별로 아프지 않았지만 너스레를 떨었다.

한편, 유디트는 가슴과 뺨이 모두 간질간질했다. 기습 키스에 심장이 쿵쾅거렸다.

잠깐이지만 못된 생각도 들었다. 언젠간 복수한다. 나도 확 껴안아서…….

"그 검으로 하게?"

"……좀 혹해서 고민 중이에요."

내가 무슨 생각을 한 거지?

유디트가 재빨리 고개를 털며 대답했다.

그녀가 고른 검은 평범한 롱소드보다는 좀 작았다. 대신 금장으로 장식된 검이었다. 특히 검집이 화려했다. 칼자루 끄트머리에도 연분홍색 보석이 달려 있었다.

"내가 보기엔 괜찮은 거 같은데? 왜 고민해?"

"검이 너무 번쩍거리잖아요."

"그게 왜?"

기류가 이해할 수 없다는 듯 고개를 갸웃거렸다.

검집이 하얀색이라면 이해한다. 흠집이나 긁힌 자국이 확 티 나니까. 하지만 검은색 검집 위의 금색 장식은 가장 무난한 디자인이었다.

"어둠 속에서는 반사광이 생기니까요. 피하는 게 좋겠어요."

"경은 흑기사가 아니잖아. 누구 암살할 일이 생기는 것도 아닌데 뭐."

기류가 던진 말에 유디트는 그대로 굳어버렸다.

그녀는 마치 생각지도 못한 허를 찔린 사람처럼 오도카니 서서 검을 내려다보았다.

"아, 하지만 야간전투를 생각해서 그러는 거라면 다른 걸……"

"이걸로 할게요. 해야겠어요."

"응?"

그녀는 결심한듯 검을 고쳐 쥐었다.

"더 안 봐도 괜찮겠어?"

"네, 이게 마음에 들었어요."

생각보다 빠른 결정에 기류는 의아함을 느꼈다.

"일단 가격 좀 물어보고 올게요."

기류는 유디트가 반드시 저 검을 살 거라고 확신했다. 관심이 없다면 모를까, 그녀가 한번 눈에 들어온 걸 쉽사리 포기할 사람이던가.

예상대로였다. 십 분 넘게 실랑이를 벌이고 돌아온 표정이 의기양양했다.

'많이 깎았구나.'

"마음에 들어?"

"네, 가볍고 적당히 화려한 게 황실 기사에게 딱 어울리네요."

"그럼 밥 먹으러 가자."

기류가 그렇게 말하며 자연스레 그녀의 손을 잡아끌었다.

유디트는 그가 자리를 비운 동안 장갑을 벗은 걸 눈치챘지만, 모른 척 함께 깍지를 꼈다.

식사를 끝내고 나오기 무섭게 유디트가 말했다.

"들를 곳이 있어요."

"어디?"

"제집이요."

그녀가 너무 가볍게 말해서 기류는 어안이 벙벙했다.

"집?"

"기슬란 지방에 다녀오는 동안 공사가 끝났나 봐요."

역대급으로 빨랐다고 하기엔 유디트의 새집 짓기에 달

려든 인부가 너무 많았다.

심지어는 로하스의 제자 대여섯이 우르르 몰려와 온갖 노동을 마법으로 해치워 버리기까지 했다.

"잊고 있었는데 로하스 님이 알려주셨지 뭐예요."

"완공된 거야?"

"일단 그렇다네요. 가봐야 할 거 같은데 같이 가실래요?"

"내가 가도 돼?"

"되니까 초대했죠."

기류가 순진하게 묻자 그녀가 흔쾌히 고개를 끄덕였다.

유디트는 초대받은 이상 선물은 사야겠다고 우기는 기류를 말리느라 진땀을 흘렸다.

가구도 채워 넣지 않은 집에 무슨 선물을 들고 오냐며 거절하자 기류가 아쉬워죽겠다는 얼굴을 했다.

집을 찾는 데는 오래 걸리지도 않았다. 거리 공사가 한창인 곳을 따라 걷기만 하면 됐다.

"수도 외곽에서 가장 화려한 집이네."

"동감이에요."

기류는 저도 모르게 웃음을 터뜨리고 말았다.

어두운 갈색 벽돌이 견고하게 담장을 쌓은 저택이었다. 앙상한 담쟁이넝쿨은 겨울이 지나면 더 튼튼하게 줄기를 뻗으리라.

로하스의 제자들이 집 주변에 설치해 둔 걸까. 노을이

지기 시작하자 거리 외곽에 깔린 발밑 마법 등이 은은하
게 길을 밝혔다.

마당은 유디트가 생각했던 것보다 훨씬 넓었다.

마구간을 뒤로 빼고 수련할 수 있는 공간을 확보해 달
라고 한 덕에 집 앞이 정말 넓어 보였다.

유디트는 저택 앞에서 말없이 제집을 올려다보았다.

기류는 그녀에게 들어가지 않느냐고 묻는 대신 묵묵히
코트 깃을 세운 채 기다렸다.

"들어오세요. 저도 처음 들어가지만."

마침내 유디트가 열쇠로 문을 열고 안으로 들어갔다. 기
류는 함께 걸음을 옮겼다.

말하지 않아도 알 수 있었다. 그녀에게 이곳이 얼마나
큰 의미를 가지는지.

마주 잡은 손이 희미하게 떨리는 걸 모른다면 그는 연인
은커녕 사람도 아니다.

가구를 아무것도 넣지 않은 상태라 내부는 깔끔했다.

저택의 싸늘한 공기 때문에 기류는 들어가자마자 선물
로는 뭐든 따뜻한 걸 해줘야겠다고 마음먹었다.

유디트는 벽난로 앞에서 한 번, 2층으로 올라가 복도에
서 한 번 걸음을 멈췄다.

'지금, 너는 무슨 생각을 할까.'

그녀를 보고 있자니, 잡힐 듯 잡히지 않는 감정이 손에

서 스르르 빠져나가는 것 같았다.

기류가 그녀를 바라보며 저택 안을 졸졸 따라다니는 동안, 유디트는 이상한 감정이 연신 물밀듯이 밀려와서 먹먹했다.

전생에서는 땅을 팔 생각조차 하지 못했다.

한 번 사기도 당할 뻔했다.

그래서인지 더욱 감회가 남달랐다.

내가 올바르게 살았더라면. 조금 더 현명하게 살았더라면.

그러면 지금 내가 쥐고 있는 것을 예전부터 쥘 수 있었을까.

'방황하지 않고, 후회하지도 않고 잘 살 수 있었던 건 아닐까.'

현재에 이르러 유디트는 종종 의문을 가졌다.

내가 처음부터 적기사가 되는 길을 골랐더라면, 그러면 지금처럼 잘 살 수 있었던 건 아닐까?

그때도 저 사람은 내 곁에 있었을까?

유디트는 답 없는 질문 앞에 자신을 던져놓았다.

그때 기류가 그녀를 불렀다.

"유디트."

잠시 방 안을 둘러보던 기류가 살며시 그녀의 손을 쥐었다.

"지금 무슨 생각해?"

"살면서 후회하지 않는 사람이 있을까, 그런 생각이요."

"설마."

그는 왜 그런 생각을 하냐고 물어보는 대신 유디트를 천천히 안았다.

"그런 사람이 어딨어. 후회는 다들 하는 거지."

그의 시선이 유디트가 목에 찬 검은색 초커에 닿았다.

"기류도 후회하는 게 있나요?"

"……있지. 그럼."

"기류는 왠지 후회 같은 거 안 할 사람 같았는데……. 뭘 후회하는데요?"

기류는 이걸 말해야 하나, 싶었으나 일단 들어온 질문에 성실하게 답했다.

"어릴 적에 동생과 함께 말을 타다가 떨어진 적 있어."

그가 아주 가볍게 말을 꺼냈다.

"나는 죽을 뻔했지만 멀쩡히 살았고, 동생은 살았지만 무릎을 크게 다쳤어. 고삐를 좀 더 단단히 잡을걸, 그게 내가 제일 처음 했던 후회였어."

"아……."

유디트는 순간적으로 제가 꺼내선 안 될 질문을 꺼낸 기분이 들었다.

"그날 이후로 뭐 하나 후회할 만한 일은 하지 말자고 생각했는데 그게 마음대로 되나."

"미안해요. 내가 안 좋은 말을 꺼낸 거죠?"

"아니야. 알펜이 죽은 건 아주 예전이라 이젠 종종 생각나는 수준인걸."

동생 이름이 알펜이구나.

유디트는 그의 동생이 죽었다는 말에 내심 놀랐다.

굴곡 없이 살아왔으리라 여겼던 그가 마냥 그렇지만도 않았던 것이다.

하지만 기류는 무거운 분위기를 가볍게 전환했다.

"나중엔 우리 집에 초대할게. 가족 초상화를 내가 직접 그렸거든?"

"직접이요?"

"그림 그리는 게 취미라서."

"좋아요. 기대할게요."

유디트가 흔쾌히 고개를 끄덕였다.

르왈흐메이 저택이라고 생각하면 멈칫하지만, 기류가 나고 자란 집이라고 생각하니 어떤 곳일지 궁금했다.

"내년부턴 여기서 사는 거야?"

"특별한 일이 없으면 그렇게 될 거 같아요."

그녀는 문을 잠그며 다시 한번 자신의 집이 된 저택을 올려다보았다.

"이제 갈까요."

"벌써 가도 괜찮아?"

"원래 둘러만 보려고 왔던 거예요. 그리고……."

유디트는 냉큼 코트 주머니에 손을 집어넣는 기류와 함께 나란히 거리를 걸었다.

"덕분에 용기가 생겼어요."

✳ ✴ ✳

이든은 정신없이 옷을 챙겨 입고 황자 궁을 나섰다.

'그럴 리가.'

레이먼이 가지고 온 소식을 몇 번이나 곱씹어봐도 믿기 힘들었기 때문이다.

'누님이 오팔궁을 나오셨다고?'

그럴 리가 없다.

올가 오스카 베리타스.

어느 날 칩거를 선언한 누님은 때가 되면 나오겠다는 말만을 남기고 틀어박혔다.

아카데미로 떠나던 날, 이든은 그녀의 다정한 인사가 그리워서 오팔궁으로 서신을 띄웠다.

내용은 간결하며 간절했다.

한 번만 뵙고 가겠습니다. 누님이 보고 싶습니다.

그 해는 유독 봄인데도 추웠다.

서신을 띄운 보람도 없이 오팔궁은 열리지 않았다. 이든
은 진줏빛으로 빛나는 오팔궁의 문을 원망스럽게 바라본
다음 등을 돌려 아카데미로 떠났었다.

그랬던 누님이 왜 갑자기?

이든이 회의실 문을 활짝 열었다.

"그럴 리가 없습니다. 갑자기 오브가 깨질 리가⋯⋯."

"요사이 마수가 늘어난 건 이미 알고 있지 않느냐. 그리
놀랄 일은 아니다. 하나씩 차분히 대비하면⋯⋯."

황급히 입궁한 것은 저뿐만이 아님을 증명하듯, 알베르
트가 흥분한 기색이 역력했다.

그리고 그 앞에 서 있는 건 틀림없이 올가였다.

윤기 있게 반짝이는 머리카락과 우아한 자세. 이든과 에
피나가 돌아가신 어머니를 그리워하자 기꺼이 어머니처럼
늙은이 말투를 쓰기 시작한 사람.

"이든. 왔구나."

윌리엄이 이든에게 손짓했다.

회의실에 있는 건 올가와 1황자 알베르트뿐만이 아니었
다. 3황자인 윌리엄과 2황자인 에드워드까지. 황제가 불
러 모으지 않는 이상 한자리에 좀처럼 모이지 않는 면면
이다.

이든은 상황을 금방 파악했다. 오랜만에 칩거를 깨고 나온 올가를 반길 새도 없었다. 알베르트가 그녀를 원망하듯 몰아붙이고 있었다.

"우연이 겹칠 수도 있는 일입니다. 오브가 깨졌다면 황실이 그걸 모를 리가 없지 않습니까."

"마치 오브를 수시로 확인이라도 하는 것처럼 말하는구나."

"흑기사단에서 몇 년마다 한 번씩 확인하고 있습니다."

"그것을 어떻게 믿고?"

"그러는 누님의 말은 어떻게 믿습니까."

알베르트가 격앙된 어조로 말을 쏟아냈다.

"오팔궁에서 나오기 무섭게 오브가 깨졌으니 대책을 세우라니요. 여전하십니다. 정말 여전히 입만 열면 불길한 말만 뱉으시느라 수고가 많으시네요!"

올가의 얼굴이 희미하게 굳었다.

만약 셴이 있었다면 그녀가 마음을 다쳤다는 것을 알았을 것이다.

그러나 미묘한 감정 변화를 읽기에는 남매간의 재회가 너무 오랜만이었다.

"여전히 누님이 당장에라도 황위를 이을 것 같던 그때처럼 느껴지십니까? 천만의 말씀입니다."

"알비."

"알베르트입니다. 알비가 아니라."

그가 누이를 향해 한마디 한마디를 씹어뱉듯 말했다.

"저는 이 제국의 1황자입니다. 누님께서 아무 일이나 휙휙 던지듯 말한다고 해서 넙죽 받을 사람도 아니고, 그럴 생각도 없습니다."

"아무 일이나 휙휙 던져?"

돌연 올가의 목소리가 몰라보게 차가워졌다.

"네가 나를 원망하고 있음은 아주 잘 알겠다. 그러나 단어는 신중하게 고르도록 해라."

올가가 무섭게 경고했다.

"오브가 깨지고, 그로 인해 발생할 마수와 피해를 생각하면 그리 경솔한 소리는 입 밖으로……."

"예, 아주 잘나셨습니다!"

"알비!"

"알베르트입니다! 적어도 누님은 저를 그렇게 부를 자격 없어요!"

결국, 참다못한 올가가 언성을 높였다.

알베르트도 지지 않았다. 그는 약혼자를 잃은 분노와 슬픔을 오롯이 올가에게 퍼붓기로 작정한 사람이었다.

이든은 감정적인 알베르트를 보며 어쩔 줄을 몰랐다.

반면 윌리엄은 착잡한 기분이 들었다.

알비. 에디. 윌. 세 명에게 다정한 애칭을 붙여준 것은 올가였다.

"이세에피나도 모자라 황자비가 될 이들에게도 애칭을 붙여주십니까? 그런데 왜 저희에게는 안 붙여주십니까?"
"약혼자가 있는 자리에서 못하는 말이 없구나."
"있으니까 말씀드리는 겁니다."

올가가 그들의 약혼자에게 다정한 애칭을 붙여주던 시절. 이제는 너무 멀게만 느껴지는, 황성에 웃음소리가 가득했던 때다.

녹음이 가득한 정원에서 차를 마시던 예비 황자비들. 그리고 그녀들을 데리러 온 황자들. 모두가 그때까지는 사이가 좋았다.

냉정한 분위기를 버티지 못했는지, 가만 지켜보고 있던 에드워드가 나섰다.

"오브가 깨졌는지는 제가 알아보겠습니다."
"에디."
"에드워드입니다. 시간이 많이 흘렀습니다. 저희 모두 누님께 그렇게 불릴 만한 나이가 아닙니다."

그 또한 올가에게 선을 긋는 것은 마찬가지였다.

"한 가지만 확인하고 싶습니다."
"……무엇이냐."

"오브가 깨졌다, 그 말을 하고 싶어서 궁을 나오셨습니까?"

어딘지 모르게 서늘한 느낌이 있는 말투였다.

"시일이 걸리더라도 어차피 자연스럽게 알게 될 일입니다. 고작 그 말을 하려고 누님이 궁을 나오셨다는 게 믿기지 않습니다."

"······고작 그 말이라고."

올가의 얼굴이 찬물로 뺨을 맞은 사람처럼 차갑게 굳어 버렸다.

회의실이 쥐 죽은 듯 조용해졌다.

이든은 놀랐다. 그 또한 올가에게 억하심정이 없다고는 말 못 한다지만, 두 형님이 이렇게까지 공격적인 말을 늘어놓을 줄 몰랐기 때문이다.

한숨 같은 한마디가 올가의 입에서 흘러나왔다.

"하늘 아래 황좌는 하나일지언정 그 자리에 앉았을 때 혼자서 완벽할 수 없는 법이지. 드넓은 제국을 어떻게 혼자 힘으로 건사할까."

"······."

"누군가는 대공이 될 것이고."

그녀가 윌리엄을 봤다.

"누군가는 황제가 될 테지. 하지만 제국을 위하는 마음처럼, 형제와 혈연도 하나일 것을 믿었다."

이든은 올가의 눈동자를 응시했다.

사람에게 상처받은 채 우리 속에 가둬진 짐승 같은 눈빛이었다.

"차라리 대놓고 말하지 그러니. 내가 칩거를 깨고 나온 게 달갑지 않다고. 오브 따윈 아무래도 좋으니 도로 틀어박혀 있으라고."

에드워드는 뒤늦게 무슨 말을 덧붙이려 했으나, 이미 감정은 뒤섞였다.

당혹스러운 건 그도 마찬가지였다.

"말마따나 '고작' 그것 때문에 나온 건 아니다. 오브가 깨졌으니 새로이 청기사를 들일 것이다."

"새로운 청기사라고요?"

"그래. 내 의무를 다해야겠다."

모두가 귀를 의심했다.

청기사.

블루 드래곤의 핏줄을 타고난 반인반룡 카르나크에게서 따온 그 특별한 기사는 오직 황가와 공가의 핏줄만이 이을 수 있다.

그리고 현재 공가에서 유일하게 황실 기사인 사람은……

에드워드의 얼굴이 하얗게 질렸다.

＊　＊　＊

외출에서 돌아오니 이미 늦은 밤이었다.

새로 산 검을 손에 익히기 위해 유디트는 밖으로 나갔다.

시간이 얼마쯤 흘렀을까.

유디트는 문득 제 검에 서린 에테르를 집중해서 보게 됐다.

에테르는 이제 확연한 금빛이었다.

은은한 회백색이었던 에테르가 변했다.

'변하기 시작했던 건…….'

3황자와 궁정 마법사 로하스. 한때 그녀가 죽었던 사람들을 제 손으로 지켜냈던 때부터였다.

에테르를 변화시킬 만한 감정이 무엇일까.

과거의 자신과 지금의 자신은 분명 다른 사람이 되어 있었다.

유디트는 내내 검을 휘두르다가 스스로 그럴듯한 감정을 떠올리게 됐다.

변화를 더듬을수록 유독 확연하게 드러나는 감정이 하나 있었다. 만약 그 감정이 에테르를 더욱 진하고 강하게 만든 거라면…….

"……."

유디트는 아련하게 자신의 검을 내려다보았다. 만약 이 예상이 맞다면, 자신의 에테르는 더 강해질 일만 남았으리라.

"유디트."

그때 고요한 침묵을 깨고, 어둠 속에서 그녀를 부르는 목소리가 들렸다.

비올레였다. 그녀가 하얀 제복 차림으로 귀신에 홀린 듯한 표정을 하고 있었다.

"유디트, 저기, 내가…… 내가 지금 좀 이상한……. 나한테 좀 이상한…… 일이 생긴 거 같은데……."

"비올레? 왜 그래?"

유디트는 검을 집어넣고 종종걸음으로 그녀에게 다가갔다.

"수련 방해해서 미안해, 근데 있잖아, 내가……."

혼란이 가득한 그녀의 눈동자가 쉴 새 없이 움직였다.

"내가, 나더러…… 삼 년간…… 나한테 이세에피나 황녀님의 경호를 맡기겠대……."

사람이 다 그렇듯 비올레도 자신의 재주를 가늠할 줄 알았다.

가로세로 높이까지 아는 건 아닐지언정, 제 실력을 어디에 가져다 대도 되는지 정도는 구별할 줄 안다.

그런데 상급 기사도 아닌 자신이 이세에피나의 수행원으로 선택받을 이유가 대체 뭐지?

아무리 생각해 봐도 알 수가 없었다.

'올가가 움직였구나.'

유디트는 비 맞은 강아지처럼 몸을 부르르 떠는 비올레의 팔을 잡았다.

"그렇구나."

"안 놀래는 거야?"

"마침 나도 네게 할 말이 있었어, 비올레. 같이 들어가자."

"……"

어쩔 줄 모르며 바닥만 훑던 시선이 딱 굳었다.

"할 말이라니?"

"……"

"뭔데? 할 말?"

"……"

"뭐야, 응? 왜 입 다무는데."

"……"

"여보세요…… 여보세요, 유디트?"

비올레가 울 것 같은 얼굴로 몇 번이고 그녀를 불렀다.

"일단 기숙사 방에서 이야기하자. 밖은 너무 추우니까."

기슬란 성에서 조난의 위기를 겪은 이후, 유디트는 정말 추운 게 싫어졌다.

유디트는 비올레가 도망치지 못하도록 팔짱을 꼈다. 그러자 비올레는 더욱 공포에 질렸다.

'유디트가 말을 돌렸어?'

발 맞춰 숙소까지 돌아왔음에도 불구하고, 비올레는 연

행당하는 기분이 들었다.

소소한 공포는 계속됐다.

비올레는 유디트가 직접 칼리파에게서 배웠다는 맛없는 레몬티를 마셨다. 끝내주게 맛없는 건 둘째 치고, 차를 타는 내내 한마디도 하지 않는 유디트는 어딘가 이상했다.

"유디트. 진짜 왜 그래?"

"미안."

"……."

비올레의 얼굴이 살짝 굳었다. 유디트가 사과를 한다? 그것도 이렇게 뜬금없이?

비올레는 이제 뭐가 뭔지 모르겠단 생각을 했다.

한편 유디트도 나름대로 마음을 굳게 먹느라 애썼다.

'말하자.'

말하자. 이젠 말하자고 레몬티를 타는 내내 몇 번이나 생각했던가.

그러나 좀처럼 입이 떨어지지 않았다.

유디트는 본래 이렇게 답답하게 행동하지 않았다. 그녀는 언제나 자기 자신을 위해 행동하는 사람이었다. 그러니 망설일 이유가 없었다.

……그래서인가 보다. 자신을 위해서가 아니라 타인을 먼저 생각하며 움직이게 되는 이 상황이 낯설고 불안해서.

유디트는 천천히 검은색 초커를 풀었다.

"비올레. 놀라지 말고…… 들으라면 어렵겠지만."

"어……?"

"그래도 가능한, 차분히 들어줘."

목소리가 희미하게 떨렸다.

유디트는 자기 잘난 맛에 사는 사람은 아니었지만 혼자서도 충분히 살 만하다고 생각하며 나이를 먹었다.

그 속에서 비올레를 만난 건 행운이었다.

그녀는 나이를 더 먹은 후에도 저와 함께 지내줬으면 하는 그런 친구였기 때문이다.

"나는…… 지금과 많이 다른 미래를 살았어."

유디트는 그렇게 천천히 이야기를 시작했다.

시간을 거스른 회귀. 적기사가 아닌 흑기사로서 보냈던 6년. 자신이 몹쓸 짓을 얼마나 많이 했는지. 왜 황자를 죽였는지. 제르멜에게 배신당해서 어떻게 죽었는지. 그리고 친구들이 각자 어떻게 죽었는지…….

"마지막으로 죽은 사람은 레이먼이었는데, 그때가…….”

"그만."

"……."

"그만 말해, 유디트.”

비올레가 그녀의 말을 끊을 때까지, 유디트는 이야기를 멈추지 않았다.

비올레는 다 식은 레몬티를 싹 비우는 것도 모자라 빈 컵을 몇 번이고 제 입가로 가져갔다.

"내가 죽고, 루이도 죽고, 칼리파도 목숨을…… 끊고. 레이먼도, 다…… 그렇게 죽어서 너만 살았다고?"

"……응."

비올레는 하마터면 그게 말이나 되는 소리냐고 외칠 뻔했다.

"그럼 황자님을 호위한 거나, 용을 잡은 건? 그것도 전부 알고 있었던 거야?"

"그건 아니야."

유디트가 곧바로 고개를 저으며 부정했다.

"수도에 용이 나타났을 때, 나는 흑기사로서 다른 지방에 있었어. 3황자 전하를 지키는 것보다 해치는 쪽을 선택했었고……."

한동안 쓰라린 침묵이 감돌았다.

비올레는 누군가 제 머리를 무처럼 잡고 뽑아 흔드는 기분이 됐다.

그게 말이나 되는 소리인가.

"그걸 어떻게 견뎌."

"……."

"아무도 없는데, 다들 죽어버렸는데 너 혼자 흑기사로 그렇게…… 그렇게 사는 걸 어떻게 견뎌?"

놀랍게도 비올레가 제일 먼저 꺼낸 말은 걱정이었다.

"너 괜찮은 거야?"

"……."

"유디트, 너 지금 괜찮냐니까?"

따뜻한 손가락이 유디트의 손에 닿았다.

유디트는 믿을 수 없었다.

자신이 꺼낸 말은 믿어주기는 할까 싶을 만큼 황당무계했다. 그런데 제일 먼저 보여주는 반응이 걱정이라니.

"믿어주는 거야?"

"거짓말이었어? 그럼 지금 털어놔. 진지한 장난을 친 대가로 나도 진지하게 화낼 테니까."

"진짜야. 거짓말이 아니라…… 정말이야!"

유디트는 비올레의 질문에 고개를 마구 저었다.

비올레가 믿어준다면 유디트는 오늘 새벽 내내, 자신이 겪었던 6년을 토씨 하나 빠뜨리지 않고 말할 수도 있었다. 이젠 그것이 떠올리고 싶지도 않은, 일어나지 않을 일이 되었을지라도.

"정말이야. 스티그마를 걸고 맹세해. 믿어줘."

"……."

비올레가 유디트의 목을 뚫어져라 바라보았다.

"……믿어줄게."

비올레는 우선 머릿속이 혼란스러웠지만 고개를 끄덕

였다.

"네가 이런 걸로 헛소리 안 하는 사람인 거 알아. 그렇다고 무조건 다 믿는 건 아닌데……."

모래시계 모양의 까만 문신이라니.

비올레는 자그마한 상상을 했다. 유디트가 웬 가게에 들어가 목에 문신을 새겨달라며 남에게 돈을 쥐여주는 광경이었다.

'자기가 직접 새길 수 있는 부위도 아니지, 저긴.'

유디트가 그런 돈 안 되는 짓을 하면서까지 저를 속일 만한 사람이던가.

맨정신으론 믿기 힘든 이야기를 들었으나, 이제 좀 정신이 들었다. 데샹에게서 황녀를 3년간 호위하라는 이야기를 듣고 난 후 복잡했던 머릿속이 조금 말끔해지는 기분이었다.

"일단 네가 회귀했다는 건 알겠어. 그래서 그걸 이제 털어놓는 이유는 뭐야?"

"……."

"얼른 대답!"

유디트는 황급히 정신을 차렸다.

"내가 황녀님을 모시는 거랑 네 회귀가 무슨 상관이 있는 거야?"

"내가 부탁했어."

"뭐?"

"내가 부탁했다고. 내가 올가 황녀님에게 부탁했어. 칼리파를 청기사단으로 **빼돌려** 달라고. 널 황녀 궁에 머무르게 해달라고."

"……."

그게 유디트가 용의 심장을 건네면서까지 원했던 것이다.

"내가 살았던 과거에선 칼리파가 자살했어. 난 아직도 왜 그 애가 스스로 목숨을 끊었는지 알 수 없어. 알아낼 자신도 없어."

아니, 애초에 칼리파는 정말 자살했던 걸까?

유디트는 차마 거기까지는 말하지 못했다.

"칼리파는 복수 때문에 흑기사단에 들어갔어. 절대 자기 발로는 나오지 않을 거야."

"……칼리파라면 그렇지."

마주하고 있던 비올레는 한숨을 쉬며 동의했다.

"그래서 칼리파를 청기사단으로 **빼돌려** 달라고 했다?"

"그래. 그리고 너도."

"나?"

"너도 죽었어. 눈 깜짝할 사이에, 내가 모르는 곳에서 마수한테 죽었단 말이야."

"……."

비올레는 유디트가 회귀했다는 걸 믿기로 했다. 하지만

자신이 죽었단 말을 믿는 건 좀 별개의 문제였다.

"내가…… 어떻게 죽었는데?"

"나도 전해 들은 거지만 베락 지방에서 마수한테 어깨를 당해서……."

자세하게 묘사하고 싶진 않다며 유디트가 말끝을 흐렸다.

대체 마수에게 어떻게 죽었길래? 비올레는 궁금함이 이만저만이 아니었으나, 저 호박색 눈동자가 여지없이 스스로를 밟아대고 있음을 깨달았다.

"난 그냥, 그때, 만사에 너무…… 너무 쓰레기 같았던 사람이라, 돈 말곤 아무것도 관심이 없었어서……."

"됐어. 너 돈 좋아하는 사람인 거 알아."

그녀가 말을 잘랐다.

"알고서 사귄 거야. 그러니까 내 친구를 쓰레기라고 말하지 마. 그러면 더 이상 이야기 안 할 거야."

"……."

"그리고 진짜 쓰레기는 자기 친구 살리겠다고 황녀님께 그런 부탁 안 해."

울어야 하는 걸까, 웃어야 하는 걸까.

유디트는 얼굴근육 쓰는 법을 잊어버릴 것 같았다.

기쁘면서도 미안해서 고개를 들 수가 없었다.

"그래도 화는 좀 내자."

비올레가 등받이에 몸을 기대더니 삐뚜름한 표정을 지으며 팔짱을 꼈다.

"내가 죽고, 칼리파가 죽을까 봐 기사단을 옮기도록 손을 썼다는 건 알겠어."

그녀가 유디트를 살짝 노려보았다.

"하지만 갑자기 황녀님을 모시는 기사라니. 나한테 그런 게 말이 된다고 생각해?"

유디트는 곧바로 '된다고 생각해'라며 대답할 뻔했다.

하지만 따박따박 말대꾸하는 것보단, 일단 비올레에게도 불평할 시간을 주는 게 맞을 것 같았다.

"너는 네 죄책감을 덜기 위해서 내가 세운 계획과 커리어를 엉망으로 꼬아버렸어. 그건 알아?"

"알아."

그녀가 재빨리 대답했다.

"하지만 그렇게 할 수밖에 없었어."

이유 있는 변명이었다.

광룡이 폭주했던 날, 유디트는 레이먼을 눈앞에서 놓쳤다.

미치광이 용이 수도를 쑥대밭으로 만드는 건 몇 년 후니 괜찮을 거라고, 막연히 달라지기 시작한 미래를 낙관했다.

그 결과 유디트는 하마터면 레이먼과 기류를 잃을 뻔

했다.

그때는 그럴 수밖에 없었다.

그렇지만 같은 변명을 칼리파를 잃은 뒤에도 할 것인가?

"부탁이야. 비올레. 나 좀 도와줘."

미래는 달라졌다.

이제 유디트는 무엇도 낙관할 수 없고 안심할 수 없었다.

유디트는 용기를 냈다.

아버지가 물려준 땅. 새로 지은 저택에서 언젠가 친구들과 함께 다시 한번 레몬티를 마실 수만 있다면, 유디트는 용의 심장 따위 얼마든지 바칠 수 있었다.

그녀는 오랫동안 혼자서 버티고 해결하는 데는 이골이 나 있었다. 뭐든 혼자 끌어안고 죽는 사람에서 도움을 청할 줄 아는 사람으로 변하기까지, 정말 많은 시간이 걸렸다.

누군가는 그녀가 약해졌다고 할 테다.

하지만 누군가는 돈 대신 사람을 통해 인생을 지탱하는 법을 배웠다고 말하리라.

그런 변화였다.

"나는 정말 가진 게 없어. 돈이 있어도…… 돈이, 생겼어도……."

"……."

"너희가 죽는다면 아무 의미가 없어."

유디트의 말을 들으며 몰라보게 차분함을 되찾은 비올레의 눈동자가 제비꽃처럼 생기로움을 되찾았다.

'진짜 반칙이지.'

내심 비올레는 기가 막혔다.

최연소 에테르 마스터. 기사단에 들어온 지 일 년 만에 상급 기사가 된 사람. 브릴란테 훈장까지 받은 그녀와 자신의 격차는 컸다.

그런 사람이 '너희가 죽으면 아무 의미 없다'라며 제 손을 붙잡고 도움을 구한다.

세상에 무서울 것, 두려울 것 하나 없어 보이는 친구가 제 앞에서만은 약하고 평범한 사람이 된다.

그 미묘한 기쁨과 고양감이란.

'말려들었네, 나.'

남들에겐 쉴 새 없이 하악대는 고양이가 저에게만 다가와서 비비적거리는 기분이었다.

"……무슨 도움이 어떻게 필요해서 이러는데?"

"비올레!"

"딱 듣기만 할 거야. 들어주기만 할 거라고!"

하지만 그게 사실상의 승낙인 걸 유디트도 비올레도 알고 있었다.

비올레는 그녀의 방 한쪽에 놓인 갈색 여행용 가방과 크림색 보닛을 보고, 제대로 말려들었음을 인정할 수밖에 없었다.

❊　✶　❊

야심한 밤이었다.

성큼성큼 걷는 에드워드의 발걸음에는 초조함과 분노가 묻어났다.

인생은 선택의 연속이라던가?

맞는 말이다.

자신의 선택. 그리고 타인의 선택으로 인생은 예측 불허로 흘러간다.

황자인 에드워드도 다를 바 없었다. 그의 인생은 타인의 선택으로 크게 세 번이 갈렸다.

"이 아이로 하십시오."

첫 번째 선택은 아버지라 믿었던 사람이 제르멜이 아닌 자신의 등을 황제 앞으로 떠밀었을 때였다.

"이 아이는 총명하고 배움이 빠르며 입이 무겁습니다. 눈치도 잘 보기 때문에 황궁에 금방 적응할 것입니다."

에드워드도 제르멜도 자신들이 황제의 사생아인 줄은
몰랐다.

그들이 뭘 알았겠는가.

그들의 어머니인 로즈엔 아이젠이 로즈엔 비슈발트 백
작 영애였던 시절을 알았겠는가?

황태자였던 황제가 그녀와 은밀한 정사를 즐기고 열정
적인 사랑을 불태웠을 줄 알았겠는가?

아버지라 믿고 따르던 사람이 직접 상등품 돼지 귀에 도
장을 찍듯, 그들의 인생을 손짓 한 번으로 나눌 것이라고
알았겠는가?

"부디 한 명은 받아주시고 한 명은 저희가 키울 수 있게 해
주십시오. 아이젠 후작가에도 후계자가 필요합니다."

"좋다. 흑발에 벽안이라. 로즈엔의 붉은 눈을 닮은 아이는 힘
들겠지만, 이 아이라면 황후도 쉽게 받아들이겠지."

황제는 그렇게 말하며 손수 에드워드와 눈을 맞췄다.

"걱정 말거라. 누구도 네가 나의 사생아임을 모를 것이다. 너
조차도 그것을 잊을 만큼 너는 홍복을 누릴 것이다. 너의 이름
을 에드워드로 지어 황후가 사산했던 우리의 세 번째 아들로 삼
겠다."

사생아가 어떻게 황자가 될 수 있다고.

그러나 에드워드의 어린 생각을 비웃듯, 황제는 모든 일을 아주 빠르고 간단하게 해결했다.

황후는 가본 적도 없는 아이젠 후작가에서 아이젠 후작부인과 함께 태교를 한 사람이 되었다.

있을 리 없는 증인이 나타났고, 앞뒤가 완벽한 증언도 나왔다.

일주일이 지나니 에드워드는 황제가 숨겨서 키운 자식이 됐다.

아이젠 후작가의 별 볼 일 없는 쌍둥이 형이 아닌, 암살을 대비해 후작가에서 기른 비운의 황자가 되었다.

"에드워드, 혼자서 많이 외로웠지? 이제 괜찮아. 같이 내려가자. 가족은 모두 한자리에서 식사를 해."

올가가 그의 손을 잡고 만찬장으로 내려간 날.

정부(情夫)의 존재를 눈감아주는 대신 황제의 사생아를 받아주기로 한 황후의 의연한 목소리를 들은 바로 그날.

"함께 식사하자꾸나, 아들아."

에드워드는 권력의 무서움과 황홀함을 배웠다. 그렇게 그는 남몰래 황태자가 되자고 결심했다.

에드워드는 참으로 염치가 없었다.

그는 모든 것을 제 옷처럼, 제집처럼, 제 식사처럼 맛깔나게 즐겼다.

하지만 시간은 흐르는 법.

그는 때때로 지독한 죄책감을 느꼈다.

아이젠 후작가를 떠올리면 그는 자연스레 제르멜을 생각했다.

어떨 때 그는 자신이 누리는 모든 게 부질없다고 느꼈다. 숨 막힐 게 뻔한 후작가에 남겨진 제르멜을 생각하면 죄책감이 몰려와 그를 괴롭혔다.

타인의 선택. 떠밀린 등. 뒤바뀐 처지.

누구에게도 이해받지 못할 부채감을 껴안고 살아가기를 몇 년.

마침내 에테르 마스터가 된 제르멜이 그의 눈앞에 나타났다.

외면한 핏줄일지언정 장성한 아들이 에테르 마스터가 된 것을 황제는 대단히 기꺼워하며 흑기사단장의 자리를 내렸다.

그리고 재회의 날이 다가왔다.

"네가 그만큼 누리는 걸 탓할 생각 없어."

"……제르멜."

"하지만 너에게 주어질 자격이라면 내게도 주어졌어야 하는 자격이지."

에드워드의 몸이 움찔, 떨렸다.

"원하는 게 뭐야?"

"네가 황제가 되어야겠어. 그게 내가 보상받을 유일한 방법이야."

제르멜이 말했다.

"잊지 마. 너는 나의 욕구를 대리 충족할 의무가 있어. 황제가 돼라."

기대와 의무를 한 몸에 얹은 에드워드는 내키지 않는 척 황위 싸움에 끼어들었다.

그렇게 타인의 선택으로 에드워드의 인생 첫 페이지가 가득 찼다.

인정한다. 그는 제르멜에게 미안했다. 그래서 그를 나무라고 싶지 않았고, 종종 도를 넘는 행동이나 저를 향한 희미한 원망을 못 본 척해왔다.

하지만 그 여파가 칼리파에게까지 미치는 것은 참을 수 없었다.

한 번도 아닌 두 번이나 그녀의 인생을 다른 사람도 아닌 제르멜이 엉망으로 만드는 건 참을 수가 없었다.

"오브를 깬 거냐?"

"……갑자기 들어와서 무슨 소리를 하나 했더니."

"대답해. 오브를 깬 사람이 너냐고 물어보고 있다."

"……."

에드워드는 기별도 없이 후작가를 방문했다.

한때는 그의 집이었으나 이제는 저택의 구조도 희미한 장소.

이곳에 온 건 황궁으로 떠난 이후 수십 년 만에 처음이었다.

제르멜은 언짢은 기색을 숨기지 않았다. 그가 의자 등받이에 몸을 기댄 채 책장을 넘겼다.

"뭘 새삼스럽게. 내가 일일이 보고라도 하기를 바라나?"

"당연히 했었어야지!"

"놀랍군. 내가 벌이는 일 모두가 너의 홍복을 위해서 하는 일 아닌가?"

뼈 있는 조롱이 날아오자 에드워드는 단숨에 그의 멱살을 틀어쥐려 했다. 그러나 제르멜은 그의 팔을 쳐냈다. 그리고 더욱 큰 조롱으로 응수했다.

"체통을 지키십시오, 황자 전하. 이곳은 아이젠 후작가 아닙니까. 전하께서는 손님이십니다. 저는 이곳의 주인이고요."

"너……!"

제르멜이 발끝으로 빈 의자를 밀며 말했다.

"부디 천천히, 앉아서 잘나게 말을 해보시지요. 무슨 생각으로 이토록 구구절절 억울함을 토로하시는지."

"올가 누님께서 침거를 깨고 나왔다."

에드워드가 날카롭게 말했다.

"직접 이세에피나를 보호하고, 새롭게 청기사를 들이겠다며. 이게 네가 말했던 재밌는 일이냐?"

허둥지둥하는 꼴이 산불이 나자 도망치는 산토끼 같다고 생각하던 것도 잠시, 제르멜의 눈동자가 무섭게 움직였다.

"청기사라고?"

"누님은 본인의 권한을 이용해 칼리파를 청기사로 임명할 생각이야."

그 말에 제르멜의 얼굴이 험악하게 굳었다. 그의 목소리가 이례적으로 거칠어졌다.

"칼리파를 청기사로 임명한다고? 누구 마음대로?"

명백한 동요였다.

그러나 화가 난 에드워드는 제르멜의 반응을 더 자세히 살피기는커녕, 앞뒤를 가리지 않고 비난을 퍼부었다.

"항상 너 때문이야! 너만 아니었다면! 칼리파가 자꾸 이런 일에 휘말리는 일은 없는데……!"

"나 때문이라고? 아니지."

제르멜이 자리에서 일어나 그에게 다가갔다. 그가 에드워드의 어깨를 손끝으로 찔렀다.

"너 때문이지. 네가 선택한 거다. 언제나 너만 선택받았고, 너에게만 선택권이 주어졌잖아?"

피와 장미처럼 붉은 눈동자가 선명한 경멸을 드러냈다.

"황제가 되겠다, 되지 않겠다. 변덕 부렸던 것도 전부 너야."

"……."

"선택은 네가 했으면서 남에게 책임을 미루지 마."

제르멜은 짧은 독서를 마친 신학책을 신경질적으로 내던졌다. 칼리파가 청기사가 된다는 건 계획에 없었던 일이다. 사실이라면 지금 당장 확인해야 했다.

제르멜은 성큼성큼 벽으로 다가가 옷걸이에 걸어둔 코트를 입었다.

"제르멜, 하나만 대답해 봐라."

"……."

"거기 서서 하나만. 딱 하나만 대답해 봐라."

황궁으로 가려던 제르멜의 걸음이 멈췄다.

"그럼 넌, 내가 황제가 되지 않겠단 말을 안 했으면……."

"……."

"그러면 임페노르 공작가를 건드리지 않았을 거냐? 정말로?"

에드워드가 주먹을 꽉 쥔 채 물었다.

자못 비장한 기세로 질문을 던진 그와 달리, 제르멜은 가볍게 대답했다.

"무슨 소리를 하시는지 모르겠군요. 임페노르 공작가의 사건은 너무 오래전에 벌어진 일이고, 진범도 묘연하지 않습니까?"

"제르멜!"

비명 같은 외침이 저택을 가로질렀다. 그러나 제르멜은 뒤도 돌아보지 않고 그 자리를 떴다.

제르멜을 태운 마차가 음산한 후작가를 빠져나갔다.

그때까지도 에드워드는 꼼짝도 하지 않고 창문 밖을 바라보았다.

하나둘 빗방울이 떨어지더니 마침내 추적추적 비가 내렸다. 칼리파가 상복을 입은 채 그를 찾아왔던 그날처럼.

에드워드의 인생을 좌우한 타인의 두 번째 선택은 누가

뭐래도 칼리파와의 약혼이었다.

"이런 향기를 좋아하시나요?"

"……싫어하지는 않습니다. 원하시면 그 향수는 드리겠습니다."

"아뇨. 딱 보기에도 오랫동안 소중히 쓰신 것 같은걸요."

"누님에게 받았기 때문에 쓴 것뿐입니다. 딱히 좋아하는 향이 아닙니다."

눈에 띄는 백금발과 화사한 미소.

명문가 중의 명문가에서 곱게 자란 사람이라서일까. 그녀는 눈에 띄게 아름다웠다. 첫눈에 마음이 기울었을 정도로.

"딱히 좋아하는 향기도 아니었는데 이렇게 오래 쓰셨다고요?"

"예."

"가족을 소중하게 여기시는 분이로군요."

"……."

팔푼이처럼 물어보는 말에 대답밖에 못 했던 사내는 태어나서 처음으로 사랑에 발을 담갔다.

얼마 후 임페노르 공작가는 정식으로 약혼 제의를 받

아들였다. 칼리파는 총 네 명의 황자 중 그를 선택한 것이다.

스쳐 지나가며 얼굴을 본 게 두 번, 제대로 만난 건 한 번뿐이었는데 뭘 믿고 약혼 제의를 수락했냐는 말에 칼리파는 웃음을 터뜨렸다.

"그야, 당신 눈에 내가 좋아 죽겠다고 쓰여 있었으니까요."

그렇게 칼리파는 에드워드의 인생에 너끈히 한 페이지를 채우고도 남을 만큼 흔적을 새겼다.

서로의 취향을 기억하게 됐다. 칼리파가 히비스커스 향기를 좋아한다는 걸 외우게 됐다.

그즈음 사랑에 담겨진 에드워드의 마음은 흐물흐물해졌다.

에디, 라는 그 작은 애칭도 계속 들으니 정감이 갔다.

이 가족 놀이를 이어갈 수 있다면 대공으로 사는 것도 나쁘지는 않을 것 같았다.

"황위 포기? 누구 마음대로."

"임페노르 공작 내외도 동의했어. 그쪽이 칼리파가 더 자유롭고 행복하게 살 수 있을 거라고……."

흉악하게 빛나던 붉은 눈동자도, 머잖아 벌어질 참극도 눈치채지 못한 채 그는 경솔하게 떠들었다.

올가와 황제가 기꺼이 공국 독립을 찬성할 거라는 희망적인 관측을 나불거릴 무렵, 제르멜이 어떤 생각을 하는 줄도 모르고.

임페노르 공작가 습격 사건으로 수도가 떠들썩해진 건 며칠 뒤였다.

"방금 뭐라고 했어?"

"영애께서 기다리고 계십니다."

"아니, 그전에 한 말. 임페노르 공작가의 참살 사건 진범이……"

황자 궁의 문고리를 잡고 있던 제르멜이 보란 듯이 비웃으며 말했다.

"나라고 했는데."

제르멜이 문을 열었다. 동시에 칼리파가 그의 이름을 부르며 궁으로 뛰어들어 왔다.

피골이 상접한 칼리파는 곧 죽을 것 같은 사람처럼 메말라 있었다.

"도와줘요, 에디. 제발……."

흐느끼는 목소리가 상처받은 짐승처럼 울부짖었다.

그러나 에드워드의 시선은 그녀를 향해 있지 않았다. 그의 신경은 온통 제르멜에게 몰려 있었다.

떨어진 검은 베일을 구둣발로 잘근잘근 밟는 저 모습이 악몽 같았다. 유쾌함을 인중에 얹은 웃음 또한, 마치 피에로를 구경하는 관객처럼 보였다.

에드워드는 도저히 도와주겠다는 말을 할 수가 없었다.

문기둥에 기댄 채 서 있는 제르멜의 시선은 저를 찔러 죽일 듯 날카로웠고, 뒤바뀐 운명은 죄책감으로 그를 옭아맸다.

결국, 에드워드는 칼리파를 돌려보냈다.

나가지 않으려는 칼리파를 제르멜이 끌어냈다. 비 오는 날이었다.

남겨진 방 안에서, 에드워드는 머리를 감싸 쥐었다.

에드워드는 제 인생을 가른 세 번째 선택이 제르멜 때문이라고 생각했다.

그가 임페노르 공작 내외를 살해하지만 않았더라면, 제 인생은 분명 평화롭게 굴러갔으리라.

제르멜이 모두 망친 것이다.

전부 제르멜 때문이었다. 제 탓이 아니었다.

원망을 퍼부을수록 제르멜의 눈은 경멸로 빛났다.

"그럼 지금이라도 가서 칼리파에게 모두 털어놔. 그럴 수 없다면 닥치고 황제가 되어서 네 잘난 사랑을 증명하던가. 황후 자리는 하나잖아?"

추적추적 비가 내렸다.

가슴이 돌덩이를 얹은 듯 무거운 이유는 전부 날씨 때문이다. 그럴 것이다.

그녀를 위해서 황위를 손에서 놓았지만, 그녀를 위해서 다시 황위를 쥘 수밖에 없었다.

그녀를 하나뿐인 황후로 들이면, 칼리파는 틀림없이 다시 웃어줄 것이다. 전처럼 아름답던 모습 그대로 저를 다정하게 불러줄 것이다.

에드워드는 필사적으로 그렇게 믿었다.

"……약혼을 깨고 싶지 않았어. 정말이야. 정말…… 돕고 싶었어. 그랬는데……."

인생은 선택의 연속이라잖아. 그런데 나에게는 항상 선택권이 없었어.

빗소리가 커졌다. 그럴수록 닿지 못할 말은 작아져만

갔다.

에드워드는 힘없이 의자에 앉았다.

비가 조금만 더 그치면 돌아가자. 그렇게 생각하던 때였다.

그의 눈에 제르멜이 내던진 책 한 권이 들어왔다.

스티그마에 관한 신학책이었다.

Chapter 12
황금빛 각성

이튿날 아침, 적기사단에 베락 지방 토벌 공문이 걸렸다.

공문의 내용은 별것 없었다. 갑작스러운 마수의 증가. 인력 부족. 지원자 차출.

예전이라면 무심한 눈으로 공문을 훑었겠지만, 지금은 그 이면을 읽게 됐다. 기슬란 성 오브가 깨진 영향이 나오고 있는 게 분명했다.

마음의 각오는 하고 있었다. 하지만 예상보다 시기가 빨랐다.

베락 지방은 북서 지역에서도 가장 많은 토착민이 사는 지역이다.

서부 경계령인 베르크스와 북서부 해안령을 가기 위해 반드시 들르게 되는 서북부의 관문.

그만큼 적잖은 상비군이 기거 중이었고, 쉽게 지원 요청이 올라오지 않는 지역이었다.

그리고 그곳은 비올레가 목숨을 잃은 곳이기도 했다.

'함부로 사람을 의심하고 싶진 않았지만……'

연달아 벌어지는 일을 우연의 일치로 치부하기엔 냄새를 너무 많이 맡았다.

용의 피를 이용해 3황자를 제거할 때 가장 큰 이득을 봤을 만한 사람.

헤링시아 숲에서 용의 존재를 눈치채고, 이세에피나를 이용할 만한 위치에 있는 사람.

뭣보다 광룡 폭주를 막아내지 못했을 때 가장 큰 이득을 봤을 사람은 딱 한 명이다.

2황자. 에드워드 오스카 베리타스.

'비올레를 설득하길 잘했지.'

유디트는 밤새 비올레의 끊임없는 질문에 대답하다가 목이 쉰 참이었다.

비올레는 자기의 죽음만큼이나 칼리파의 자살을 받아들이지 못했다. 그러나 벼랑 끝에 몰린 칼리파의 심리를 생각해 본다면, 그게 마냥 허무맹랑한 소리만은 아니라는 걸 인정했다.

내가 마수한테 왜 죽냐, 하고 투덜거리기는 했으나 베락 지방에는 얼씬도 하지 않겠다는 약속까지 받아냈다.

'설마 하루 차이로 공문이 내걸릴 줄이야.'

하루만 늦게 설득했다면 어떻게 됐을까?

유디트는 안도하며 가슴을 쓸어내렸다.

그녀는 식당에서 갓 구운 빵을 몇 개 받은 다음 방으로 돌아왔다. 그리고 간단히 아침 식사를 끝내며 차분히 생각을 정리했다.

2황자를 실각시킬 패는 하나하나 모이고 있다.

용의 피에 관한 자료는 3황자와 4황자가 가지고 있다. 이세에피나 황녀가 깨어나는 순간, 용을 가두어 기르고 수도를 쑥대밭으로 만든 책임 또한 피할 수 없으리라.

'거기까지만 고발당해도 황위는 물 건너간 거지.'

그렇게 생각하니 2황자가 조급하게 일을 벌이는 게 이해는 됐다. 죄는 더 큰 죄로 덮게 마련이니까.

삼 년간 벌어졌던 일이 일 년 만에 벌어지고 있다. 유디트도 자신이라는 변수가 미래를 이렇게까지 크게 틀어놓을 줄은 몰랐다.

그러니 이제 남은 건……

＊　＊　＊

"처음 뵙겠습니다. 적기사단의 비올레라고 합니다."

"비올레 경. 만나서 반갑다."

올가는 굳이 제 소개를 하지 않았다. 이름을 대며 다정히 불러봤자, 상대가 더욱 긴장할 게 뻔했다.

그렇게 행동하지 않아도, 이미 비올레는 바짝 얼어 있었지만.

"갑작스럽게 지명돼서 많이 놀랐겠지?"

"······예. 그래도 부족함이 없도록 최선을 다하겠습니다."

비올레의 얼굴은 백지장만큼이나 하얗게 질려 있었다. 그래도 긴장 속에서 할 말은 다 꺼냈다.

"황실 기사라면 나와 충분히 검을 맞댈 수 있겠구나. 종종 상대를 해주겠나?"

"예?! 제, 제가 어떻게······."

"오팔궁에만 있었더니 실력이 많이 녹슨 게 느껴져서 말이다. 가끔이라도 부탁하마."

"······아, 네! 알겠습니다!"

유디트는 옆방에서 대화를 엿듣다 말고 웃어버렸다.

아무래도 기슬란 지방으로 잠행 갔을 때, 황녀는 제 실력에 불만을 느낀 모양이다.

"타티아나가 앞으로 그대가 쓸 방과 이세에피나의 침실을 알려줄 거야."

올가가 손짓하자 문가에서 가만히 서 있던 시종 한 명이 다가왔다.

비올레는 눈치껏 인사한 다음 물러갔다. 방 안에 남은

게 올가 한 사람이 되자, 비스듬하게 열린 문으로 유디트가 모습을 드러냈다.

"약속을 지켜주셔서 감사합니다."

"뭘. 먼저 약속을 지켜줬는데 당연한걸."

올가가 살그머니 속삭였다. 안색을 보아하니 비올레가 딱히 싫지는 않은 눈치다.

유디트는 내친김에 마음에 걸리던 걸 물어보았다.

"이세에피나 황녀님께선 용태가 많이 안정되셨습니까?"

"아직은 깨어나지 못했지만, 점점 더 혈색이 좋아지고 있어. 곧 눈을 뜰 거란다."

덧붙이는 한마디는 스스로에게 들려주는 것 같았다.

올가는 시녀 한 명 없이 옷을 스스로 갈아입었다. 아무도 없는 방이지만 유디트는 가림막을 더욱 바짝 당겼다.

"전하께서 오팔궁의 문을 여셨다는 소문만으로도 궁이 떠들썩합니다."

"그러한가? 그럼 공식적으로 백관 귀족의 면전에서 떠들썩하게 만들어줘야겠어."

"로제타의 사절단을 맞으러 가시는 거군요."

"눈치가 빠르구나."

"기류 단장님께서 의전 행사를 어떻게 치를지 고민이 많으셨습니다."

올가는 소리 없이 웃었다.

"에스코트를 부탁해도 되겠느냐?"

"영광입니다. 기다리겠습니다."

그녀는 혼자서 옷을 입는 게 익숙해 보였다. 하지만 시간이 걸리는 건 어쩔 수 없었다.

유디트는 종종 시계를 확인하며 묵묵히 기다렸다.

올가가 움직이고 주목받을수록 오팔궁 또한 안전해진다. 이세에피나 황녀의 암살이 힘들어진다는 소리다.

'겸사겸사 비올레도 안전하겠지.'

하여 유디트는 올가를 에스코트함으로써 미약하게나마 제 위광을 더할 생각이었다.

로제타 왕국은 베리타스 제국과 인접해 있는 두 왕국 중 하나다.

마석과 장미의 왕국 로제타. 모래와 오아시스의 왕국 살사노.

특히 로제타 왕국은 값비싼 광물과 귀중한 마석의 보고(寶庫)였다. 적잖은 마법사가 베리타스 제국에서 로제타로 유학을 떠났다.

베리타스 제국이 기사의 나라라면, 로제타 왕국은 마법사의 나라였다.

기사들은 몸보다는 머리를 쓰는 마법사를 쉽게 깔보는 경향이 있었는데, 때문에 2황자가 로제타와 전쟁을 선포했을 때 많은 기사가 쉽게 이기리라 생각했다.

상대를 얕본 대가는 뼈아프게 돌아왔다. 용의 피를 전선에 투입하는 지경에 이르렀었으니.

'2황자가 전쟁을 일으키기 전에 무조건 실각시킨다.'

어떻게든 전쟁만은 막아야 했다. 기껏 설득한 비올레가 끌려가기라도 하면 어떡하나.

설상가상 전시에 선봉장으로 나서게 될 기류를 생각하면 눈앞이 아찔했다.

유디트는 제 말을 믿을 만한 사람, 그리고 황자를 고발하는 데 힘이 될 만한 사람을 하나하나 따져보았다.

결론은 올가만 한 사람이 없다는 것이었다.

필요하다면 스티그마를 드러내서라도 그녀를 아군으로 만들어야 할지도 모른다.

'이게 신의 뜻이라고 공갈이라도 좀 섞어 치면…….'

그러던 중, 누구도 생각지 못한 일이 벌어졌다.

"전하, 이든 황자님께서 오셨습니다."

"뭐?"

깜짝 놀란 올가가 가림막 바깥으로 고개를 내밀었다.

"방금 뭐라고 했느냐?"

"이든 오스카 베리타스 4황자 전하께서 궁을 방문하셨습니다. 어떻게 할까요?"

비올레를 안내하고 돌아온 타티아나가 난처한 얼굴로 공손히 대답을 기다렸다.

"어, 어떻게 하냐니……. 이든이 왔다고? 이렇게 갑자기? 왜?"

"전하, 우선 침착하시고 마저 옷을 갈아입으셔야……."

"어, 어, 어떻게 하지?"

올가가 고개를 돌려 물었다. 유디트는 올가의 얼굴색이 변하는 걸 그때 처음 목격했다.

"다른 황자님들이 불편하십니까? 그럼 거절을……."

"아니야! 그 반대야! 형제들은 날 싫어할 거야!"

올가는 어쩔 줄을 몰랐다.

"어떡하지? 어떡하지?"

"전하께선 어떻게 하고 싶으십니까?"

"만나고 싶어. 만나고 싶은데……."

그럼 만나면 되는 것 아닌가?

유디트는 그녀가 이렇게까지 평정을 잃을 거라곤 생각하지 못했다. 뒤집힌 속치마가 올가의 혼란을 고스란히 대변하고 있었다.

"진정하십시오, 전하. 정말 상대를 싫어한다면 애초에 만나러 오시지도 않았을 겁니다."

유디트는 일단 허리를 굽혀 속치마부터 정리해 주었다. 보고 있는 사람이 다 민망했다.

"그러면……?"

"일단 만나서 이야기라도 나눠보시는 게 어떠십니까."

"하지만 오해라도 받게 되면……."

"무슨 오해가 걱정되시는지는 모르겠습니다만, 그건 그때 생각하셔도 늦지 않습니다. 그리고……."

유디트는 잠시 기류를 떠올렸다가 확신을 가지고 말했다.

"대화로 충분히 풀릴 수 있는 걸 오해라고 합니다. 진정하시고 황자님을 오팔궁으로 들이시지요. 날이 춥습니다."

"……알, 알겠다."

올가가 사뭇 비장하게 고개를 끄덕였다. 여태 느꼈던 것과는 다른 기백이었다.

그녀는 급히 시녀의 도움을 받아 옷매무새를 정리했다.

유디트는 물러나려 했으나, 올가의 쏟아지는 만류로 자리를 지키게 됐다.

"제가 남아도 딱히 도움은 안 될 것 같습니다만……?"

"내가 이상한 말을 하면 막아줘. 그걸로 충분하다."

"이상한 말씀이요? 예를 들면?"

유디트가 묻자, 올가는 그녀답지 않게 우물거리며 대답했다.

"벌써 황제라도 된 사람처럼 말한다든가…… 어린아이를 대하듯 한다거나……."

올가가 그런 식으로 말한 적이 있었나?

유디트는 의아함을 느꼈다.

올가의 말투는 독특한 편이긴 해도 그 속에 무시가 담겨 있다고 느껴진 적은 한 번도 없었다.

"하여간 제삼자인 경이 듣기에도 상처받을 만한 말을 하면 언제든 끼어들어 주게."

"……노력해 보겠습니다."

올가는 허락했다지만 과연 황족의 대화에 끼어드는 걸 이든이 허락할지 모르겠다.

유디트는 일단 올가를 소파에 앉혔다. 그녀가 안절부절못하다가 발을 삐끗할 뻔했기 때문이다.

땅을 꺼뜨리고도 남을 한숨이 올가의 입에서 새어 나왔다.

"난 형제들을 아끼지만, 아무래도 자라난 환경이 독특하다 보니 거리감을 느껴."

함께 자란 알베르트나 에드워드, 윌리엄은 그렇다고 치자. 하지만 두 막냇동생이 자라날 때쯤, 올가는 본격적인 황위 서열 굳히기에 들어섰다. 황제를 따라 각 영지를 돌아다닌 적도 많았다.

"미움받고 싶진 않지만 아무래도 껄끄러운 사이일 수밖에 없으니……. 그 애는 날 미워할 거야."

올가가 얼마나 쭈뼛거리고 있었을까.

타티아나의 안내를 받으며 이든이 내실에 들어섰다.

그는 유디트가 이곳에 있는 걸 보고 놀랐으나, 우선 소파에서 고고하게 저를 보는 누이를 향해 꾸벅 고개를 숙였다.

"오랜만에 뵙습니다, 누님."

"그래. 오랜만에 보는구나."

"……엄밀히 따지면 그리 오랜만에 뵙는 것도 아닙니다."

"그래. 요전에 알베르트와 함께 다 같이 만나긴 했지."

"……더 엄밀히 따지면 저와는 한마디도 나누지 못하셨지요."

"그래. 내가 화를 내며 돌아가 버렸으니 말이다."

"……"

"……"

침묵이 찾아왔다.

듣던 유디트는 이런 기가 막히고 코가 막히는 대화를 자기 혼자 들어야 한다는 게 제일 황당했다.

문제는 두 사람이 유디트를 향해 '어떻게 좀 해주게'라는 눈빛을 마구 쏘아내고 있다는 것이었다.

'아니, 나더러 뭘 어쩌라고?'

까라면 까는 기사 신분이 이럴 때 서러웠다. 유디트는 별수 없이 두 사람의 말을 애써 이었다.

"……오랜만에 뵙는 두 분 다 건강하셔서 정말 다행이지요."

올가가 재빨리 고개를 끄덕였다.

"맞다. 이든 네가 아카데미로 갈 때 만나지 못했으니까, 정말 오랜만이구나."

"……누님께서 저를 문전 박대하시지만 않았더라면 오랜만이지도 않았을 겁니다."

"그땐 어쩔 수 없었어."

"……왜요. 제가 싫으셨으니까요?"

이든이 부루퉁하게 말했다.

"싫은 건 아니다. 하지만 서로가 불편하지 않느냐."

유디트는 이든의 얼굴이 딱딱하게 굳는 걸 놓치지 않았다. 방금 건 올가의 실수였다.

어떻게 말하더라, 이런 상황에선?

"올가 전하."

유디트는 가슴이 근질근질해지는 걸 참고, 기류가 말하듯 제 감정을 똑바로 표현하기 위해 단어를 골랐다.

"그렇게 말씀하시면 전하께서 이든 전하를 껄끄럽게 여기고 계신다 착각하기 좋습니다."

"아……."

올가가 뒤늦게 제 입을 살피듯 막더니 고개를 저었다.

"그…… 러려는 건 아니었네."

"예. 하지만 저라면 상처받았을 겁니다."

올가가 눈에 띄게 당황하며 이든을 보았다.

"그, 저기, 미안하구나, 이든. 그런 의미로 받아들이지 말거라."

"……."

"널 싫어하지 않아. 당연히…… 싫어할 리가 없지. 내 동생인데."

동생.

그 단어를 듣자 이든의 표정이 다소나마 부드럽게 풀렸다.

때마침 시종이 차를 가지고 와서 다행이었다. 올가가 잔을 들었다.

"네 눈에…… 내가 어떻게 비칠지 모르겠지만, 나도 긴장이라는 걸 한단다."

올가는 손에 뭘 쥐고 있으니 조금 진정한 눈치였다.

"너와 있으면 어떤 이야기부터 꺼내야 할지도 잘 모르겠고……. 그래서 더 조심스러워지는구나."

"그냥 평범하게 물으시면 되잖아요. 무슨 일로 온 거냐고."

"그렇구나. 어떤 일로 온 거니?"

이든은 어쩌면 제 누이가 야무지기만 한 사람은 아닐지도 모르겠다고 생각했다.

하지만 야무지지 못한 건 그 또한 마찬가지였다.

"……그냥…… 요."

"그러니……."

듣고 있던 유디트의 혈압만 올라갔다. 이 사람들 뭘 하는 거야?

유디트는 가교 역할이라는 게 생각보다 중요하다는 걸 느꼈다. 결국, 그녀가 나섰다.

"두 분께서는 좀 솔직하게 마음을 터놓으실 필요가 있어 보입니다."

"나, 나는 더없이 솔직하게 이야기하고 있단다!"

올가가 억울한 눈으로 말했다.

한편, 이든은 딱딱하게만 느껴졌던 누이의 색다른 모습을 본 것만으로도 오길 잘했다고 생각했다. 또다시 발도 들이지 못할까 봐 꺼렸던 게 몇 시간 전이었는데.

이든은 먼저 용기를 냈다.

"……죄송합니다. 저는 아니에요."

"응?"

"사실은 이유 없이 온 거 아니었습니다. 에피나를 오팔궁에 들이셨다고 들었습니다."

그가 올가를 가만 들여다보았다.

"고맙습니다."

"……고맙다니?"

"이 황궁에서 이세에피나를 신경 써주신 건 누님뿐이었습니다."

그가 분하다는 듯 중얼거렸다.

"다른 형님들은 에피나가 쓰러지든 말든 관심이 없으십

니다. 쓰러진 사람이 저였더라도 마찬가지였겠죠."

그 지긋지긋한 황위 싸움이 대체 뭐라고.

이든이 조용히 이를 갈았다.

"그래서 전, 누님께서 먼저 그 아이를 신경 써주셨다는 게 기뻤습니다."

"아……."

"감사합니다."

올가는 얼음을 통째로 삼킨 사람처럼 눈을 크게 떴다.

이든의 솔직한 말은 차가운 얼음 같기도 했고, 뜨거운 불덩이 같기도 했다.

그녀가 이세에피나를 데려온 건 유디트의 부탁 때문이 었다.

즉, 부탁받지 않았더라면 그녀 또한 에피나를 내버려 두 었으리라. 다른 형제들과 마찬가지로.

아무도 들르지 않을 궁전에서 시녀와 신관의 보살핌을 받고 있으니 그걸로 충분하며, 황족이란 결국 모두가 그렇 지 않겠냐며 넘겨 버렸겠지.

그런 주제에, 동생들을 아낀다고?

올가는 제 안에 똬리를 틀고 있는 지독한 위선과 마주 쳤다.

"하여간 올가, 당신은 시야가 좁아요. 좀 더 넓은 세계를 알

아야 한다니까요."

그녀는 종종 셴이 농담처럼 던지던 말을 떠올렸다.

황제와 어떤 질의를 나눠도 당당하고 총명하다는 평가를 받았던 올가였다. 그녀는 저를 향한 높은 평가가 당연했던 사람이었다.

하지만 이 순간, 그녀는 부끄러워서 땅속으로라도 숨고 싶었다.

황녀가 아닌 누이로서, 황족이 아닌 가족으로서의 그녀는 턱없이 부족한 사람이었다. 한번 자각하고 나니, 얼굴이 화끈거렸다.

얄궂지만 이든은 그 반대였다. 그는 올가를 향해 날을 세웠던 원망이 무뎌지는 걸 느꼈다.

이든이 부드럽게 말했다.

"지나간 세월을 탓하려는 건 아닙니다만 왜 그렇게 혼자 오래 계셨습니까? 저나 에피나에겐 누님이 정말 간절했던 시간이었습니다."

"이든……."

"왜 칩거하셨습니까? 솔직하게 말씀해 주세요. 원망하지 않겠습니다."

올가의 푸른 눈이 혼란에 젖었다.

이든의 눈은 진지하고 정직했다. 거짓으로 꾸며내서 대

답하는 순간, 이 정직하고 상냥한 동생을 바보로 만들게 된다.

이든 또한 알베르트처럼 자신을 미워하기 시작한다면 견딜 수 없을 것 같았다.

올가는 물속에서 허우적거리는 사람처럼 숨 가쁘게 말했다.

"내가…… 내가, 가까운 사람을 좀 병적으로 걱정하게 되는…… 그런 병이 있단다……."

"……."

"어떨 때는 그런 것 때문에, 며칠간 한숨도 잠들지 못해. 그래서 나을 때까지는 혼자서 조용히 지내려고 했어. 그게 좋을 것 같아서……."

반쪽짜리 진실이었다.

유디트는 그게 빛 좋은 개살구 같은 변명임을 금방 알아차렸다.

하지만 반쪽짜리여도 진실은 진실이다.

예언의 스티그마는 하필 꿈을 통해 미래를 보여주었다.

올가는 스티그마가 생긴 스물네 살 이후 6년간 단 한 번도 푹 자본 적이 없었다. 꿈이라도 꾼 날에는 실오라기 하나라도 잊지 않으려고 집착적으로 꿈의 내용을 적고 또 적었다. 미친 듯이 꿈을 곱씹으며 똑바로 기억해 내라며 스스로를 채찍질했다.

그런 6년을 보냈다.

"그러다가…… 정신 차려보니 6년이 흘러 있었다. 그렇게 오랜 시간을 궁에서만 보낼 생각은 아니었어."

유디트가 올가를 흘끗 보았다. 그녀의 손은 벌벌 떨리고 있었다.

이든은 안타깝게 누이를 보았다.

"그 정도로 불면증이 심하셨단 말입니까? 왜 진작……."

이든은 몇 마디를 더 이어가려던 걸 관뒀다. 그가 꾹 참으며 말했다.

"아니, 탓하지 않겠습니다. 죄송합니다. 누님께서 그렇게 아프신 줄 알았다면 제가 조금 더 자주 찾아뵐 것을."

이든은 진심으로 안타까웠다.

주목받지 못하는 4황자로서, 그의 눈에 비치는 올가는 언제나 빛나고 다가가기 어려운 누님이었다. 때문에 관계가 끊기고 나니 다가갈 마음이 들지 않았던 것이다.

"지금은 괜찮으신 겁니까? 그래서 궁을 나오신 거지요?"

"……응. 이젠 걱정할 필요 없단다."

"정말 다행입니다."

이든은 남모르는 다짐을 마쳤다. 앞으로는 이세에피나뿐만 아니라 올가 또한 세심하게 찾아와서 돌봐야겠다고.

유디트는 불안한 미소를 짓는 올가가 조금 가여워졌다.

유디트는 제 입으로, 제 손으로 스티그마가 있다는 걸 비올레에게 밝혔다. 하지만 올가는 영원히 그 사실을 감추며 살아가겠지. 이든과 마음의 거리를 좁히지 못한다면 평생 마음을 졸이며 거짓말을 할 테다.

'세상에서 제일 돈 안 되는 짓이 오지랖인데……'

생각은 그렇게 하면서도, 유디트가 입을 열었다.

"이든 전하. 혹시 이후 일정이 어떻게 되십니까?"

"음? 오팔궁에 들른 김에 에피나를 보고 갈 생각인데."

"실은 오늘 황녀 전하께서 로제타 사절단을 맞이하러 가실 예정입니다. 제가 그 에스코트를 하게 되었습니다만……"

유디트는 올가를 힐끔 본 다음 천연덕스럽게 물었다.

"괜찮으시다면 전하께서 에스코트하시는 건 어떠십니까?"

사절단을 맞이하는 만찬장에서라면 적당히 다른 사람과 대화를 나누면서도 형제끼리 어색함 없이 말을 섞을 수 있으리라.

"저는 두 분의 호위로 동행하겠습니다."

"아……"

둘의 거리를 좁히는 건 물론, 두 사람의 신뢰를 함께 살 기회였다.

이든도 올가도 금방 유디트의 의도를 눈치챘다. 두 사람은 서로를 힐끔거렸다. 그러곤…….

"……나는 너만 좋다면……."

"……저도 누님만 좋다면……."

겸연쩍게 시선을 교환했다.

누나와 동생이라기보다는 숙맥 티 나는 연인 사이를 방불케 했다.

셴이 봤다면 분통을 터뜨리며 두부 모서리에 머리를 찍을 광경이었다.

＊　＊　＊

드넓은 대륙의 절반을 차지한 베리타스 제국.

그에 비하면 로제타는 퍽 자그마한 축에 속하는 왕국이었다.

귀중한 지하 광물과 마석의 산지인 만큼 제국과 왕국은 좋은 거래 관계였다.

잊을 만하면 한 번씩 대두되는 침략 전쟁은 빈번히 신전의 강력한 반대로 좌초되었다.

이유는 간단했다.

카르나크 신이 드래곤과 인간의 공존을 반대한 왕국을 쳐부수고 다닐 때, 그를 도왔던 두 마법사가 로제타와 살사노 왕국 출신이었다.

두 왕국은 유일하게 처음부터 용과 공존하는 길을 선택한 국가였다.

카르나크는 로제타와 살사노만을 남겨두고 대륙을 모조리 하나로 만들었다.

때문에 긴 세월이 흐른 지금도, 제국과 왕국은 서로를 형제의 나라로 포장해 주었다.

제국은 대륙의 패자에 걸맞은 자비와 존중을 보였고, 왕국은 체면을 구기지 않는 선에서 비굴한 외교와 적당한 봉납을 이어갔다.

유디트가 기억하는 한, 이 얄팍한 공존은 아주 간단히 깨졌다.

자국민이 살고 있다는 근거로, 로제타는 제국을 향해 영토 반환을 요구했고 제국은 이를 거절했다.

충분히 대화로 풀 수 있을 문제였다. 그러나 제국이 굽힐 이유가 없으며 본때를 보여줘야 한다는 이유로 황제는 전쟁을 인가했다.

전쟁을 수습한 건 2황자였다. 그는 군벌 귀족의 세력을 등에 업고 기사단을 제외한 대부분의 군권을 장악했었다. 하지만 놀랍게도 그는 '외교'로 전쟁을 수습했다.

몇 마디의 말, 몇 번의 사절단이 활약한 끝에 전쟁이 종식됐다.

1년 후 전쟁이 끝났을 때, 황태자의 자리는 2황자의 손

아귀로 떨어졌다. 에드워드는 곧바로 과로로 단명한 황제의 뒤를 이어 황위에 올랐다.

유디트가 살해당한 것도 그즈음이었다.

"루인 공, 다시 뵙게 되어 반갑습니다."

"에드워드 2황자 전하. 몰라보게 자라셨습니다."

"뤼센베르크 때는 크게 신세를 졌습니다. 어떠십니까, 이번 만찬이 끝나면 제 궁에서 특별한 분들만 모셔 식사를 하려는데……."

에드워드는 만찬장을 휘젓다시피 했다. 그는 걸어 다니는 귀족 연감처럼 모르는 이름이 없었다.

로제타 측 사절단과 안면을 트기 위해 어울리지도 않는 미소로 인사를 나누는 꼴이 조급해 보이기까지 했다.

유디트는 혀를 차며 그 모습을 보았다.

'조급할 만도 하지.'

노력하는 2황자와 달리, 올가는 아무것도 안 하고 있었다. 그녀는 만찬장 한가운데에서 가만히 음료로 목을 축이며 서 있을 뿐이었다.

그런데도 올가에게 말을 걸려는 사람은 끊이지 않고 찾아왔다.

로제타 측 사람뿐만 아니라, 제국 귀족들도 긴 칩거를 깨고 나온 황녀에게 뜨거운 관심을 보였다. 어떻게든 제 순서가 찾아오기를 기다리며 올가의 일거수일투족을 바라보고 있었다.

그리고 그 영향은 유디트와 이든에게도 미쳤다.

"만나 뵙게 되어 반갑습니다, 유디트 경. 헤세드의 라한이라 합니다. 보잘것없는 마법 연구를 하고 있습니다."

"……처음 뵙겠습니다."

"라한? 라한 마이스터 교수님?"

"이든 전하. 오랜만에 뵙습니다. 건강하셨습니까?"

"맙소사, 하나도 안 변하셨군요! 이제야 인사드리는 못난 제자를 용서하세요."

"아카데미를 졸업하시던 날 전하의 모든 걸 용서하기로 했지요. 더는 감독해야 할 논문도 없지 않습니까."

"으윽…… 정말 여전하십니다."

심장이 아픈 척 가슴을 부여잡는 이든을 향해 유디트가 눈치껏 물었다.

"이든 전하, 이분께선……?"

"유디트 경. 인사드리게. 이분은 로블드 아카데미에서 나와 기류를 가르쳐 주셨던 분이네."

"기류 단장님을요?"

유디트가 관심을 보이자 자연스레 올가의 시선도 따라왔다.

"헤세드의 라한. 마석을 연구한다고 들었네. 내 기억이 맞는가?"

"예, 그렇사옵니다. 올가 전하, 저를 기억하십니까?"

"물론이네."

"허허, 여전히 총명하시고 아름다우십니다. 기억해 주시다니 감읍할 따름입니다."

분위기는 적당히 무르익었다.

라한은 유디트가 차고 있는 귀걸이에 큰 흥미를 보이며 아다만트에 마법을 담는 연구를 줄줄 읊어댔다.

정작 유디트는 그딴 것보다는 기류의 학창 시절 이야기나 듣고 싶어 뚱하니 맞장구를 치고 있었다.

로제타의 사절단이 먼저 자리를 떠나고 남은 귀족들이 자리를 지키던 바로 그때, 갑자기 쇠붙이 긁히는 소리와 함께 만찬장 문이 열렸다.

"전하!"

수더분한 행색을 한 사내가 황급히 뛰어들어 오며 외쳤다. 그는 흙먼지와 말라붙은 피로 몰골이 엉망이었지만, 기사인 게 분명했다.

유디트 또한 기사였기에 그의 허리에 검이 있다는 것부터 알아보았다.

만찬 중에는 무장이 금지된다. 유디트는 재빨리 황녀와 이든보다 한발 앞서 그들을 보호하듯 등지고 섰다.

2황자 에드워드가 소란을 일으킨 기사에게 화를 냈다.

"이게 무슨 소란이냐! 여기가 감히 어디라고!"

"제발 들어주십시오, 베르크스발 급보입니다!"

뒤늦게 사내를 따라온 병사들이 새파랗게 질린 채 그를 끌어내려 했다.

그러나 그들보다 사내가 빨랐다.

순식간이었다. 사내는 허리춤에 묶어둔 서간 두루마리를 힘껏 내던졌다. 종이로 된 끈이 끊어지며, 돌돌 말려 있던 긴 양피지 두루마리가 만찬장 바닥에 그림처럼 펼쳐졌다.

'갈색 염료로 쓰인 글자?'

아니다. 피가 마른 흔적이다.

혈서(血書)였다.

"베르크스 변경백이 가신과 식솔을 모조리 지하에 가두고, 보호해야 할 영지민을 모두 성 밖으로 쫓아냈습니다! 그뿐만이 아니라 무의미한 소모전을 명령하고, 허공에 삿대질을 반복하며 완전히 실성했습니다. 변경백은…… 변경백은, 완전히 미쳤습니다!"

베르크스에서 달려온 기사는 참혹한 고향 소식을 알리며 울부짖었다.

"이에 베르크스 군단장, 아론 히사나이오트의 탄원서를 전달하옵니다! 지고하신 황실이시여, 부디 변경백의 해임을 명하여주시옵소서!"

데굴데굴 구르던 두루마리가 유디트의 발끝에서 멈췄다.

겁에 질린 귀족들의 얼굴에 경악이 서렸다.

그러나 유디트는, 유디트만은 냉정하게 그 광경을 눈에 담을 뿐이었다. 베르크스의 병사가 이마를 찧으며 울부짖는 그 광경을.

"이토록 간청드리옵니다!"

베르크스 수성전(守城戰).

역대 최악의 방어전이라 불리는 마수전이 벌어질 차례였다.

※　✳　※

2황자는 엉망이 된 축하 만찬 분위기 때문에 분노를 터뜨렸다.

유디트는 그의 얼굴이 잔인해지는 걸 보았다.

"끌어내라. 장소 분별 못 하고 마음대로 지껄이는 행동이란 죄악임을 모르는 자군."

군단장의 탄원서를 전달한 베르크스의 기사는 그대로 끌려갔다. 2황자는 그의 혀를 자르도록 명령했다.

만찬은 그대로 중지됐다.

긴급회의가 소집됐다. 유디트는 참여할 자격이 없었으나 올가와 이든의 부름으로 동석하게 됐다.

2황자는 유디트를 못마땅하게 봤으나 별다른 제지는 없

었다.

그로부터 한 시간 후, 익숙한 면면이 차례대로 회의장에 도착했다.

3황자 윌리엄은 건강이 좋지 않아 불참했다. 반면 1황자는 몸소 황제 대행으로서 행차했다.

기류는 데상과 함께 황급히 회의장으로 들어섰다.

반대로 제르멜은 여유를 잃지 않는 느긋한 걸음걸이였다.

마지막으로 슬그머니 나타난 셴이 회의장 문을 닫았다.

두루마리에 적혀 있는 혈서 내용은 참혹했다. 마수 습격으로 갈수록 피폐해지는 영지민의 생활. 고갈되어 가는 식료품.

가장 암울한 건 그들을 이끌어야 하는 변경백이 실성하여 영지민을 마수 밥으로 내던졌다는 내용이었다.

"올해 가을부터 베르크스에서 지원 요청이 왔습니다. 기사단에서도 지원군을 보냈지만, 하나같이 관문을 통과하지 못하고 돌아왔습니다."

"관문을 통과하지 못했다?"

"아무리 식별기를 흔들고 통행 증서를 보여줘도 안쪽에서 열어주지 않았습니다."

데상이 떨리는 목소리로 말했다.

"이 내용을 읽어보니 우연이 아니라, 변경백이 명령으로 모든 출입을 막은 듯합니다."

1황자 알베르트가 불편한 얼굴을 했다.

관문의 수호는 지역 병사가 응당 해내야 할 임무다. 그 업무가 마비되었다니.

'무슨 생각인가, 변경백.'

알베르트가 초조하게 입술을 물어뜯었다.

1황자 알베르트는 베르크스 변경백에게 마음의 빚이 있었다. 다른 말로 하면 죄책감이었다.

한때, 그를 지지하던 가장 큰 세력 중 하나였던 베르크스 변경백은 직접 약혼녀로 제 딸을 내밀기까지 했다.

그러나 약혼자였던 유리아나 베르크스가 카드스마 후작령에서 괴한의 칼을 맞고 목숨을 잃었다.

변경백은 커다란 충격을 받았고 조금씩 실성하기 시작했다.

암암리에 소문이 돌았다. 변경백이 황족과 황가를 저주하며 욕한다는 소문.

알베르트는 지금껏 그걸 덮고 넘어갔다.

자식 잃은 아비의 마음을 치죄해서 무엇 하는가. 유리아나는 알베르트에게도 아픈 가시였다.

알베르트는 황족이라면 언제고 의연해야 한다고 생각했다. 그래서 그는 약혼자를 잃은 슬픔을 애써 숨기고 태연한 척했다.

그 냉혈한 단면을 보고, 베르크스 변경백은 저를 증오했을지도 모른다.

알베르트가 입술을 꽉 물었다. 그때 죄책감 하나는 기가 막히게 후벼 파는 나른한 목소리가 들렸다.

제르멜이었다.

"기사단의 가장 큰 전력을 투입하시지요."

"가장 큰 전력?"

"회의장을 둘러보십시오, 전하."

제르멜이 깍지를 끼며 대답했다.

"베르크스에서 어떤 사달이 나더라도 해결할 수 있는 능력자들이 모여 있지 않습니까."

"……에테르 마스터를 이야기하는 건가?"

1황자가 홀린 사람처럼 물었다.

"예. 베르크스는 마수의 땅과 맞닿은 경계령입니다. 방어선이 무너지면 그 여파는 수도까지 미치게 됩니다."

"……비약이 심하십니다, 제르멜?"

"소수의 핵심 인력을 보내는 겁니다. 기꺼이 흑기사와 함께 저 또한 베르크스로 내려가겠습니다."

제르멜은 셴의 말을 그대로 무시하며 1황자만을 바라보았다.

"물론, 저따위가 가장 큰 전력이 될 수는 없겠지요. 시국이 이러하니, 난국을 타파하는 가장 유명한 이름이 나와야 하지 않겠습니까."

붉은 눈이 기류와 유디트를 향했다.

"제국의 에테르 마스터가 셋이나 함께한다면 충분히 베르크스를 진정시킬 수 있을 겁니다."

"……."

"전하께서 올바른 판단을 내리실 거라 믿습니다. 변경백을 해임하시고 도탄에 빠진 서부를 구원하소서."

유혹적인 말에 알베르트의 눈이 심하게 흔들렸다.

유디트의 호박색 눈은 제르멜의 시선을 피하기는커녕 팽팽히 맞서 노려보았다.

그리고 제르멜을 노려보는 시선이 하나 더 있었다.

바로 여태껏 조용히 있었던, 2황자 에드워드였다.

❋　✳　❋

에테르 마스터의 베르크스 급파가 결정됐다. 초조한 1황자는 즉시 출발하도록 명령을 내렸고, 꽤 급하게 결정된 행군이었다.

유디트는 먼저 오팔궁에 들렀다.

올가는 이세에피나를 혼자 남겨두었다며 부리나케 돌아와 있었다.

유디트는 그녀가 말을 꺼내기 전에 선수를 쳤다.

"걱정하지 마십시오. 더는 오브가 깨지지 않도록 지켜내 겠습니다."

북쪽의 기슬란과 동쪽의 호베스티얀 오브가 깨졌다. 남은 건 서쪽과 남쪽의 오브뿐.

올가는 눈에 띄게 안도하며 고개를 끄덕였다. 그녀는 유디트의 손을 꼭 잡으며 말했다.

"부탁하겠다. 내가 인복이 부족하여 경에게는 빈번히 커다란 신세를 지는구나."

"황족이 황실 기사에게 신세를 진다고 표현하시면 안 되지요."

유디트는 나긋하게 웃으며 인사를 마치고 내실을 빠져나왔다. 문밖에는 이미 찾아가려 했던 사람이 기다리고 있었다.

"비올레."

"유디트, 소식 들었어. 너……."

"울상 짓지 마. 누가 죽으러 가?"

"그래도 걱정되니까 그렇지!"

비올레가 왈칵, 눈물처럼 화를 터뜨렸다.

"많이 놀랐구나? 그래도 걱정하지 마. 베르크스는 한 번 다녀온 적이 있었거든. 무슨 의민지 알지?"

"……하. 이럴 땐 다행이라고 말해야 하는 건지……."

"다행인 거지. 그리고 내 실력 몰라서 이래? 오랜만에 한판 붙어볼래? 그 정도 시간은 나는데?"

유디트가 일부러 잘난 체하자, 비올레는 그녀의 팔을 찰싹 때렸다.

하지만 한편으로는 웃음도 났다. 말마따나 유디트의 실력은 최고니까.

"그보다 내 말 잘 들어."

유디트는 비올레에게 몇 가지 충고를 아끼지 않았다.

충고가 끝나자, 비올레는 믿기지 않는다는 듯 고개를 틀었다.

"암살자라니…… 설마 진짜 그런 일이 생길까?"

"생길 수도 있으니까 하는 소리야. 절대 방심해선 안 돼."

유디트는 만약의 사태가 벌어지면 무조건 이세에피나 황녀를 데리고 도망치라고 경고했다.

비올레는 차라리 싸우는 쪽을 선택하고 싶은 눈치였지만, 유디트는 완강히 반대했다.

2황자가 이세에피나를 죽이려 든다면 절대 보통 사람들을 보내지는 않을 것이다. 용의 피를 사용한 습격자를 보낼 수도 있다.

결국, 비올레가 순순히 약속했다.

"알겠어. 도망칠게."

"그래. 그리고……."

유디트는 망설이다가 말했다.

"칼리파를 부탁해. 무슨 소린지 알지?"

"그건 맡겨둬. 절대 혼자 두지 않을 거야."

칼리파는 며칠 내로 임무를 끝내고 돌아온다. 청기사직을 받아들일 수밖에 없는 그녀이니, 곧 오팔궁으로 들어오리라.

비올레라면 칼리파를 믿고 맡길 수 있다. 그녀는 칼리파를 내버려 둘 사람이 아니다. 칼리파가 스스로 목숨을 끊는 걸 보고만 있을 위인이던가.

유디트는 새삼 마음이 든든해졌다.

비올레는 검사로서는 범재다.

하지만 황실 기사가 될 만큼의 실력이 있었고, 뭣보다 사람 간의 관계를 매끄럽게 해주는 힘이 있었다.

말하자면 그녀는 조직을 매끄럽게 돌아가도록 하는 윤활유 같은 존재였다. 그런 존재는 단순히 검술 능력만으로 가치를 판단할 수 없다.

과거 유디트는 약한 사람은 기사가 되면 안 된다고 생각했다. 하지만 지금에 와선 그게 얼마나 좁은 시야로 내린 판단인지 통감했다. 사람이 가진 고유의 가치는 모두 다른 건만.

"다녀올게."

짧은 인사를 마쳤다.

유디트는 짐을 챙겨 기사단 본부로 향했다.

기류는 그녀가 베르크스에 가본 적 있다는 말에 적잖게 놀랐지만, 한편으로 크게 안도했다.

"옷 따뜻하게 챙겼지? 혹시 잊은 거 있으면 말해. 백작가에 사람을 보내서 짐 가져올 거거든."

"제가 열두 살배기 어린아이도 아닌걸요."

그래도 걱정과 애정 어린 시선은 기분 좋았다.

몇 시간 후 유디트는 말에 올랐다.

의외의 얼굴을 발견하고 그녀가 고개를 갸웃거렸다.

"데샹 경도 가십니까?"

"제가 서류만 보는 사람인 줄 아셨다면 오산입니다?"

"왜 그렇게 삐딱하게 말하고 그러냐?"

"원래 말투예요. 원래 말투가 이따위라고요."

말마따나 삐죽삐죽 튀어나온 가시 같은 말투였지만, 유디트는 크게 신경 쓰지 않았다. 이미 병동에서 그와 함께 지내며 익숙해진 덕분이었다.

"출발한다."

베르크스까지는 쉴 새 없이 말을 달려 사흘이 걸린다. 소수이지만 그래도 행군이니, 날씨에 따라선 닷새까지 걸린다.

유디트는 두 자루의 검을 찬 채 수도를 벗어났다. 기류와 데샹, 그리고 저편에서 제르멜이 베르크스로 향했다.

베르디를 벗어난 지 얼마 후. 유디트는 까만 점이 된 수도를 돌아보았다.

저 먼 곳에서 하얗게 반짝이는 건물 하나가 있었다. 신전이었다. 황궁보다도 높은 곳에서 그들을 지켜보듯 고고히 빛나는 게 허락된 유일한 건물.

"유디트 경? 왜 그래?"

"······아닙니다. 가시죠."

유디트는 애써 불안을 털어버리고 말 머리를 돌렸다.

✻　✳　✻

유디트가 떠난 뒤, 황녀 궁에 남은 비올레는 초조해 보이는 올가를 열심히 위로했다.

"너무 걱정하지 마세요, 황녀 전하. 유디트의 실력은 제가 보증합니다. 누가 뭐래도 용을 때려잡은 사람인걸요."

"······그래. 실력이 뛰어나다는 건 나도 알고 있단다."

차마 함께 기슬란 성까지 잠행했던 이야기는 꺼낼 수 없기에, 올가는 얌전히 고개를 끄덕였다. 그럼에도 불안한 마음은 쉽게 가시지 않았다.

올가는 이세에피나의 머리카락을 살살 쓰다듬으며 마음을 달랬다.

여전히 정신을 차리지 못한 막내는 유독 창백했다.

'가엾게도……'

이세에피나를 찾아오는 사람은 이든뿐이었다. 걱정하는 이도 그 하나였다.

올가는 칩거를 깨고 나오자, 다시 들어가기를 바라는 동생들의 눈초리를 떠올렸다.

'언제부터 황가가 이렇게 삭막한 곳이 되었단 말인가.'

피는 물보다 진하다는 말이 당연했던 시절이 있었다. 모두가 행복하게 잘 살았습니다, 라는 동화 속 이야기가 익숙하고 내 일처럼 느껴졌던 때가 있었건만.

"……미안하다. 내가 부족해서, 너를 더 신경 써야 했는데……"

눈을 뜨면 이세에피나조차 저를 경멸스럽다는 듯 보는 게 아닐까.

올가는 침대에 몸을 기댄 채 고개를 푹 숙였다.

해가 뉘엿뉘엿 저물기 시작했다. 창문 너머 하늘이 그을린 종이처럼 옅은 세피아빛으로 물들었다.

올가는 깜빡 잠이 들었다. 그리고 얼마 후, 그녀가 눈을 뜨기 무섭게 소리 질렀다.

"타티아나! 타티아나! 거기 아무도 없느냐!"

사색이 된 올가가 이세에피나의 침실을 뛰쳐나왔다. 그러곤 난간을 붙잡은 채 목이 터져라 외쳤다.

"타티아나!"

"황, 황녀 전하?!"

"누님?"

때마침 오팔궁에 들른 이든이 귀신 들린 사람처럼 울부 짖는 올가를 보고 눈을 크게 떴다.

놀란 건 비올레도 마찬가지였다. 여태껏 차분한 모습만 보였던 올가가 정신없이 계단을 오르며 시종의 이름을 부르고 있었다.

"타티아나! 셴을 불러와라! 그에게 가야 할 곳이 있다고 전해다오!"

올가는 발작처럼 외친 다음, 아무 펜이나 뽑아 들고 정신없이 꿈의 내용을 적어 나갔다.

그녀의 등에 새겨진 예언의 스티그마가 불길하게 빛나고 있었다.

＊　＊　＊

행군은 생각만큼 고되진 않았다. 유디트는 말을 탄 덕분에 체력을 온존할 수 있었다.

"서부는 확실히 춥군요. 얼마나 남았나요?"

"조금만 더 견뎌봐. 우선 베르크스 경계령에 도착하면 가까운 마을에서 야영할 거야."

기류의 말에 유디트가 고개를 끄덕였다.

그러나 베르크스 경계령으로 향하는 동안, 그들의 얼굴은 점점 굳기만 했다. 도착한 마을이 죄다 쑥대밭이었다.

종종 발견한 사람의 흔적은 참혹했다. 도적 떼를 만나 약탈당한 뒤 살해당한 시신이 몇 구나 뒹굴고 있었다.

시신을 수습하느라 행군은 몇 번 멈춰 섰다. 그 때문에 베르크스 관문에 도착한 건 한밤중이었다.

"이게……."

대체 무슨 일인가. 데샹은 차마 뒷말을 잇지 못하고 입을 다물었다.

굳게 닫혀 있어야 할, 닫혀 있다고 전해 들은 관문은 반쯤 허물어져 있었다.

"마수의 흔적이로군."

제르멜은 엊그제 날씨라도 읊는 사람처럼 가볍게 말했다.

"……계획을 변경해야겠어. 세 시간 동안 휴식을 취한 다음 행군을 재개한다."

기류가 계획을 바꿨다. 베르크스 본성까지의 강행군이 확정되는 순간이었다.

유디트는 잠부터 자자는 생각에 침낭을 깔고 그대로 드러누웠다. 그러자 데샹이 혀를 차더니 다가왔다.

"바닥 이슬 차가운 줄 모르고 드러누우십니까."

그는 조약돌을 툭 던지듯 눈앞에 화염석을 떨궜다. 유디트는 주황색으로 빛나는 화염석을 보다가 웃으며 말했다.

"전 괜찮은데요?"

"뭐가 괜찮습니까? 정들면 고향이고 병 들면 고생입니다. 이건 진리예요."

잔소리인지 걱정인지. 돈 안 되는 오지랖이라고 하기엔 묘하게 정나미 있는 태도라 유디트는 그냥 웃었다.

머리를 바닥에 붙인 유디트는 이곳저곳 돌아다니기 시작한 데샹이 의외로 육체파라는 점에서 놀랐다. 그는 지친 기색 하나 없이 휴식 중인 기사들에게 애정 어린 잔소리를 퍼부었다.

"거기! 바닥에 떨어진 거 먹지 말아요! ……3초 룰 같은 소리 하고 있네! 절대 안 돼! 그리고 그건 뭡니까? 장난해요? 아무 버섯이나 주워 먹지 말란 말이야!"

데샹은 독버섯을 끓여 먹으려고 했던 멍청이들을 구원하며 부지런히 돌아다녔다.

그로부터 세 시간이 흘렀다. 앞서 정찰하러 다녀온 흑기사가 정보를 물어 왔다.

"보호 기지에서 온 정보요?"

"응. 아론 군단장이 임시로 보호 기지를 만들었던 모양이야. 인근 마을의 피난민과 이탈병을 모았다는군."

아론이라면 베르크스 변경백의 해임안을 적어 보낸 사람이었다.

유디트로서는 생소한 이름이었다.

'이 시기에는 생존해 있었던 사람인 걸까.'

흑기사가 보호 기지와 연락이 닿아 물어 온 정보는 단순하지만 중요했다.

한때 8만 명을 수용했던 베르크스 성이지만, 지금 남아 있는 건 그 절반도 채 되지 않는다는 정보.

베르크스 변경백이 실성하여 제 가족을 산 채로 가둔 이후 몇 차례의 몬스터 웨이브가 있었다고 한다.

몬스터 웨이브란 마수가 전조 없이 폭주하는 시기로, 상급 마수는 하급 마수를 이유 없이 학살하거나 공격했다. 이 영향으로 하급 마수는 터전을 잃고 식량 부족을 겪는데, 급격한 환경 변화를 겪은 탓인지 마수들은 인간의 영역을 넘보며 영역을 확장하려 들었다. 물밀 듯이 밀려오는 그 기세가 파도 같다 하여 붙여진 이름이다.

이른바 대규모 마수 습격.

사상자와 이탈자가 나오는 건 당연지사다. 아론 군단장은 변경백이 쫓아낸 병사와 그 가족을 급히 수습했다. 나아가 보호 기지를 세우고, 해임안을 건의해서 현재에 이르렀다는 말이었다.

'성내는 당연히 개판이겠네.'

유디트는 암울했던 수성전 당시를 떠올렸다.

베르크스 수성전은 여러모로 잊지 못할 기억이다.

당시, 피폐하다 못해 절망적이었던 성내 분위기는 강렬했다.

화살이 떨어지자 활대로 마수를 후려치던 병사들의 모습에선 생을 향한 집착마저 느껴졌었다.

'기류를 베르크스에서 처음 봤을 땐, 장소에 안 어울리는 사람이라고 생각했는데.'

며칠 채 씻지도 못하고 꼬질꼬질했던 유디트의 눈에는 처음 본 기류가 꽤 멀끔하고 번지르르한 사내로 보였었다.

"보호 기지가 있다는 건 다행이네요. 적어도 베르크스 성의 내부 상황을 아는 사람들이 살아 있단 거니까."

"맞아. 본성 진압이 끝나면 언제든지 합류하겠다는군. 그리고 말이 나와서 말인데."

기류가 살며시 주변을 둘러본 다음 속삭였다.

"몬스터 웨이브에 대한 우려도 적혀 있어. 베르크스 성에 진입하면 경은 가장 먼저 오브를 확인해 줘. 위치는 알지?"

"안 그래도 황녀 전하께서도 그 점을 걱정하고 계셨어요."

유디트가 냉큼 고개를 끄덕였다.

동틀 무렵, 베르크스에 들어선 유디트는 잿빛에 먹힌 것 같은 협곡을 한눈에 담았다.

베르크스 성은 독특한 지형 구조를 염두에 두고 건축

한 성이었다. 바깥으로는 침입을 막기 위한 방벽을 세웠고, 안쪽으로는 마수가 영지까지 넘어오지 못하도록 협곡을 끼고 있었다.

덕분에 안쪽에서든 바깥쪽에서든 성으로 가는 방법이라곤 하나였다. 거대한 협곡을 가로지르는 도개교를 건너는 것.

즉……

"문제는 도개교인데, 어떡한다."

기류가 난처한 얼굴로 멈춰 섰다. 여기까지 오는 내내 고민해 봤으나 역시 뾰족한 수가 없었다.

'미치겠군. 1황자가 닦달하지만 않았더라면 이렇게 대책도 없이 출발할 일도 없었을 텐데.'

협곡을 낀 베르크스 성은 섬처럼 고립되어 있다.

다리가 없으면 건너갈 수 없는 곳이었다.

'도개교를 올린 건 아마 변경백이겠지.'

성으로 가는 유일한 방법이 막히자 자연스레 행군도 멈췄다.

급히 적기사단의 상급 기사들이 방법을 짜내는 사이, 유디트는 혼자서 빠져나왔다.

그녀는 가만히 팔짱을 낀 채 협곡 저편을 꼬나보았다.

객관적으로 보자면 난처한 상황이었다. 회군은 쉽게 결정할 수 없고, 협곡을 돌아서 가자니 이틀은 더 걸리는 거리였으니까.

하지만 유디트는 왠지 모르게 여유로워 보였다. 지켜보던 데샹은 그 모습이 퍽 신기했다. 신입 기사를 벗어난 지 얼마 안 된 사람에게서 느껴지는 이 어마어마한 관록이란, 대체 뭐람?

"경은 어째 태연합니다?"

"그럴 리가요. 걱정이 태산입니다."

"그렇게 안 보이는데요?"

"제가 워낙 표정 관리에 능해서요. 덕분에 도박의 황제로 불립니다. 그나저나 남는 땔감 좀 있으십니까?"

유디트가 능숙하게 말을 돌렸다.

"땔감이요?"

"추워서요. 기다리는 동안 불이나 좀 쬐려고 합니다."

데샹은 갸웃거리면서도 순순히 남는 땔감을 넘겨주었다.

유디트는 땔감을 쌓아두고도 마른 나뭇가지와 굴러다니는 잡초를 열심히 모았다. 그리고 어수선해진 틈을 타, 일정한 거리를 두고 모닥불 네 개를 일 열로 피웠다.

'암호 체계가 여전하다면 이걸로 해결할 수 있어.'

곧 까만 연기 네 줄기가 하늘 위로 피어올랐다.

삼십 분쯤 흘렀을까. 기류가 결론을 내리고 상황을 정리했다.

"흑기사단과 이야기해 보고 결정하지. 보호 기지에 파

발을 보내서 협력을 구하거나, 그쪽으로 합류하는 것
도……."

"기, 아니, 단장님!"

데샹이 입을 떡 벌리고 그를 향해 소리쳤다.

"도개교가 내려오고 있습니다!"

"뭐?"

기류가 눈을 크게 뜬 채, 데샹이 가리키는 손가락 끝 너
머를 보았다. 굳게 올라가 있던 도개교가 천천히 내려오고
있었다. 열 사람이 일 열 횡대로 건너도 너끈히 버틸 만큼
튼튼한 다리였다.

도개교의 끄트머리가 바닥에 닿는 순간 묵직한 진동이
땅을 울렸다. 그 바람에 하늘 저편까지 뻗어 나가던 검은
연기가 울렁거렸다.

기류는 물론, 모든 병사가 입을 떡 벌린 순간이었다.

"운이 좋네요. 누가 신호라도 보냈나?"

유디트가 모닥불 앞에서 일어났다. 그녀는 태연하게 장
갑 낀 손으로 바지에 묻은 흙을 털며 말했다.

"어서 건너죠. 혹시 모르잖아요. 30분 뒤에 다리가 올라
가 버릴지."

그러곤 미련 없이 불씨를 팍팍 밟으며 꺼뜨렸다.

기류와 데샹은 귀신에 홀린 사람처럼 서로를 보다가 허
겁지겁 행군을 재개했다.

협곡을 넘으니 그 후는 쉬웠다. 멀리서도 잘 보이는 기사단과 황가의 깃발 때문인지, 성문을 열지는 않을지언정 공격은 없었다.

다만 황명을 받들어 문을 열라는 외침에도 성문은 굳게 닫혀 있었다.

이 또한 유디트가 예상했던 바였으나, 상황은 그녀가 생각했던 것과는 전혀 다르게 흘러갔다. 제르멜이 굳게 닫힌 성문을 통째로 날려 버린 것이다.

"저 미친놈이! 야!"

기류가 오랜만에 기겁하며 욕지거리를 내뱉었다.

"1황자가 내린 명령이라지만, 황제 대리였으므로 엄연히 황명이다."

제르멜이 태연히 답하며 검을 집어넣었다.

유디트는 얼굴을 사정없이 구겼다.

'……무식한 새끼.'

한때, 그 무식한 점이 저와 잘 맞는다 생각했던 그녀가 혀를 찼다.

베르크스 성내 진압은 순조롭게 진행됐다.

병사들은 오랜 성내 생활에 지쳤는지 쉽게 투항했다. 겁에 질린 몇몇 병사가 보급대의 봉화 암호를 어떻게 알아냈냐며 고래고래 소리를 질렀으나 유디트는 대답하지 않았다.

그녀는 저항하는 자를 무장해제시킨 다음 가볍게 포박했다.

몇몇 사람은 변경백을 감싸며 농성에 들어갔다.

안타까운 피가 흐른 다음 날 오후. 변경백은 흑기사에게 양팔을 구속당한 채 끌려왔다. 그는 마흔일곱이라는 나이에 맞지 않게 이미 머리카락이 하얗게 세어 있었다.

"유리아나의 목숨값을 갚기 전까지 순순히 죽을 것 같으냐!"

끌려온 변경백은 핏발 선 눈을 하고 외쳤다.

"알베르트에게, 황실의 그 더러운 핏줄에 죗값을 물을 것이다!"

"그러시든지."

제르멜은 모두가 보는 앞에서 형식적으로나마 변경백의 지위에서 해임한다는 황명을 읊었다. 그리고 임무를 완수했다는 증거로 그의 양쪽 귀를 잘랐다.

섬뜩한 비명이 성내를 할퀴고 지나갔다.

"네 딸은 운이 좋군. 연좌제로 처벌당하기 전에 이미 뒈졌으니."

기류는 제르멜이 미소 짓는 걸 두 눈으로 똑똑히 보았다.

'……인성 파탄자 새끼.'

변경백은 그대로 하옥되었다.

표면적인 임무는 그렇게 무사히 일단락되는 것처럼 보였다.

*　＊　*

제르멜은 가만히 유디트를 응시했다. 그녀는 기류와 마주 본 채 이야기를 나누고 있었다.

유디트를 관찰하는 제르멜의 머릿속에는 오직 한 가지 의문만이 떠돌아다니고 있었다.

'어떻게 알았지?'

출발 직전, 1황자는 제르멜을 은밀히 불렀다. 그는 베르크스 변경백에게 직접 전해 들었다는 도개교의 봉화 암호를 몇 가지 일러주며 명령했다.

그의 명령은 하나였다.

변경백을 피신시킬 것. 하다못해 목숨만이라도 건질 수 있게 적기사단보다 먼저 움직일 것.

죄책감 좀 덜어보겠답시고 베르크스를 쑥대밭으로 만든 놈을 도피시켜 달라는 황자도 황자지만, 그보다 더 신경 쓰이는 건 유디트였다.

'봉화 암호를 어떻게 알고 있었던 거지?'

제르멜은 이미 한차례 그녀의 뒷조사를 마쳤다.

명목상은 청문회 때문이었지만, 실은 한심한 에드워드

의 계획을 모조리 망친 기사라 흥미가 있었다.

직접 알아봤으니 틀림없다. 유디트는 베르크스에 연고는커녕 들른 적조차 없다.

그렇다면……?

'……역시 스티그마를 통해 알아낸 건가.'

제르멜은 그녀를 뒷조사하며 뜻밖의 사실을 알게 됐다.

신입 기사 테스트 날, 유디트를 치료했던 신관이 스티그마의 징조를 기억한다며 증언했기 때문이다.

정말 그녀가 스티그마를 가지고 있다면. 그리고 그게 제가 찾는 스티그마라면…….

'그보다 더 좋을 수는 없지.'

칼리파가 베르디에서 돌아올 시기다. 베르디의 길목에는 이미 덫을 쳐놨으니 문제없이 일이 진행되리라.

베르크스에는 곧 대규모 마수 습격까지 예고된 상황.

제르멜의 시선이 유유히 헤엄치는 상어처럼 움직였다.

유디트에 이어 데샹을 바라본 그는 다음 먹잇감을 결정한 배부른 짐승처럼 웃으며 자리를 벗어났다.

변경백이 흘린 핏자국이 그의 구둣발 아래에서 지저분하게 번졌다.

베르크스 변경백의 해임 소식에 아론 히사나이오트 군단장은 한걸음에 본성까지 달려왔다.

유디트는 태어나서 그렇게 키가 큰 여자를 처음 보았다. 어림잡아 봐도 자신보다 족히 세 뼘은 더 큰 것 같은 키였다. 짙은 연갈색 머리는 사자 갈기처럼 풍성했다.

그녀가 바로 장장 이십오 년간 베르크스에서 기사를 이끌어온 명장이었다.

"만나서 반갑네. 그러니까, 이름이 뭐라고 했더라? 슈디트?"

"유디트입니다."

아론의 건틀렛과 검집이 부딪치니 절그럭거리는 소리가 요란했다.

"그렇군. 만나서 반갑네, 쥬디크 경."

"유디트라고 말씀드렸습니다."

"아론 히사나이오트라고 하네. 편하게 아론이라 부르게. 류디트 경."

유디트는 이 마흔 살이 넘은 호걸에게서 레이먼의 향기를 느꼈다. 따라서 쓸데없이 기운을 빼느니 입을 다무는 게 낫겠다는 판단을 마쳤다.

분위기가 누그러진 건 잠시였다. 한 걸음 물러난 아론은 고개를 숙였다.

"베르크스 서부인으로서, 황실의 용단에 깊이 감사하는 바일세."

"아론 단장님. 고개를 들어주십시오."

"그럴 수 없네."

"군단장께서는 군단장이 응당 해야 하는 일을 하셨고, 황실은 황실이 당연히 해야 하는 결단을 내렸을 뿐입니다."

기류가 차분히 말했다.

"서로 당연한 일을 했으니 감사도 사과도 필요 없습니다. 개인적으로는 서부의 갈색 사자를 뵙게 되어 영광입니다."

그 말에 겨우 아론이 고개를 들었다. 그녀의 얼굴이 민망함에 헛웃음을 흘리고 있었다.

"아주 오래된 별명이로군."

"시간이 지나도 잊힐 수 없는 무용은 신화가 되곤 합니다."

기류는 딱 거기까지만 말했다.

아이러니하지만 아론이 서부에서 모르는 사람이 없을 정도로 유명해진 건, 베르크스 변경백 덕분이었다. 예전의 변경백은 지금과는 다른 사람이었다. 그는 아론의 신분과 성별, 나이와 출신을 모두 보지 않았다.

오직 능력만을 보고 병사를 맡겼던 상대. 서로의 신뢰가 얼마나 굳건했을지는 불 보듯 뻔한 일이다.

유디트의 시선이 아론의 건틀렛으로 향했다.

아론은 손가락 하나가 없었다. 유디트는 혈서를 쓴 피가 어디서 나왔는지를 깨닫게 됐다.

"······한데, 미르히가 보이질 않는군. 혹시 탄원서를 전달한 병사는 함께 오지 않은 건가?"

"······."

기류와 유디트의 얼굴이 동시에 굳었다. 그건 그 어떤 말보다도 빠른 대답이었다.

아론의 눈가가 파르르 떨렸다.

"죽은 건가?"

"······아닙니다. 다만······."

베르크스를 구하기 위해 탄원서를 맡긴 부하다. 보통 신뢰하는 사람이 아니었을 테다.

그런 상대의 혀가 잘렸으니, 아론의 마음이 편치 않을 게 분명했다.

아론은 흥보에 자기 혀가 잘린 사람처럼 슬픈 얼굴을 했다.

"유감입니다."

"······아닐세. 알려주어서 고맙군."

아론은 씁쓸한 얼굴로 인사를 받았다.

그녀는 주먹을 꾹 쥔 채, 기사단 모두가 들을 수 있을 만한 목소리로 외쳤다.

"베르크스의 군단장으로서, 서부인으로서 기사단에 감사드립니다. 서부는 쉽게 무너지지 않을 것이라 약속드리는 바입니다."

군단장은 짧은 인사를 마치고 생존자 확인에 나섰다.

성질 급한 서부 사람답게, 아론은 부탁받은 탈영병의 사돈의 팔촌까지 생존 소식을 전해주느라 바빴다. 덕분에 유디트는 그녀를 따라다니며 기억을 되살릴 수 있었다.

✳ ✴ ✳

유디트는 베르크스 성 내부 구조를 아주 세밀하게 익혔다.

오브가 있는 장소도 파악을 마쳤다.

'여기였군. 오브가 있는 곳.'

올가가 알려준 대로였다. 남쪽 본성 첨탑의 가장 높은 곳.

나선형 계단을 올라가니 드래곤 석상이 놓인 제단이 있었다.

제단 모양은 북부 기슬란과 똑같았으나, 바닥에 원형 마법진 흔적이 있었다. 푸른빛이 일렁이는 걸 보아하니 억제력을 증폭시키는 마법이 발동 중인 모양이었다.

'오브는 무사해.'

다행히 동그란 보주(寶珠)는 금 간 곳 하나 없이 멀쩡했다. 무지갯빛 오브는 영롱하게 빛나고 있었다.

칩거를 관둔 올가라면 조만간 베르크스에 와서 오브를 회수할 수 있으리라.

다만 그때까지 이 오브가 깨지지 않도록 어떻게 보호하

느냐가 문제였다.

그녀는 최소 세 시간에 한 번은 오브를 확인하기로 했다. 그리고 너무 불안한 상상으로 스스로를 몰아가지 말자고 마음을 다스렸다.

기류가 그녀를 돕듯 묘안을 내 불안을 달랬다.

"오브의 감시는 데샹에게 맡기지. 이럴 땐 데샹만큼 믿음직한 사람이 없거든."

"그래도 괜찮은 건가요?"

"나도 오브가 신경 쓰이던 참이었어. 그리고……."

기류는 잠시 고민했지만, 그녀에게라면 말해도 괜찮겠다는 판단을 내렸다.

"여차하면 그 녀석이 가지고 있는 전지의 스티그마가 큰 도움이 될 거야."

"예?"

유디트가 입을 벌렸다.

스티그마라고?

데샹 경이 스티그마를 가지고 있었단 말인가?

"말하자면, 탐정 같은 능력이거든? 물건이나 장소에 새겨진 흔적을 읽을 수 있는 그런 능력."

"……몰랐네요. 그런 능력이 있는 줄은……."

그렇게 자주 얼굴을 맞댔건만.

유디트는 데샹에게 스티그마가 있다는 걸 오늘 처음 알

았다.

"모를 만도 하지. 데샹도 딱히 숨기진 않지만 밝히지도 않으니까."

데샹과 저택에서 함께 자란 기류는 스티그마가 국난(國難)의 상징이란 걸 아주 어릴 적에 알았다.

때문에 다른 사람에게는 발설하지 않는 게 좋겠다는 것도 어린 시절 이미 깨달은 바였다.

하지만 유디트에겐 말해도 괜찮으리라. 기류가 유디트의 목을 흘끗 바라보았다.

"짧은 예지 능력도 생긴다든가, 그럴 거야. 혹시 스티그마에 대해 궁금한 게 생기면 데샹에게 물어보고. 내가 말했다고 하면 이래저래 알려줄 거야. 툴툴대면서 챙겨주는 그런 애니까, 알지?"

"네. 알죠, 그건."

유디트는 독버섯을 끓여 먹을 뻔한 기사들에게 잔소리를 퍼붓던 데샹의 옆모습을 떠올리며 고개를 끄덕였다.

때마침 헤일리가 성내 보고 시간을 알리며 두 사람을 찾아왔다.

유디트는 멍한 얼굴로 걸음을 옮겼다.

데샹이 스티그마를 가지고 있었다니.

"너는 시간의 스티그마를 가지고 있나?"

문득, 무언가를 놓치고 있다는 생각이 들었다.

＊　＊　＊

"아시다시피 대규모 몬스터 웨이브가 예고된 상황입니다."

"그 몬스터 웨이브 말입니다만, 아론 단장님."

기류가 시선을 돌렸다.

"이 시기의 몬스터 웨이브는 그리 드물지 않다고 들었습니다. 사실입니까?"

"사실이네. 겨울에는 몬스터끼리의 동족 학살도 일어나는 판국이니까. 먹잇감을 찾아 내려오는 산짐승처럼 마수들도 방벽으로 내려오지."

아론이 어두운 얼굴로 고백했다.

평소라면 그에 따른 대비가 완벽했겠지만, 올해는 비축 물자와 사람이 부족하다. 변경백 때문이었다.

"다행히 몬스터 웨이브에도 법칙이 있어. 첫날이 가장 심하며 둘째 날과 셋째 날은 그 절반씩 기세가 줄지."

아론은 베르크스를 위해 고개를 숙였다.

"이틀 후의 몬스터 웨이브를 막아내지 못하면 보호 기지에 있는 난민과 영지민 모두가 죽어. 부탁이니 올겨울을 버틸 수 있도록 힘을 합쳐주게."

"······어떡할 거냐, 제르멜?"

"물론 참여해야겠지."

"그거 다행이네. 너답지 않게 시원시원해서 좋고. 아론 님, 적기사단 또한 같은 의견입니다."

황실 기사단은 귀로에 오르는 대신 몬스터 웨이브가 벌 어질 사흘 동안 주둔하기로 했다.

유디트는 제르멜을 가만 보았다.

'무슨 속셈일까.'

적당히 하루만 참여하고 수도로 돌아갈 생각인가?

공식적으로 두 기사단에 내려진 황명은 변경백 해임과 베르크스 성 진압뿐이다. 몬스터 웨이브는 책임 밖이란 소리다.

'제르멜이 이렇게 순순히 손해를 감수한단 말이야?'

짜증 나는 일이지만, 유디트는 제르멜과 닮은 구석이 있 었다. 곧 죽어도 손해를 보기 싫어한다는 점과 실력이나 지위를 믿고 행동하는 태도다.

제르멜은 자신이 어떻게 행동해도 황제나 2황자에게 질 책받지 않는다고 확신하는 사람처럼 굴 때가 있었다.

이번만 해도 그렇다. 베르크스의 성문을 날려 버리지 않 았나.

그래서일까?

사람을 함부로 의심해선 안 되겠지만, 유디트는 제르멜과 2황자를 향한 의심을 거둘 수가 없었다. 하필 오브가 있는 베르크스까지 제르멜이 몸소 걸음 한 게 우연이라고?

'믿을 수 없는 작자야. 제르멜도, 흑기사단도.'

유디트는 적기사가 된 후에야 비로소 흑기사단을 객관적으로 평가할 수 있게 됐다.

작금의 흑기사단은 황명에 복종한다는 역할에 충실할 뿐, 황실 기사단으로서의 신뢰는 바닥에 가까웠다.

내부에서 마음먹고 바꾸지 않는 이상, 그 일그러진 충성은 계속되리라.

유디트는 회의가 시작하기 직전에 오브를 다시 확인했다. 다행히 오브는 무사했지만, 또다시 치밀어 오르는 불안은 어찌할 수 없었다.

'제르멜을 흑기사단에서 떨어뜨려 놔야겠어.'

베르크스의 오브 또한 깨진다면, 유디트는 즉시 제르멜을 고발하기로 마음먹었다.

기슬란 지방에서는 흑기사의 시체가 나왔고, 베르크스에서는 단장이 있었는데 오브가 깨졌다. 흑기사단이 오브를 깨지 않았더라도 단장인 만큼 최소한의 책임은 피할 수 없으리라.

'문제는 기류도 단장이라는 건데…….'

그렇게 회의실을 차례대로 나가던 순간, 저편에서 우렁찬 나팔 소리가 들리기 시작했다.

들어본 적 있는 소리. 적습을 알리는 나팔이었다.

"벌써……?!"

아론의 안색이 달라졌다. 유디트도 마찬가지였다.

병사 한 명이 상황을 파악하고 즉시 행동했다.

달려 나간 병사가 홀에 있는 사람 키만 한 나팔을 미친 듯이 불었다. 병사들이 황급히 투구를 쓰고 성벽으로 달려갔다.

기류는 한발 늦게 상황을 깨닫고 무어라 명령을 내리려다 멈칫했다.

"유디트?!"

그녀가 성큼성큼 계단을 서너 칸씩 뛰어오르더니 주저 없이 성벽에 올랐다.

"몬스터 웨이브? 이런 한밤중에? 너무 빠르잖아……!"

"보여? 어이! 뭐 보이냐고!"

"이런 어둠 속에서 뭐가 보이겠냐?!"

유디트는 지평선 너머를 바라보았다. 사방이 어두워서 보이는 건 아무것도 없었다.

그러던 중이었다.

"방금 빛나는 거 봤어? 고블린 놈들의 손도끼인 거 같은데?"

"봤어. 손도끼 반사광이지? 끽해야 부족 몇 개 내려온 거 아냐?"

"뭐야, 긴장했더니……. 경비 서던 놈들이 잘못 봤구먼?"

"그럴 수도 있지. 밤이 너무 늦었으니…… 뭐, 뭐야?!"

병사 한 명은 웬 단발머리 기사가 눈을 부릅뜨고 제 얼굴을 밀어버리는 것에 놀랐다.

뭐라 항의할 새도 없었다. 지평선 저편을 바라보던 유디트의 표정이 심각하게 일그러졌다. 그녀는 회백발을 미친 듯이 헝클어뜨리며 욕지거리를 내뱉었다. 그러곤 폭탄 발언을 던졌다.

"눈은 뒀다 뭣들 하는 거야. 사방이 어두운데 이 거리에 반사광 같은 소리가 나와?!"

"어, 어?"

"그러고 보니……."

"그럼 저건 뭐지?"

"불화살이다! 화계(火計)란 말이다!"

유디트는 몸을 틀더니 어안이 벙벙한 얼굴로 서 있는 보초를 향해 힘껏 외쳤다.

"거기 너! 지금 당장 가서 봉화대에 불을 피워! 여덟 곳 전부!"

"예, 예?!"

"움직여! 뒈지기 싫으면 지금 당장 전군 헤쳐 모이라고 전하라고!"

"아, 알겠습니다!"

봉화대 여덟 개를 전부 점화한다는 건 최고 경계 태세를 의미한다.

유디트는 계단을 밟고 내려갈 시간조차 아깝다는 듯, 성벽 아래로 뛰어내렸다.

"왜 저렇게 유난이야?"

"잠, 잠깐만! 저거! 저길 봐!"

남겨진 병사들은 뒤늦게 알았다.

마침내 지평선 저편에서 집채만 한 무언가가 정체를 드러냈다.

"공성 탑……?"

불화살을 준비할 만한 치밀함과 손재주. 광산 같은 어둠 속에서도 활발하게 움직이는 마수.

그리고 그들이 끌고 온 거대한 이동식 망루.

"코볼트다! 코볼트 부대라고!"

"자는 놈들 당장 깨워! 영원히 자기 싫으면 일어나라고 해!"

요란스러운 막이 올랐다. 야전이었다.

만약 카르나크 신이 눈앞에 있다면 유디트는 거침없이 가운뎃손가락을 올려주겠노라 마음먹었다. 신앙심이 깊지 않은 그녀기에 가능한 생각이었다.

'망할 카르나크 신!'

겪어봤던 전투고 수성전이라 한들 불안한 건 마찬가
지다.

화살은 절대 같은 방향에서 같은 각도로 날아오지 않
는다.

게다가 이번 전투는 그녀가 겪었던 것과 완전히 궤를 달
리하는 시작이었다.

그녀가 겪었던 수성전에선 살아남아야 한다는 일념으
로 어떻게든 성내 사람들이 하나로 뭉쳤다.

하지만 지금은 어떤가?

베르크스 성이 진압된 직후 병사들의 반응은 극과 극으
로 갈렸다. 변경백의 해임이 마땅하다고 생각하는 자들과
아직도 충성을 간직한 이들이 등을 맞대고 있다.

이건 황실 기사단이 참전한다고 해도 치명적인 문제
였다.

하지만 희망은 있었다.

우선 예전과 달리 베르크스 장벽에 걸린 마법이 튼튼
하다.

그리고 이 사람의 존재다.

"공성 탑과 불화살을 확인했습니다! 여, 여섯 부대로 나
누어진 코볼트 무리입니다!"

"애송이처럼 당황하지 마라. 황실 기사단 앞에서 베르크스의 자존심을 뭉갤 셈인가!"

"아, 아론 군단장님?! 오셨습니까! 시정하겠습니다!"

아론 히사나이오트는 베르크스의 갈색 사자라는 이명에 걸맞게 당황하지 않았다.

"루드베키아! 성내를 정비한다! 아직 군모를 쓰지 못하는 열네 살 아래의 병사들을 데려와!"

그녀가 단숨에 명령했다.

"장작과 유황, 송진을 모조리 지하에 보관해! 성내 화재로 인한 2차 피해는 무조건 막아야 한다!"

"알겠습니다."

"시몬은 성내 고용인을 한데 모아 보호하도록! 혼란을 틈타 허튼수작을 부리는 놈들이 있을 거다. 식료품 창고와 무기고를 관리할 사람을 새로 뽑아. 30분 주겠다!"

"20분 안에 끝내겠습니다. 어이! 세드릭! 당장 이리 와!"

기류와 유디트는 재빨리 시선을 마주쳤다.

기류는 진두지휘권을 아론에게 맡겼다. 그리고 데샹에게 남쪽 탑 부근을 가리키며 말했다.

"데샹, 부탁한다."

"저도 나가는 게 더 낫지 않겠어요? 한 사람이 아쉬울 때인데."

"네가 절실해지면 어련히 부를 거야. 지금은, 알지?"

데샹은 아론을 보더니 납득했다.

"그래요. 그쪽도 중요하죠. 누구도 손 하나 못 대게 하겠습니다. 혼란을 틈타 얼씬거리는 놈이 있으면 말씀드릴 테니까요. 흠씬 패버린 다음에요."

"믿을게. 적당히 패고, 조심하고."

"기류도요. 유디트 경도 조심하세요. 무모한 짓 하지 마요!"

"알겠습니다. 감사합니다."

짧게 인사한 데샹이 씩 웃더니 홀을 가로질러 뛰어갔다.

아론과 유디트, 기류 모두가 장비를 챙겨 장벽에 올라갔을 때는 사방이 환했다.

횃불의 열기와 기름 냄새. 흙냄새와 미묘한 악취가 함께 났다.

"진짜 공성 탑이군."

기류가 혀를 찼다.

목재를 쌓아 만든 이동식 망루는 마수가 만든 만큼 허접하고 조악한 느낌이 났다. 그러나 있고 없고에서 느껴지는 위압감이 완전히 달랐다.

실제로 대다수의 병사는 초조함과 불안함에 아론을 곁눈질했다.

"전방 주시! 신호가 떨어지는 즉시 선제공격한다."

아론은 베르크스 식별기가 달린 창을 바닥에 찍었다. 그러곤 곧바로 커다란 활을 집어 들었다.

"사수는 화살을 걸어라. 번갈아가며 공격한다. 2조 대기!"

좌우 양측의 뿔피리 소리에 깃발이 내려갔다. 그러자 불화살이 성벽 밖 공성 탑을 향해 일제히 날아갔다.

유디트는 그제야 코볼트의 모습을 정확히 보았다.

어둠 속에서도 길을 잃지 않는 밤눈. 반쯤 접힌 귀. 검노란색 피부의 마수가 우글우글 모여 있었다.

유디트는 활을 집을까 하다가 관뒀다.

사수(射手)로서의 그녀는 삼류였다. 뭣보다…….

'……돌아가면 나도 근력 운동 횟수 늘린다.'

유디트가 이를 꽉 깨물었다. 아론은 벌써 세 발째 화살을 날리고 있었다.

무엇 하나 쉽게 얻는 게 있겠냐마는, 아론의 넓은 근골이 부러워지는 순간이었다.

"1조는 대기한다! 2조 발사!"

"불부터 끈다! 그리고 거기! 빗물 구멍에 방패 올려놓지 마!"

"반격에 허둥대지 말고 침착해라!"

핏! 핏!

저편에서 화살이 쏟아졌다. 코볼트 무리의 반격이었다.

코볼트의 화살은 그들이 쓰는 것 보다 두 배 짧았다. 날아온 불화살을 발로 꺼뜨린 다음 주운 아론이 처음으로 인상을 구겼다.

"투석기도 모자라 이만한 화살을 코볼트가 어떻게 만든 거지?"

"만든 게 아닙니다."

유디트가 저편에서 드러난 투석기를 보고 이를 갈았다.

"줍고, 고친 겁니다."

엉망으로 덧댄 흔적이 있었지만, 오랫동안 시간을 들여 고친 게 확실했다.

게겍! 꽥! 끼르르륵!

께겍! 끼! 끼이이!

투석기가 반지름을 그리며 움직였다. 그러자 커다란 바위가 단숨에 허공을 날았다.

"몸을 숙여!"

쿵!

성벽이 육중한 충격으로 뒤흔들렸다. 사방으로 튄 돌조각이 유디트의 몸을 살짝 치고 갔다.

쿵!

쿠웅! 쿵!

잇달아 날아오는 바위와 돌을 피해 병사들이 뒤로 굴렀다. 엉망으로 고친 탓에 정확도는 떨어지는 듯했다.

그러나 충격이 사라지는 건 아니었다.

유디트가 이상한 위화감을 느낀 건 그때였다.

전방 아닌 후방에서 비슷한 정도의 충격이 느껴졌다.

'설마?'

유디트가 납작 엎드린 채 고개를 들었다. 그때 성벽까지 올라온 병사에게서 비보가 날아들었다.

"보, 보고드립니다! 후방 도개교 앞에서 코볼트 한 무리를 발견했습니다!"

"뭐?"

"양동인 것 같습니다! 후문에도 투석기가 있습니다!"

새하얗게 질린 병사가 보고했다.

아론이 경악을 터뜨렸다.

"누가 이럴 때 도개교를 내렸지? 분명 올려두었을 텐데!"

"모르겠습니다!"

유디트는 숨이 턱 막히는 걸 느꼈다. 그녀가 사방을 둘러보았다.

제르멜이 없었다.

기류가 유디트의 팔을 잡고 일으켜 세웠다.

후문을 막지 못하면 더 큰 피해로 이어진다. 두 사람은 거의 동시에 시선을 주고받았다. 곧 기류가 큰 소리로 외쳤다.

"라커스! 미하엘! 헤일리! 테즈! 그란슈아! 당장 후문으로 간다! 코볼트 지원 부대가 도착하기 전에 도개교를 다시 올려야 해!"

아론은 기류의 판단이 저와 똑같다는 점에서 깜짝 놀랐다. 그리고 이 난전 속에서도 평정을 잃지 않은 유디트의 모습을 보고 더욱 놀랐다.

하지만 놀람을 만끽할 여유는 없었다. 아론이 외쳤다.

"기류 경, 후문을 맡기겠네!"

연이어 두 발의 화살을 더 쏜 아론이 출발하라는 신호를 보냈다.

성벽을 내려가는 건 헤일리가 가장 빨랐다. 그러나 후문에 도착했을 때는 유디트가 제일 앞서 있었다.

후문은 아수라장이었다. 유디트는 병사들이 허겁지겁 옮기는 화물에 치일 뻔했다.

쇠꼬챙이와 목재로 덧댄 문이 쿵쿵 흔들렸다. 밖에서 성문을 부수려 드는 것이다.

"테즈. 건물로 올라가서 상황을 확인해라."

"알겠습니다."

"성문을 사수한다. 그리고."

기류는 이 말을 해야 하는지 잠시 고민했으나, 결국 필요한 말이라는 걸 시인했다.

"그란슈아는 성문이 돌파당했을 때를 대비해서 지상에 목책을 세운다. 헤일리, 라커스는 2층에 궁수를 배치해라!"

"예!"

살 떨리는 대치가 이어졌다.

철문이 흔들릴수록 병사들은 개미처럼 다닥다닥 문에 붙었다.

'이걸 코볼트가 전부 계획했단 말이야?'

유디트가 얼굴을 찡그렸다.

코볼트는 손재주가 좋은 마수지 이렇게 계획적인 행동을 벌일 만한 지능은 없다. 그런데 공성 탑과 투석기도 모자라 양동작전이라니?

유디트가 뚜렷한 답을 내지 못하고 있을 때였다. 상황을 확인하러 간 테즈가 돌아왔다.

"웨어 울프입니다."

"뭐?"

"정확한 숫자까지는 확인할 수 없으나, 약 30마리의 웨어 울프가 도개교 앞에서 대기 중입니다."

"……!"

기류와 유디트는 크게 놀랐다.

웨어 울프는 깊은 숲속에서만 사는 마수다. 코볼트를 이용하는 지능을 갖췄으며, 발톱은 강철을 위협했다.

무엇보다 포악하고 잔학한 습성 때문에 숙련된 기사라 한들 쉽게 잡을 수 없는 마수였다.

초원에서 매와 함께 자란 테즈는 시력이 뛰어나다. 그가 잘못 봤을 확률은 극히 낮았다.

그때 유디트는 분명히 들었다. 저편에서 들리는 짐승의 커다란 목소리. 하울링. 사기를 북돋는 마수 간의 합창. 웨어 울프가 동료를 부르는 외침이었다.

쿠우웅!

또다시 두꺼운 철문이 흔들렸다. 지면의 땅울림 또한 좀 전보다 컸다.

"도개교를 올려야 합니다."

그걸 모르는 바보가 어디 있을까.

그러나 말한 사람이 유디트였다. 속뜻을 파악한 기류는 가슴이 철렁 내려앉는 걸 느꼈다.

"유디트 경."

"웨어 울프는 일반 병사 다섯 명이 달려들어도 잡기 어렵습니다. 한 마리라도 성내에 침입하게 놔둬선 안 됩니다. 물론……."

"유디트."

"도개교로 웨어 울프가 더 건너오는 것도 막아야 하고요."

유디트는 결심을 마친 사람처럼 칼자루에 손을 얹었다.

"제가 가겠습니다. 보내주세요."

듣고 싶지 않았던 말이다.

호박색 눈동자를 응시하는 기류의 눈이 잔뜩 일그러졌다.

진심이냐고 물어볼 필요도 없었다. 그녀는 마음먹기 전에는 입 밖으로 내뱉지 않는다.

그래서 더욱 미칠 것 같았다.

제정신으로는 허락하기 어려울 정도로 위험한 일이다. 기류는 설령 그게 필요하고 절실한 일일지언정, 유디트가 저 어둠 속으로 몸을 던지는 걸 가만 보고 있기 어려웠다.

그가 무작정 유디트를 만류했다.

"차라리 나랑 함께 가. 지금부터 별동대를 꾸밀 테니까."

"지휘는 누가 하고요?"

유디트는 살짝 입꼬리를 끌어당기며 웃었다.

기류는 울 것 같은 얼굴을 했지만, 이상하게도 유디트는 웃음이 나왔다.

어쩌면 열 번의 사랑한다는 속삭임보다도 가지 말라는 그 말이, 그녀를 붙드는 이 만류가 그의 마음을 그대로 드러내서일지도 모른다.

"내가 막지 못한다는 걸 알고 그러는 거지?"

유디트가 웃었다.

"네, 보내지 않으려고요?"

"그러고 싶다면?"

"단장으로서, 상급자로서 저를 찍어 누르고 무작정 안 된다고 할 수도 있겠죠. 하지만."

"……."

"그러지 않을 사람이라는 거 알아요."

그런 사람이라 좋아하게 됐다.

사랑만큼의 존중을 저울에 올릴 줄 아는 사람이기에.

날이 갈수록 좋아하는 마음이 더 커지는 건, 분명 그 때문이다.

유디트는 웃었다.

반면 그녀가 웃을수록 기류는 가슴이 마른 장작처럼 바싹 탔다. 감정은 그녀를 막아설 오만 가지 이유를 댔지만, 이성은 그래선 안 된다고 외쳤다.

매번, 일일이 이래선 안 되고 이럴 수 없단 걸 누구보다도 잘 알고 있다.

"……."

그가 사랑하는 유디트는 기사였다.

검을 뽑았을 때 가장 빛나는 사람이었다.

때문에 사랑이라는 그럴듯한 안락함을 내세우며 새장 속에 가두고 싶지 않았다.

에테르 마스터라 할지언정 분명 위험한 상황이고, 어쩌면 그에게는 평생의 후회로 남을 선택일지도 모른다. 하지만 유디트를 사랑하고, 그녀와 함께 걸어가기 위해서는 제 마음만 내미는 게 능사가 아니라는 걸 배우지 않았나.

그에게 주어진 사랑의 권리는 상대를 억압할 권리가 아

니었다.

기류는 유디트와 함께하고 싶었고, 그러기 위해선 자신이 살아온 방식을 바꿔야 한다는 걸 알게 됐다.

티아라를 선물했을 때. 신전으로 도망치던 그녀를 못 본 척 감쌌을 때. 기류는 조금씩 스스로를 부쉈고, 무엇을 잘못했는지, 어떻게 해야 하는지를 배웠다. 그렇기에 유디트의 존재가 그에게는 더없이 소중했다.

앞으로도 그렇게 저 자신을 부수는 일은 계속될 것이다.

기류는 유디트를 만나고 나서야 비로소 사랑 때문에 제 몸에 진흙을 바르고 진창을 구르는 천치들을 뼛속 깊이 이해하게 됐다.

만약 그녀를 만나지 않았더라면, 그는 여전히 허울 좋은 말만 내뱉는 귀족으로 살았으리라.

그리고 배부르게 타고난 사람으로 고고한 자리에서 빳빳하게 옷깃을 세우고 있었겠지.

기류는 그런 사람으로 남고 싶지 않았다.

그녀를 싸고도는 방식으로 지키는 게 아닌, 그녀 곁에서 함께 빛날 수 있을 만큼 스스로 떳떳한 사람이 되고 싶었다.

고집을 부수고, 생각을 부수고, 비로소 제 삶의 길을 부수고 나니 신기하게도 그녀와 함께할 길이 보이기 시작했다.

옳은 판단을 떠올리고 합당한 명령을 내린다.

단순하지만 애정을 앞에 두면 가장 어려운 일이다.

함께 걸어 나갈 길을 만든다는 건 앞으로도 절대 쉽지 않으리라. 하지만 이 재능 넘치는 연인의 길이 더욱 탄탄하고 넓어질 수 있게, 그녀가 누구에게도 무엇에게도 구애받지 않고 성공 가도를 힘껏 달려 나갈 수 있게, 그 앞에 놓인 고난까지 뛰어넘고 행복으로 향할 수 있게, 함께하고 싶었다.

결국, 그가 해야 할 말은 하나였다.

"……테즈! 군마를 가져와라!"

"네!"

기류가 주먹을 쥔 채 유디트에게 말했다.

"……준비해. 활로는 나와 미하엘이 뚫을 거야. 진압이 끝나면 나팔 소리로 알려."

"그럴게요."

"문은 얼마 못 버텨."

그의 말을 증명하듯 철문이 삐걱거렸다. 비틀린 문 사이로 코볼트가 불화살과 오물을 투척했다.

"지원군도 장담할 수 없어. 전부 너 혼자서 해야 할지도 몰라. 그래도, 정말로, 괜찮아?"

"네."

유디트가 망설임 없이 대답했다.

"기류."

고개 집어넣으라는 둥, 아직 쇳물 붓지 말라는 둥.

아수라장이 따로 없는 한복판에서 유디트는 이 한마디만큼은 그에게 남겨야겠다고 생각했다.

"사랑합니다. 굉장히요."

"……그런 말 안 해도 보낼 거야."

내적 환호와 외적 불평이 동시에 튀어나왔다. 기류는 애꿎은 칼자루를 적장과 악수하듯 세게 쥐었다.

언젠가는 이 다짐이 끊어지고, 그녀를 끌어안은 채 제발 가지 말라며 매달리고 눈물을 터뜨리는 날이 올지도 모른다.

그러나 오늘은 아니었다.

"이왕이면 이런 곳 말고 단둘이 있을 때 말해줘."

"우리다워서 좋지 않나요?"

"내 안의 로맨티시스트는 좀 더 조용한 장소를 선호해."

"그건 몰랐네요."

유디트는 웃으며 그에게서 한 발자국 더 멀어졌다. 그리고 테즈에게서 말고삐를 건네받았다.

유디트가 말에 올랐다.

"미하엘! 테즈! 엄호해라, 활로를 뚫는다!"

거대한 철문이 요란한 소리를 내며 떨어져 나갔다.

동시에 밀고 들어오려는 코볼트 무리 위로 기류가 흩뿌

린 붉은색 에테르가 쏟아졌다.

기류의 검이 코볼트 무리를 할퀴고 지나갔다. 붉은색 에테르가 순식간에 일대를 덮었다.

댓 마리의 코볼트를 베어내는 순간, 일격을 피한 다른 코볼트 무리가 성문으로 들어왔다. 그러나 무언가를 해볼 새도 없이, 목책에 가로막힌 코볼트는 성안 쪽에서 쏟아진 화살에 꿰뚫렸다.

병사들은 방패를 내세운 채 목책 뒤에서 긴 창으로 다가오는 코볼트를 무자비하게 찔렀다. 축축한 저녁 공기 속에 피 냄새가 퍼졌다.

기류는 날아오는 화살을 방패로 막았다. 그리고 그대로 코볼트가 미는 마차를 향해 에테르를 날렸다.

목재가 사방으로 튀었다. 파편에 찔린 코볼트가 원숭이처럼 끼익 끼익 소리를 지르며 몇 발자국 물러났다.

핏물이 회색 칼날을 타고 흘러내리기도 전에 기류가 다시금 코볼트의 머리를 날려 버렸다. 기류의 등을 지키던 미하일이 창을 날렸고, 테즈의 손에서 질풍처럼 화살이 떠났다.

유디트가 검을 뽑아 들었다. 그러자 목책 바깥으로 기류가 부채꼴 모양의 에테르를 날렸다.

사방이 모조리 붉었다. 전열이 무너진 마수가 눈치를 보는 게 느껴졌다.

유디트는 그 틈을 놓치지 않고 에테르를 쏘아 보냈다.

황금빛이 주변을 집어삼켰다. 벼락과 지진으로 땅을 쪼갠 것처럼 바닥에 균열이 가자, 기류가 대검을 치켜들었다.

"가!"

칠흑같이 어두운 앞길을 비추듯, 검끝을 벗어난 기류의 붉은 에테르가 유성처럼 떨어졌다.

콰르르르르!

두 사람을 중심으로 땅이 내려앉았다. 유디트는 암흑 속으로 향했다.

가. 그리고 반드시.

'무사히 돌아와.'

기류는 기도하는 사람처럼 간절히 바랐다.

유디트의 뒷모습이 그의 시야 밖으로 사라지는 데는 얼마 걸리지 않았다.

＊　＊　＊

암흑 속을 내달리며 유디트는 아무 생각을 하지 않았다. 그저 말이 좀 더 빨랐으면 좋겠다는 바람뿐이었다.

내달리는 유디트를 한 무더기의 코볼트가 쫓아왔다. 예상대로였다.

그녀가 주머니를 뒤졌다. 발광석 두 개가 곧바로 손에 잡혔다.

유디트는 소리 나게 마석 두 개를 부딪쳤다. 그러자 부싯돌이 부딪칠 때처럼 타닥 탁 소리가 나더니, 발광석이 환히 빛나기 시작했다.

게겍! 껙! 끼르르륵!

께겍! 끼! 끼이이!

코볼트가 흥분을 감추지 못했다.

유디트는 망설임 없이 발광석을 어둠 저편으로 집어 던졌다.

코볼트는 지하에서 반짝이는 광물과 보석을 탐내는 마수다. 어둠 속에서 빛나는 것을 쫓는 건 그들의 본능에 가까운 행동이었다.

아니나 다를까, 코볼트 무리가 방향을 크게 꺾었다. 그들은 일제히 빛나는 발광석을 쫓아 끽끽대며 멀어졌다.

그사이 유디트는 죽을힘을 다해 말달렸다.

뒤늦게 그녀를 놓친 걸 깨달은 코볼트들이 섬뜩한 하울링을 주고받았으나 이미 늦었다. 밤눈이 밝은 코볼트는 그만큼 귀가 좋지 않았다.

유디트는 코볼트를 완전히 따돌렸다는 걸 깨닫자마자 다시금 검에 에테르를 둘렀다.

달빛마저 구름이 가린 밤.

생과 사의 기로 앞에서 그녀를 오롯이 황실 기사로 만드는 무기를 쥔 채 달리고 또 달렸다.

"지키는 건 본성만으로 충분하다. 동이 트기 전 베르크스를 탈출한다."

"성내로 들어오려 하는 병사는 어떡할까요?"

"버려."

스치는 바람결이 데려온 후회 자락을 털어내며 달렸다.

후회로 이루어진 흑기사 시절.

베르크스를 버린 이후는 기억하지 못한다. 알려 하지 않았으니까.

다만 몇 개월 후 풍문으로 들었다. 베르크스의 마수를 몰아내기 위해 물과 땅에 독을 풀었다는 소문.

같은 어둠이 이토록 달랐다. 같은 베르크스가 이렇게 다르듯.

'어디냐.'

때마침 들려온 웨어 울프의 울음소리에 유디트는 말을 멈춰 도개교 근처의 공터에 세워두었다.

이 앞은 본능의 경계였다.

그녀는 어둠 속에서 웨어 울프 무리와의 거리를 가늠했다.

심장께에서 달아오르는 에테르를 온몸으로 순환했다. 배꼽 아래 단전부터 묵직한 것이 들어차는 이 감각.

긴장으로 예열된 몸이, 순도 높은 에테르가 최고조에 이른 그 순간.

커엉!

"······가안!"

유디트가 상체를 뒤로 뺐다.

형형하게 빛나는 노란 눈이 툭 치면 튀어나올 것처럼 부리부리했다. 웨어 울프가 그녀를 발견하기 무섭게 발톱을 휘둘렀다.

"방······ 해애!"

터엉!

검을 쥔 유디트의 몸이 웨어 울프의 발톱에 따라 꺾였다. 그러나 그녀는 휘청거리는 일 없이 한 발로 균형을 잡았다.

곧바로 한쪽 무릎을 굽혀 웨어 울프의 발목을 잘랐다.

섬뜩한 비명이 암흑 속 혈투를 알렸다.

유디트는 어깨로 떨어지는 발톱을 곧장 사선으로 썰었다.

되다만 늑대 새끼의 주둥아리가 그녀를 물어뜯으려 했다.

유디트는 웨어 울프의 몸통을 찔렀다. 그리고 주저 없이 검을 놓았다.

검 한 자루를 더 뽑아 든 뒤, 꽂아 넣어둔 검을 발로 힘껏 걷어찼다.

콰직!

"므아아악!"

그녀는 연달아 달려드는 웨어 울프 세 마리를 향해 황금색 에테르를 쏘아 보냈다.

으깨진 살점이 지저분한 핏방울을 뿌리며 어둠 속으로 사라졌다.

빛나는 에테르는 이제 선명한 황금색이었다. 주변은 이토록 피투성이에, 하얀 장갑도 붉게 물들어가건만. 유디트의 에테르는 어느 때보다도 찬란한 금색이었다.

점차 예상은 확신으로 변했다.

유디트는 검으로 웨어 울프의 팔을 어깨부터 날려 버렸다. 이어서 커다란 주둥아리를 가로로 찢어버린 다음, 뒤로 넘어가는 사체와 검을 밟고 허공으로 날아올랐다.

신기에 가까운 묘기는 거기서 그치지 않았다. 공처럼 튀어 오른 유디트가 검을 휘두르자 황금색 벼락 같은 에테르가 내리꽂혔다.

순도 높은 에테르는 순식간에 열댓 마리의 웨어 울프를 핏덩이로 만들었다.

이어지는 검술은 본능의 영역조차 넘어선 천재의 영역이었다.

착지하기 무섭게, 유디트는 달려드는 웨어 울프의 주둥

아리를 검으로 꿰뚫으며 반동을 이용해 일어났다.

그녀가 날쌔게 검을 뽑자 장갑과 소매 사이의 맨살까지 피가 튀었다.

손목이 살짝 시큰거렸다.

하지만 무리하는 건 이미 이골이 났다.

그녀의 일상은 언제나 무리하기 싫어서 열심히 노력하고 무리하게 되는 패턴의 반복이었다.

사람답게 살고 싶어서.

먹을 거 다 먹고, 입을 거 다 입고, 자고 싶은 만큼 자고 싶어서.

그걸 다 이루고 나니, 의식주만으로는 부족해서.

선명한 욕망 끝을 따라가면 마냥 행복이 기다릴 줄 알았기에 기사답게 살겠다며 위선적인 맹세를 했다.

황실 기사로 살겠다. 목숨 위에 있는 가치를 위해 성실하게 임하겠다.

그 이자처럼 늘어난 맹세의 무게를 지금의 유디트가 갖고 있었다.

맹세했다면 움직여라.

맹세를 증명하기 위해 행동해라.

누구보다도 빠르게 찌르고 베어라.

나의 맹세를, 나의 의지를 증명하는 유일한 방법이 무엇인가.

그것은 행동이다.

되고 싶은 나 자신이 되는 방법은 무엇인가.

그 또한 행동뿐이다.

그렇다면 행동해라. 단 한 놈도 살려두지 마라. 필요하다면 잔인하게, 혹은 단호하게. 확실하게 죽여라.

망설이지 말고 최적의 궤적을 끊임없이 찾아라. 망막 안에 아로새겨라.

유디트가 검을 고쳐 쥐었다.

눈먼 돈을 위해 휘둘렀던 검을, 칼잡이가 아닌 황실 기사로서 살기 위해 움직였다.

동트기 전의 가장 어두운 밤, 황금빛 에테르가 그녀의 주변을 환히 밝혔다. 그녀는 순식간에 스무 마리의 웨어 울프를 지워 버렸다. 그야말로 섬멸이었다.

호박색 눈동자에 담긴 살의를 읽었을까. 웨어 울프가 하나둘 주춤거리며 뒤로 물러났다.

그러나 그중 가장 체격이 좋은 웨어 울프가 오히려 한 발자국 앞으로 나섰다. 우두머리인 듯했다.

노란 눈이 뿌리 깊은 증오를 드러내며 으릉, 하고 울었다.

"인…… 가안!"

아우우우우우!

한 마리가 울부짖기 시작하자 그녀를 빙 둘러싼 웨어 울프들 또한 일제히 턱을 치켜들고 하울링을 이어갔다.

가까이에서 듣기엔 섬뜩한 소리였다.

유디트는 그들이 동료를 부르도록 내버려 두지 않았다. 짐승조차 본능적으로 방어할 만한 일격이 날아들었다.

우두머리의 팔을 날려 버린 유디트가 바로 목을 찢어발겼다. 그녀의 검이 또다시 붉게 물들었다.

턱 끝에서 떨어진 땀 한 방울이 에테르와 맞물려 증발했다.

커헝! 허어엉! 커헝!

크르르! 그륵!

우두머리가 당하자 네 마리의 웨어 울프가 더욱 그녀에게서 멀어졌다.

유디트는 더 이상 뜨겁게 달아오른 에테르가 그리 부담스럽지 않았다. 그 증거로 에테르링은 한참은 더 버틸 수 있다는 듯 우웅거렸다.

"죽…… 여어!"

웨어 울프가 세 방향에서 동시에 달려들었다.

유디트는 주저 없이 몸을 굴렸다. 그러곤 발톱을 내려찍는 웨어 울프의 눈을 향해 흙을 뿌렸다.

주춤거리는 순간을 놓치지 않고 일어섰다.

연달아 달려드는 두 놈에게 옆으로 피하는 척, 칼자루를 가볍게 놓았다. 핑그르르, 손등 위에서 반 바퀴 돈 칼자루가 다시 손안으로 돌아왔다.

물 흐르듯 자연스러운 동작은 거의 묘기였다.

역수 자세로 바꿔 쥔 검을 그대로 등판에 찔렀다.

"다음!"

유디트가 무자비하게 검을 뽑았다. 살점 뜯어지는 소리가 섬뜩한 울음소리와 하나로 합쳐졌다.

그러나 다음 타자는 없었다.

우두머리에 이어 세 마리의 동족 앞에서도 밀리지 않는 모습을 보며, 웨어 울프는 투기를 상실했다.

그들이 점점 거리를 벌렸다. 웨어 울프가 순식간에 등을 보이더니 달아나기 시작했다. 그녀의 발보다 두 배는 큰 발자국이 지면 위에 선명했다.

멀어져 가는 마수를 향해 유디트가 거리낌 없이 검을 뻗었다.

지면을 갈아엎는 황금빛 에테르가 그녀를 시작점으로 하여 폭발적으로 뻗어 나갔다.

협곡에 드리워진 황금빛이 마지막까지 적을 놓치지 않았다.

이윽고 돌조각 구르는 소리와 함께 사방이 고요해졌다.

시산혈해 속에서 웨어 울프의 독한 피 냄새가 코를 찔렀다. 붉은 피가 작게 고여 발밑을 적셨다.

"하아…… 하, 하아……."

유디트는 숨을 몰아쉬며 쥐고 있던 검을 내려다보았다.

그녀는 베르크스 수성전 때 능력의 최전성기를 맞이했다.

타고난 검술은 물론이요, 에테르 또한 담금질한 것처럼 강해졌었다.

우연인 줄 알았다.

25살. 처음으로 겪는 수성전을 통해 에테르가 강해진 건 줄 알았다.

더욱 날카롭게 검끝을 벼리고, 내 검을 더욱 흔들리지 않게 하는 원천이 무엇인지 깨닫게 된 이 순간.

유디트는 칼자루가 부서지도록 세게 쥐었다.

걸음을 돌려 등 뒤를 바라보자, 이젠 기억하던 모습과는 확연히 달라진 베르크스가 있었다.

수많은 횃불.

사람의 흔적이, 희망의 흔적이 밝히는 서쪽 땅.

한때 성에 남은 사람들을 거리낌 없이 버리고 도망쳤던 바로 그곳에서, 유디트는 마지막 후회를 모조리 털어 냈다.

시간이 지나도 잊히지 않을 무용이 어둠 속에 신화를 새겼다.

유디트가 뿔 나팔을 불었다. 길고 긴 뿔 나팔이 그를 축복하듯 먼 곳까지 울려 퍼졌다.

대답하듯 베르크스 성에서 나팔 소리가 들려오자, 유디트는 뿔 나팔을 내렸다.

부여잡은 가슴이 터질 것 같아서, 흐느끼는 사람처럼 울면서 웃었다.

"이거였어……."

처음에는 윌리엄 황자를 지키면서였다.

그다음에는 레이먼을 암시장에서 빼내며.

결정적인 위화감은 미쳐 날뛰는 광룡을 앞에 두었을 때.

회백색으로 빛나던 에테르는 어느새 황금색이 되었다.

유디트는 회귀와 함께 변한 에테르 앞에서 깨달았다.

황금빛 각성. 그녀의 에테르를 더 진하게 만든 이 감정의 이름.

회한(悔恨)이었다.

소름 끼치도록 고요한 어둠 속에서 유디트는 도개교를 바라보았다.

아무도 없는 다리 위는 으스스했다. 하지만 이상할 정도로 마음이 차분했다.

후회는 아무리 빨라도 늦다.

그러나 아무리 늦어도 후회만큼 사람을 빠르게 변화시키는 기폭제도 드물다.

회한을 머금고 황금색으로 피어오르는 에테르와 두 자루의 검.

그녀는 예전과는 분명 다른 사람이다.

반면, 여전히 변하지 않은 사람이 있었다. 지긋지긋한

후회로 그녀를 과거와 묶어두는 사람이.

'제르멜.'

올라가 있어야 할 도개교 앞에서, 그녀는 제르멜을 떠올렸다. 성벽엔 모습조차 드러내지 않은 옛 상관을.

그는 베르크스 성에서 몇 명이 죽어도 남 일이겠지. 보호 기지까지 마수가 넘어간대도 눈 하나 깜짝하지 않을 그사람을, 그 사람의 욕망을 유디트는 처음으로 진지하게 생각해 봤다.

제르멜 아이젠은 후작가의 주인이다. 재력은 충분하고 명성이나 명예 또한 결코 부족하지 않다. 기사단장으로서 무소불위 권력을 휘두르며, 원하는 건 모두 어둠 속에 묻어버릴 수 있는 그런 사람.

그런 사람이 무언가를 꾸밀 만큼 욕망하는 것.

"너는 시간의 스티그마를 가지고 있나?"

쓸모가 없으면 이용하지 않는다.

흥미가 없으면 건드리지 않는다.

제르멜은 그런 사람이었다.

얼마간의 시간이 지나고, 유디트는 뿔 나팔 소리를 듣고 달려온 별동대의 기사에게 상황을 확인했다.

다행히 성내로 진입한 마수는 순조롭게 진압됐고, 성벽

상황은 아직 알 수 없다는 말이었다.

도개교가 올라가는 사이, 유디트는 다시 묶어둔 말을 데려왔다.

괜찮을 거야. 아니, 괜찮아야 해.

유디트는 바짝 고개를 숙였다.

그녀의 시선은 베르크스 성의 탑에서 떨어질 줄 몰랐다.

입술이 바싹 말랐다.

그녀가 말고삐를 세게 쥐었다. 그러곤 밝아오는 새벽하늘을 등에 업은 채 질주했다.

❄　✳　❄

"그 이상 다가오지 마십시오."

데샹이 경고했다.

누군가가 계단을 오르는 소리가 들렸을 때만 해도, 저를 찾는 사람일 거라 예상했다.

하지만 계단 오르는 걸음이 지나치게 여유로웠다.

창밖의 베르크스는 불화살과 소란스러운 외침이 오가는 긴박한 장소였다. 그에 어울리지 않는, 너무 느긋한 걸음걸이에 불안이 치밀었다.

마침내 문을 열고 들어온 사람을 확인한 순간, 데샹은 안도와 불안을 함께 느꼈다.

"제르멜 단장. 실례지만 여기 오신 이유가?"

"그러는 경은 왜 여기에 있나."

"……."

"설명하기 어렵나?"

"제가 먼저 물었습니다."

데샹이 여기 있는 이유는 누군가가 혼란을 틈타 오브를 깨려드는 걸 막기 위해서였다. 오브를 노린다면 이만한 타이밍은 또 없을 테니까.

"오브를 확인하러 오셨다면 돌아가셔도 됩니다. 제가 지키고 있을 겁니다."

"흐음."

"아무리 기사단장이라 해도 이럴 때 자리를 비우시는 건……."

철컥, 문 잠그는 소리를 데샹은 분명히 들었다.

그의 동공이 커졌다.

데샹의 손은 자연스레 칼자루로 옮겨졌지만, 머리는 아직 현실을 완전히 받아들이지 못했다.

제르멜이 그를 향해 걸어왔다.

"……지휘관 이탈이 얼마나 큰 문제인지 모르십니까? 이일은 황도로 돌아가 정식으로 항의하겠습니다."

"살아 돌아간다면 해봐."

제르멜이 먼저 검을 뽑았다. 데샹의 속도 또한 느리지 않았다. 반사 신경으로는 그도 일가견이 있었다.

하지만 몸통을 노리고 날아온 검에 새까만 에테르가 실려 있었다. 데샹의 얼굴이 창백해졌다.

데샹은 내지르려던 검을 황급히 물렸다.

제르멜은 연달아 세 번, 네 번 검을 넓게 그으며 그의 움직임을 봉쇄했다.

'젠장!'

섣불리 검을 부딪쳤다가는 칼날째 부러진다.

수세에 몰린 데샹이 이를 악물었다. 연이어 몰아친 검이 데샹이 있던 자리를 헤집었다.

벽에 몰아서 찌르기로 끝장을 낼 셈인가?

뾰족한 수가 없었다.

설마 단장이, 에테르 마스터쯤 되는 인간이 오브를 깨려들 줄 누가 알았겠는가.

결국, 이판사판 도박판이었다.

벽에 몰리기 직전, 데샹이 과감하게 검을 버렸다.

녹색 눈이 차갑게 빛났다. 도움닫기로 파고든 데샹의 주먹이 제르멜의 안면에 날아들었다.

"큭……!"

처음으로 유의미한 타격을 입은 제르멜이 한 걸음 떨어졌다.

틈을 놓치지 않고, 데샹이 제르멜의 팔목을 친 다음 그의 검을 쳐냈다.

쇠붙이 떨어지는 소리가 요란하게 울려 퍼졌다.

데샹은 재빠르게 몸을 틀어 제르멜의 가슴팍을 걷어찼다.

뻐억!

제르멜이 인상을 쓰며 밀려났다.

"허."

순식간에 무장을 해제당한 제르멜이 어이가 없다는 듯, 한편으로는 흥미롭다는 듯 데샹을 보았다.

기류보다 두 뼘은 작아 보이는 키 때문에 몰랐는데. 알고 보니 치고받고 싸우는 박투(搏鬪)에 소질이 있었다.

"재밌군."

"재밌으면 너도 맨손으로 붙던가."

"하, 하하!"

제르멜이 웃음을 터뜨렸다.

"그게 마지막 소원이면 들어줘야지."

놀랍게도 제르멜은 이 우스운 도발에 넘어가 준다는 듯 주먹을 쥐었다.

'됐다.'

데샹은 자그마한 희망을 품었다.

방심은 어디에서나 최악의 형태로 돌아온다. 아무리 주먹질을 잘한다 해도 싸울 때는 무기를 쥔 사람이 압도적으로 유리하다.

그런데 에테르 마스터인 제르멜이 검을 놓다니!

'곧 기류가 병사를 보내기로 한 시간이야. 조금만 더 버텨서……!'

그러나 데샹의 기대는 무참히 짓밟혔다. 제르멜이 내지른 주먹이 벽을 부순 것이다.

'아…… 이 엿 같은 에테르 마스터 새끼!'

데샹은 그 에테르 마스터 중 한 명과 형제처럼 자랐다는 사실도 잊고 욕했다.

제르멜이 마구잡이로 내지른 주먹이 창문 근처에 꽂혔다.

마치 처음 해보는 주먹질에 재미라도 붙인 양 제르멜이 데샹에게 엉망으로 맞아가면서도 그를 후려치려 들었다.

데샹은 섬뜩함을 느꼈다.

제르멜이 강해서 섬뜩한 게 아니었다. 넘실거리는 새까만 에테르. 풀린 동공. 미친 듯이 웃으며 마구잡이로 휘두르는 주먹. 그 모든 걸 행하는 제르멜의 표정이 평소와 정반대였기 때문이다.

평면적인 냉소 아래 숨어 있던 광기. 지독한 절제가 끊어진 순간.

그가 알고 있던 '제르멜'이라는 사람이라곤 믿을 수 없을 만큼, 선명하고 무시무시한 광기가 데샹을 본능적인 공포로 몰아넣었다.

와장창!

제르멜의 주먹질에 창문이 깨져 나갔다. 유리 조각이 저 아래로 떨어졌다.

제르멜의 움직임이 멈췄다. 그는 창문 깨진 소리에 정신을 차린 것처럼 표정을 달리했다.

데샹은 재빨리 거리를 벌렸다.

"……"

입술을 덜덜 떨리게 할 만큼 차가운 바람이 두 사람을 훑고 갔다.

제르멜은 천천히 몸을 굽혀 유리 조각을 주워 들었다. 가죽 장갑 너머로 느껴지는 까끌까끌한 감촉이 기억을 헤집었다.

"……그래. 이럴 때가 아니었지."

광소를 터뜨렸던 입이 다시 차갑게 굳었다.

제르멜이 순식간에 데샹에게 다가갔다. 그는 재빠르게 옆으로 구르는 데샹을 놓치지 않았다.

"넌 기류와 몸 쓰는 방식이 비슷하단 말이야."

언제든 죽일 수 있었다는 듯, 그가 데샹의 움직임을 읽었다. 발끝으로 데샹을 걷어찬 그가 그대로 유리 조각을 내리꽂았다.

"너무 놀았어."

"아아아악!"

끔찍한 비명과 함께 투명한 조각 위에 핏자국이 번졌다.

데샹은 엄청난 고통 속에서, 제 몸이 들리는 걸 느꼈다.

어떻게든 그의 손을 뿌리쳐야 했다. 떼어내야만 했다. 안간힘을 쓴 그의 양손과 제르멜의 팔이 힘겨루기를 벌였다. 그러나 배에서 느껴지는 고통 때문에, 애꿎은 제르멜의 소매와 장갑만 걷어냈다.

"……윽……?"

목 졸린 데샹의 눈동자가 이리저리 방황했다. 그러다 제르멜의 말려 올라간 장갑 위에 닿았다.

제르멜의 손등에는 까만색 문신이 있었다. 그게 뭔지 생각하기도 전에, 담담한 목소리가 물었다.

"내가 오브를 깨러 여기까지 왔다고 생각하나?"

제르멜은 어림도 없다는 듯, 구두 굽으로 바닥을 탁탁 두드렸다.

"말도 안 되는 소리지. 내가 왜 그런 위험을 직접 부담하겠어?"

오브를 깨면, 억제력을 퍼뜨리는 증폭 마법 또한 깨진다.

유사 이래로 용이 걸어둔 마법을 깨고 멀쩡히 살아남은 인간은 단 한 명도 없었다.

제르멜이 데샹의 녹색 눈을 탐난다는 듯 가만히 들여다보았다.

"내가 노린 건 오브가 아니라 너다. 데샹 리츠. 전지의 스티그마를 발현한 게 12살 때였다지?"

"커헉…… 컥……."

"참 보기 드문 녹색 눈이야. 에페트 공작가 말곤 이런 눈 색을 가진 자들이 없지."

데샹 리츠가 기류와 함께 자랐다는 건 비밀도 뭣도 아니었다. 다만 그의 아버지 세자르 리츠의 정보를 캐내는 데는 시간이 걸렸다.

세자르 리츠는 이름 높은 공작가의 기사로 살았다. 그러다 모시던 도련님과 하녀 사이에 태어난 아이가 버려지자, 참지 못하고 거뒀다. 그게 데샹이었다.

"너도 나처럼 사생아로 살아봤으면 알겠지? 꽤 기분 더럽잖아, 그거."

"미친놈이, 아까부터 무슨, 소리를 지껄이는……."

그 순간, 데샹의 관자놀이를 후벼 파는 지독한 고통이 찾아왔다.

제르멜이 위해를 가한 게 아니었다. 아주 익숙한 고통. 스티그마가 미래를 보여줄 때 으레 느꼈던 두통이었다.

"허억……!"

데샹은 우는 사람처럼 헐떡였다. 동시에 그의 녹색 눈이 환하게 빛났다.

'왜…… 이런 미래를…….'

전지의 스티그마가 보여주는 미래는 언제나 데샹이 절대 바꾸지 못하는 미래였다.

그리고 데샹은 방금 제 몸이 탑 밖으로 떨어지는 광경을 보았다.

그가 발버둥을 치며 벗어나려 들었다. 그러나 돌아온 건 더 큰 고통이었다.

"끄아아아아악!"

"네 눈알을 파내면 기류, 그 멍청이는 분명히 알아보겠지? 파내는 것도 재밌을 텐데."

제르멜은 새빨간 피로 엉망이 된 유리 파편을 비틀었다.

순간, 데샹은 제 머리와 등, 눈에서 깨질 것 같은 고통을 느끼며 무너져 내렸다. 온몸을 타고 흐르는 피가 불꽃으로 변해서 몸을 지지는 것 같은 고통이었다.

제르멜은 데샹을 놔버렸다.

그는 자신의 손등 위에 느껴지는 뜨거운 열기에 희열을 느끼며 장갑을 벗었다.

"……이거였군."

제르멜은 좀 전까지 죽일 듯이 찔렀던 데샹에게 흥미를 잃은 듯, 오직 제 손등만을 바라보았다.

데샹은 숨이 꼴딱꼴딱 넘어가는 와중에도 제르멜에게서 눈을 떼지 않았다. 그의 손등 위에는 눈동자 모양의 검은 성흔이 새겨져 있었다.

몰라볼 수가 없었다. 그건 분명 제가 가지고 있던 전지의 스티그마였다.

"이렇게 사용하는 거였나. 약탈의 스티그마는."

"……으…… 커흑……."

"됐어, 이걸로…… 이거라면……."

벽에 기댄 데샹이 피가 흐르는 복부를 부여잡고 울컥울컥 피를 토했다.

불구덩이에 처박힌 사람처럼 지독한 고통이 그를 엄습했다.

그때 창문 밖에서 커다란 뿔 나팔 소리가 들렸다.

데샹은 제르멜의 눈빛이 변하는 걸 봤다.

제르멜이 등을 돌리더니 떨어뜨렸던 검을 줍기 위해 성큼성큼 멀어졌다.

데샹은 피 섞인 침을 몇 번 뱉었다. 그리고 저를 향해 여유롭게 웃고 있는 흑기사단장을 응시했다. 제르멜이 까만 에테르를 두른 검을 든 채 사신처럼 웃었다.

"유언이 있다면 들어주마. 남겨주진 못하겠지만."

"너 같은…… 작자에게 유언, 남길 바엔 그냥…… 뒈진다."

가시처럼 뾰족한 말투는 그의 마지막 자존심이었다.

미친 사람처럼 웃음을 터뜨린 제르멜이 검을 휘둘렀다.

비로소 데샹은 이해했다. 전지의 스티그마가 왜 그런 미래를 보여주었는지를.

기류의 시신을 수습해 주었으면 수습했지, 제 시신을 보여주지 않겠다고 맹세했던 데샹이다.

데샹은 마지막 젖 먹던 힘을 다해 거리낌 없이 창밖으로 몸을 날렸다.

그의 몸이 비상하듯 추락했다.

그렇게 골짜기 아래, 무저갱처럼 깊은 어둠 속으로 데샹의 모습이 사라졌다.

베르크스 성내는 이미 너무 소란스러웠기에 데샹이 떨어지는 모습을 본 자는 아무도 없었다.

4권에서 계속…